U0111206

香港人學說普通話

修訂版

曾子凡　編著

責任編輯　余竹銘　李玥展
書籍設計　鍾文君

書　　名　香港人學說普通話（修訂版）
編　　著　曾子凡
出　　版　三聯書店（香港）有限公司
　　　　　香港鰂魚涌英皇道1065號1304室
　　　　　JOINT PUBLISHING (HONG KONG) CO., LTD.
　　　　　Rm.1304, 1065 King's Road, Quarry Bay, Hong Kong
香港發行　香港聯合書刊物流有限公司
　　　　　香港新界大埔汀麗路36號3字樓
印　　刷　陽光印刷製本廠
　　　　　香港柴灣安業街3號6字樓
版　　次　1991年11月香港第一版第一次印刷
　　　　　2009年 3 月香港第二版第一次印刷
　　　　　2011年11月香港修訂版第一次印刷
規　　格　大32開（142mm×210mm）392 面
國際書號　ISBN 978-962-04-3170-8

© 1991, 2009, 2011 Joint Publishing (Hong Kong) Co., Ltd.
Published in Hong Kong

目　錄

何國祥序

許耀賜序

前言 / 曾子凡

語音釋難編

詞彙語法編

方法竅門編

修訂版後記

編著者簡介

何國祥序

　　廣東人學習普通話，包括語音、詞彙、語法三方面。三者之中以語音較為重要，因為語音掌握不好，聽與講就有窒礙。但是發音雖準而用詞不當，或者不合普通話語法習慣，也會使懂普通話而不懂廣州話的人聽起來感到莫名其妙，或者啼笑皆非。

　　學習普通話如果只為了溝通的需要，詞與句的恰當運用最為重要；只要雙方明白，音節可以不必唸得很準。目前有許多講普通話的人，往往不大講究發音的準確性，他們的普通話，夾雜不少方言腔調，但並不妨礙彼此的溝通。至於教師，如果學習普通話是為了培養語感，以利於語文教學，語音標準也不必定得太高。但是，作為普通話科教師，那他的普通話語音水平就不能太低。事實上，香港社會一般人對普通話科教師的發音要求是相當高的。從語言學習角度來說，模仿是一種主要的學習方法，如果教師發音示範不好，學生學得有偏差，將來再糾正就更難了。

　　目前香港中小學校在中國語文科之外另設普通話科，以加強普通話語音的學習。其實在香港這個以粵方言為主的地區進行普通話教學，詞彙、語法也不應忽略。如果教師對廣州話和普通話都有相當的認識，那麼教學時就會事半功倍。

　　廣州話普通話詞彙語法對比分析方面的參考書不多，尤

其針對香港粵方言特點，適合香港人用的更少。曾子凡先生的
《香港人學說普通話》是其中很夠份量的一本。曾先生憑着他
在北京香港兩地各生活了二十多年的切身體會，對北京普通話
和香港廣州話作出細緻的比較、分析，適合有普通話基礎的學
員或教師自修參考之用。書中提到常用字讀音的記憶方法、輕
聲和兒化等問題，都是普通話教與學上的一些難點，曾先生提
出了不少具體的解決方法，值得大家參考。

何國祥

一九八八年九月十五日

許耀賜序

　　認識曾子凡先生已逾三十年，三十多年來曾先生在香港一直從事普通話教學與研究，是研究廣州話與普通話對比的專家，對香港的普通話教學及推廣作出積極貢獻。

　　學習普通話包括語音、詞彙、語法三部分。廣州話和普通話的差異，以語音的差異較大，但也要注意詞彙和語法的差異。由於香港缺乏聽、說普通話的語言環境，廣播電台和電視台以廣州話廣播為主，致使香港人無從建立普通話的語感、無從學習普通話的詞彙和語法，更無從了解普通話和廣州話的差異和對比。

　　香港坊間的普通話教材極少觸及普通話和廣州話的差異及對比，特別是詞彙及語法方面。曾子凡先生所寫的《香港人學說普通話》正好可以補上述方面的不足。

　　此書新版分"語音釋難編"、"詞彙語法編"及"方法竅門編"三部分。

　　"語音釋難編"提供"唸音、辨音、記音"三者行之有效的方法。本書還提供了逾七百個常見容易讀錯的字（包括多音多義字），以及普通話常用的文白異讀字，供學員存查和練習。此外，本書還提供了大量多音多義字及多音多義詞供學員存查和練習。

　　掌握輕聲、兒化和重疊形容詞的變調，是學好普通話的進一步要求。本書就"輕聲的作用"、"輕聲的規律"、"兒化韻的讀音"、"兒化韻的作用",以及重疊形容詞的變調(AA式,ABB式,AABB式及A裏AB式)都作了深入的探討。

"詞彙語法編"提供了很多廣州話口語常用字詞與普通話用法的區別。本書還探討了"普通話口語詞彙"、"粵普對譯"、"北京話新詞語"及"廣州話和普通話語法異同"(如詞序、比較句、賓語位置及後置詞語的異同)。這些內容都是對香港人學說普通話很有幫助的。

"方法竅門編"提供了很多學好普通話的竅門,包括"語音學習竅門"及"詞彙學習竅門"。

總的來說,《香港人學說普通話》提供了豐富的學習材料,對普通話學員和普通話教師都有很實用的學習和參考價值。本書所收集的練習材料都是香港坊間少見的,並且是行之有效的。希望此書對香港人學說普通話有幫助。

許耀賜

景嶺書院校長

二〇〇九年二月二十八日

前　言

　　有的本地人常說：普通話不用學，把廣州話（粵語）讀偏
點兒就行了，這看法對嗎？

　　這看法是片面的。誠然，廣州話有很多字的讀音是同普通
話一樣的，如：巴、東、夫、語等等。但我們隨時都會遇到與
普通話不同以至相差甚遠的讀音，如：初、步、屈、習等等。
據統計彼此間有三分之二的詞語同形同義，但發音不同。再加
上彼此聲調也有相當大的差異，特別是廣州話沒有zh，ch，sh，
r 和z，c，s這些音，問題就顯得大了。

　　其次是在詞彙方面，生活性越強的，彼此表達就越不相
同。例如："馬蹄"（廣州話）——"荸薺"（普通話），
"唔得"（廣州話）——"不行"（普通話）之類的詞語數以
萬計。倒是在語法方面，彼此差別小些，突出表現的是詞序不
同，如："我行先"（廣州話）——"我先走"（普通話）
等。雖然一般說來不會影響表情達意，但終究是不標準的。

　　綜上所述，操廣州話的人要想學好普通話，也是要花氣力
的。開始時，難點會在語音上，慢慢往深裏學，就要特別留意
廣州話和普通話在詞彙及語法上的差別了。恐怕這也是大多數
學員的體會。

　　本書是《廣州話‧普通話對比趣談》的續篇，主要是為有
中級程度和高級程度的普通話學員及普通話教師編寫的。

學習普通話的人在入門以後，應該怎樣進一步提高呢？根據我們的經驗，在語音方面，我們應該較深入地理解和掌握輕聲、兒化韻以及形容詞在口語裏的變調，以求說得更流利、更地道。在詞彙方面，他們應該較深入地掌握一些廣州話常用詞語的正確對譯，了解普通話和廣州話在語法上的不同，以避免粵式普通話；還應該了解一些普通話口語詞彙的知識，以便自覺地講好普通話。為此，本書在上述各方面都提供了深入淺出的分析以及大量的例證。另外，我們的學員大多是成年人，對他們來說，講究學習方法往往可以事半功倍。因此，本書在發音、讀音、文白異讀、多音多義字、詞彙對譯等方面都有較多的重點介紹，有的部分還與廣州話進行了對比。*

隨着香港學習普通話和推廣普通話熱潮的興起，坊間的教科書、會話書等等可謂琳琅滿目了，相比之下，學習普通話的參考書卻顯得不夠，供教師用的參考書就更少。如果本書能對學員和教師有所幫助，筆者就感到無比的快慰了。

筆者寫過《廣州話‧普通話口語詞對譯手冊》，專門談到廣州話與普通話在詞彙方面的對譯問題。雖然該書也附有詞彙、語法簡析各一篇，但限於體例，未能深入分析，也沒有談到語音學習和教學方法，本書可以說是該書的補充和發展。不過限於自己的學識水平，書中一定會有很多錯漏和不足，在這裏誠懇希望各界人士批評指正。

---

* 本書普通話異讀字詞的注音，以中國國家語言文字工作委員會一九八五年十二月公佈的《普通話異讀詞審音表》為準，《現代漢語詞典》第5版（2005）也是根據此表注音的。廣州話字詞注音則採用國際音標。

以上是發行第一版時所寫的話。這次新版修訂，除改正錯漏之外，已把原有的篇目稍作調整，分別歸入“語音釋難編”和“詞彙語法編”。更重要的是，另外新設了“方法竅門編”介紹語音學習、詞彙學習的竅門和詞語學習趣談。希望此舉能滿足讀者的需要，給他們提供更大的幫助。

　　本書承蒙推普前輩和功臣何國祥博士及許耀賜校長在百忙中抽空作序，在此謹表無限敬意和衷心謝意。

曾子凡
二〇〇九年二月

語音釋難編

難音易記

普通話的 j，q，x；zh，ch，sh，r 和 z，c，s 這三組音，常常被本地人叫做難音。一來由於廣州話沒有相同的發音，二來由於這些音本身有的互相近似，所以給學員造成兩方面的困難：（一）如何唸好這些音；（二）如何辨記字音。第一個困難怎麼樣克服，讀者請參閱拙作《廣州話‧普通話對比趣談》中的〈難音易學〉一文，本文談談如何辨記字音的問題。

要想準確記住某個字的發音，最有效的，也是最方便的方法就是唸好這個字的發音，在學它的發音時就一定要唸正確，唸清楚，千萬別模棱兩可，馬虎了事。這樣，把唸音、辨音、記音同時結合起來，就能一舉數得、事半功倍。

談到如何辨音、記音，以下有一些行之有效的方法，不過，使用時也要同時把唸音、辨音、記音三者結合起來，才能更有成效的。

（1）**利用聲旁記音**　聲旁就是表音的偏旁。形聲字佔漢字總數的80%以上，聲旁相同的字，其發音往往相同或相近。利用聲旁把它們串聯起來唸準、記住，就能舉一反三，以一帶多了。例如 "朱" 唸zhū，"珠、株、誅、殊" 就都是唸翹舌聲母zh或sh的；又如 "澡" 唸zǎo，"藻、璪、燥、噪、躁、操、繰、臊" 都是唸舌尖聲母z，c或s的。也就是說，相同聲旁的字，其聲母都是在同組（或舌面音、舌尖音或翹舌音）內變化的。

（2）**利用聲韻搭配記音**　聲韻的配合是有一定規律的，可以利用來辨字記音。例如：只有 j，q，x 才能與 ü 相拼（書面上寫作 u）；zh，ch，sh，r 和 z，c，s 是不與 ü 相拼的。反過來 j，q，x 就不能與 u 相拼，zh，ch，sh，r 或 z，c，s 則可以。這樣來記憶與 u，ü 搭配的聲母就更容易了。又如：sí 是有音無字音節，所以，"實、拾、時、石、食、蝕"等肯定是唸 shí 的了。

（3）**抓住重點字記音**　通過與廣州話對比，找出容易混淆或難以記住的字，反覆誦記。比方，"私、司、思、斯、屍、師、詩、施"在廣州話都是同音的，但前四字普通話唸 sī；後四字普通話唸 shī。類似這樣的情況就要作為重點字加以分析比較、反覆誦記了。

（4）**避多字就少字記音**　有些音節包含的字很多，與之相近的音節包含的字比較少。那麼，我們就應避多就少，以求減輕負擔。例如：chu 這個音節包含二十多個字，但 cu 常用的只有"粗"、"卒"、"促"、"猝"和"簇"等幾個字。只要我們記住"粗"（cū）讀平舌音，別的字不用花氣力，也能分辨清楚了。

上面談及的四個方法也可適用於其他難音，應作為學好普通話語音的指導性方法加以使用。另外，下文〈歸類記音法〉和拙作《廣州話・普通話的對比與教學》中的〈難音辨正〉兩文就此提供了大量材料，請注意參考。

02 歸類記音法

一 字形歸類利記音

　　漢字的普通話讀音複雜得很，死記硬背當然不是好辦法。這裏介紹一個按字形歸類記音的方法，因為字形相近的話，彼此的字音常常也相近（其聲母或韻母相同或相近，當然也有字音完全不同的）。如果我們把字形相近的常用字和容易誤讀的字加以分類、比較，就可以方便記憶，避免誤讀了。

　　（1）lí：梨、犂、黎；lì：利、俐、莉、痢、鬁。

　　（2）méi：梅、莓、霉；měi：每；huǐ：悔、晦、誨；mǐn：敏、繁；fán：繁。

　　（3）jùn：俊、竣、峻；qū：駿、焌；qūn：逡；quān：悛；cūn：皴；suān：酸、痠、狻；suō：唆、梭。

　　（4）xiāo：肖（姓～）、宵、霄、消、銷、削（～皮）、硝、逍；xiào：肖（～像）；qiāo：悄（～～）；qiǎo：悄（～然）；qiào：俏、峭、誚、鞘（刀～）；xiè：屑；xuē：削（～減）；shāo：捎、梢、筲、稍（～微）；shào：稍（～息）、哨、潲。

　　（5）wēi：危；wéi：危；guǐ：詭、佹；guì：跪；cuì：脆。

　　（6）gào：告、郜、誥；kào：靠；hào：浩、皓；zào：造；cāo：糙；jiào：窖；gù：梏；kù：酷。

　　（7）wān：蜿、豌、剜；wǎn：宛、碗、惋、婉；yuān：鴛；yuàn：怨、苑。

(8) cái：才、材、財；chái：豺。

(9) hàn：旱、悍、捍、焊；gǎn：桿、稈、趕。

(10) zhēn：珍、胗；zhěn：診、軫、疹；chèn：趁。

(11) bāo：包、苞、胞、炮（～羊肉）、齙；báo：雹；bǎo：飽；bào：抱、刨（～木）、鮑；pāor：泡（豆～）；páo：刨（～坑）、咆、袍、炮（～製）、跑（虎～泉）、庖、狍；pǎo：跑（～步）；pào：炮（槍～）、泡（～沫）、疱。

二　字形對比利記音

按照這個方法歸類的字，大多是普通話的同音字，因而就方便了記憶；另外，這裏面還有字形相近的非同音字，通過對比也就方便記音了。

在每一類的普通話同音字當中，就廣州話來說，常常也是同音字（參看以下13，17和22等例）；相反地，有時在普通話並非是同音字，但在廣州話卻是同音的呢（參看以下13，18和22等例）！這些情況有助於提起本地人的注意，並方便他們通過對比來學習。

(12) yē：掖（塞進）；yè：夜、液、腋、掖（獎～）。

(13) lì：戾、唳；liè：捩；lèi：淚。

(14) xiù：秀、繡、銹；yǒu：莠；yòu：誘；tòu：透。

(15) chuí：垂、錘、捶、陲、箠；shuì：睡。

(16) zú：卒、崒；zuì：醉、晬；cù：猝；cuì：翠、粹、脺、淬、啐、悴、萃、倅、瘁；sū：窣；suì：碎、誶。

(17) jiān：戔、箋、牋；jiàn：踐、餞、賤、濺；qián：錢；qiǎn：淺；xiàn：綫；zhǎn：盞；zhàn：棧；cán：殘。

(18) zú：足；zhuō：捉；zhuó：浞；chuò：齪；cù：促。

（19）bēi：卑、碑；bǐ：俾；bì：痹、婢、裨（～益）、髀、睥；pí：脾、啤、裨（～將）；pái：牌；bǎi：捭；bài：稗。

（20）pū：噗、撲；pú：僕、璞；pǔ：樸、蹼。

（21）fěng：唪；fèng：奉、俸；pěng：捧；bàng：棒。

（22）jiē：皆、階、楷（～樹）、稭；xié：偕、諧；kāi：揩；kǎi：楷（～書）。

（23）nuò：諾、喏（歎詞）；ruò：若、偌；rě：惹、喏（唱～）。

（24）mō：摸；mó：模（～範）、摹、膜、饃；mò：莫、漠、寞、驀；mú：模（～樣）；mù：暮、募、墓、慕。

三　字音對比利記音

這個歸類對比法可以從兩個方面幫助本地人糾正誤讀的字音：（一）因廣州話字音影響而誤讀，例如，廣州話"篇、偏、編"都是同音的，但普通話"篇、偏"是同音的，都讀piān，但"編"就讀biān了（參看以下25－30等例）；（二）因廣州話一音多義而誤讀，如，"畜"字在廣州話只有一音tsuk[1]，但普通話是多音多義的，"畜牲"讀chù；"畜牧"卻讀xù（參看以下31－35等例）。

（25）piān：扁（～舟）、偏、篇、翩；piàn：騙；biān：編、蝙、煸、鯿；biǎn：扁（～平）、匾、褊；biàn：遍。

（26）tī：梯、銻；tí：鵜；tì：涕、剃；dì：弟、第、娣、睇。

（27）lì：隸；dì：棣；dǎi：逮（～蟲子）；dài：逮（～捕）、埭。

（28）qú：渠；jǔ：矩；jù：巨、炬、距、詎。

（29）mǒ：抹（～殺）；mò：末、沫、茉、抹（～牆）；mā：抹（～桌子）。

（30）qīn：侵；qǐn：寢、螼；jìn：浸。

（31）yáo：堯；ráo：饒、橈、嬈（妖～）；rǎo：嬈（～惱）；rào：繞；náo：蟯、撓。

（32）chù：畜（～牲）、滀、搐；xù：畜（～牧）、蓄。

（33）piāo：漂（～流）、飄、剽；piáo：嫖、瓢；piǎo：漂（～白）、瞟；piào：票、漂（～亮）；biāo：標、膘、鏢；biào：鰾、摽、俵。

（34）bīn：賓、濱、繽、儐、檳（～子）；bìn：擯、殯、鬢、髕；bīng：檳（～榔）；pín：嬪、矉。

（35）chā：叉（刀～）、杈（農具）；chá：叉（～住）；chǎ：叉（～開腿）、衩（褲～）；chà：叉（劈～）、杈（樹～）、衩（～口）、汊；chāi：釵。

四 舉一反三利記音

用這種方法進行歸類對比，有助於更快地掌握漢字的普通話讀音，現再舉一些例子：

（36）bàn：半、伴（～侶）、絆、拌；bànr：伴（找個～兒）；pán：胖（心廣體～）；pàn：泮、畔、叛、判；pàng：胖（肥～）。

（37）ái：捱；yá：崖、涯。

（38）gōu：篝、溝；gòu：購、構、媾、遘；jiǎng：講。

（39）kǎo：考、拷、烤；kào：銬。

（40）xiāo：哮；xiào：孝；jiāo：教（～書）；jiào：教（～育）、酵。

（41）zhū：朱、珠、株、蛛；shū：殊。

（42）qǐ：乞；qì：訖、迄；yì：屹、仡（～～）；chī：吃；gē：仡（～佬族）、圪、疙。

（43）gèn：亙；héng：恆、姮；huán：桓；yuán：垣。

（44）yán：鉛（～山縣）、沿；qiān：鉛（～筆）；chuán：船。

（45）shì：式、拭、軾、試、弒。

（46）kuāng：匡、誆、筐、哐；kuàng：框、眶。

（47）xīn：心、芯（燈～）；xìn：芯（～子）；chǐ：恥；ruǐ：蕊。

（48）zòu：奏、揍；còu：湊、輳。

（49）qū：屈；jué：掘、倔（～強）；juè：倔（性子～）；kū：窟。

（50）chéng：承、丞；zhěng：拯；zhēng：烝、蒸。

以上舉了50組字例，讀者還可以根據自己需要來選字歸類，簡而言之，就是聲旁歸類，或形旁歸類，屢試不爽事半功倍。以下常用字或偏旁有一定代表性，可作選字歸類參考：

奇、可、其、貝、公、艮、臼、切、旬、各、反、支、合、交、匀、寺、皮、尼、旁、倉、司、兆、吉、巴、君、炎、居、茸、盾、易、是、兼、瞿、會、蜀、貴、咸、固、甬、永。

03 常見的誤讀字

一 比較異同，逐一消滅

　　本地人講普通話，常常受到廣州話的干擾，因而讀錯聲調或字音，而且積重難返。比方常用字"這"、"那"（廣州話"嗰"），應該是第四聲的，很多學員卻常常讀成第三聲，而且從初班讀到高班，還是改不好。原因之一是講了十幾年，以至幾十年的廣州話，有着頑固的習慣勢力；其二是有時受着周圍不標準的普通話（常常有上海人、北方人或本地人說）的影響；但更主要的還是注意不夠、學習不力的緣故。狹義而言，本地人學普通話，主要是學說而已。如果能比較彼此的異同，集中力量去記住那些與廣州話不同的字音，一個個地加以"消滅"，就可以事半功倍。為此，我們根據經驗挑選了逾七百個常見易錯字（其中有些是多音多義字），以備學員存查和練習。掌握了這些字的讀音，其他的也就不太成問題了。

　　第一部分　聲調誤讀（筆畫序，圈內數字代表該字的筆畫，下同）

　　❷二、十、八；❹乏、六；❺北、白、召、穴、目；❻百、吐、曲、那、危、帆；❼吻、扳、足、作、估、別、肚、即、忘；❽直、帖、爸、於、味、法；❾活、柚、指、社、迹、室、紀、咱、徇；❿殊、烤、蚊；⓫您、國、庸、

竟、淑、梵、悼、這、問；⑫期、菊、發、焚、答、筍、傘、
焰、惱、塔；⑬節、微、椰、腹；⑭福、輔、境、摘、髦、
雌、鼻、膀、導、饅、誨、腐；⑮輛、億、錶、豌、鮑、摩、
潔、誼、髮；⑯諷、築、鴨、隧；⑰蕾、謊、鞠、濤、闊、
雛；⑱（18劃或以上）覆、櫚、職、鐐、辮、鐵、魔、囑、
纜、欖。

二　經常練習，糾正發音

誤讀的多少，是因人而異，因情況而異的。有的人注意字
音，認真學習，經常練習，誤讀就會少些，這是因人而異。有
時單讀一個字還讀得不錯，可是在詞組或句子當中就容易誤讀
了，因為還有變調、輕聲和"兒化"需要注意的，這是因情況
而異。我們這裏挑選的逾七百個誤讀字是有普遍性的，學員一方
面可以作檢查自己之用，另方面還可以根據自己的弱點不斷增
刪和補充。

第二部分　聲調或／及字音誤讀

❶乙；❷卜、入、刁、刀、了；❸土、乞、勺、夕、
丸、也、久、小、亡；❹及、歹、比、互、井、切、屯、
少、中、日、內、毛、仇、仍、斤、爪、介、勿、勻、欠、
文、火、幻、尹、允；❺玉、立、巧、卉、甘、戊、扔、
凸、甲、叱、皿、凹、四、矢、乎、外、玄、民、石、布、
世、奴、母；❻考、式、朽、灰、尖、早、百、吃、因、
曲、丟、休、伙、行、兆、旬、交、州、安、聿、色、如、
巡、丞、死、快；❼形、戒、克、巫、車、杜、助、吸、
回、努、決、序、迅、屁、尾、妖、何、私、住、步、岑、
禿、秀；❽東、武、虎、物、坡、拍、者、咖、季、肯、

・ 11 ・

況、沿、昏、初、岩、松、杏、亞、或、狐、押、到、長、
易、旺、呼、咒、乳、忽、炙、育、泮、屈、弦、陌、
限、帑；❾型、枯、柱、柔、砌、耐、殆、削、軍、眨、
冒、品、哪、界、帥、隻、音、酉、述、迢、炸、津、
染、恬、恤、苦、娜、怒、怠、孩；❿軒、匭、刊、砸、
埔、埋、都、恥、荷、桃、校、核、酌、辱、唇、索、套、
殉、捕、捏、率、桌、虔、展、晃、剔、畔、租、倒、倍、
倩、倔、徐、除、訓、舀、畜、拳、烙、浙、涉、浴、涕、
悟、悖、悄、悔、悌、盎、窈、夏、書、閃、剝、陷、豈、
崇、哮、恕；⓫堵、埠、教、現、規、娶、菩、奢、盔、
羞、爽、捷、掀、掃、雀、啤、累、啄、缽、笛、敏、側、
做、傀、假、這、逐、逝、速、造、逛、皎、徙、得、斜、
盒、悉、貧、腳、悵、淘、旋、率、涯、液、涸、涮、惜、
寂、寄、窒、訛、許、設、啟、屜、習、婚、務、梳、粗；
⓬琢、惡、欺、募、葺、葩、落、朝、極、棵、森、惠、
棘、酣、廁、雁、硬、殖、款、雄、揣、換、搜、晶、晾、
揧、貸、皖、備、街、循、禽、痞、尊、進、逸、逮、善、
着、慌、割、窖、窘、尋、粥、弼、強、疏、靭、絮、結、
給、絢、幾、堅、須、凱、策；⓭馴、馳、習、概、禁、
楚、甄、蜃、靴、損、摁、搬、塊、業、嗓、賄、隙、隕、
歇、暈、道、遂、運、遍、遐、蜆、蜀、骰、會、衙、鉛、
解、煞、詢、詳、稟、裔、棄、廈、羨、瑞、數、溥、溶、
滅、窟、嫌；⓮截、赫、蜢、槓、暮、幹、酵、爾、摞、
摔、撇、樓、嘗、嗽、顆、賒、墅、嶄、骷、舞、稱、種、
熏、毓、銜、誠、歉、遣、漱、漂、漲、慚、肇、閡、暨、
綺、綫、綠、罰、障、鄙；⓯趣、暫、蕈、鞋、磕、撩、

揮、撬、劇、齒、瞎、嘲、嘩、踏、蝦、銳、鋤、毅、熠、潰、魄、徵、緝、樂、締、諂、幣、彈、遮；⓰牆、賢、薛、薄、噩、橙、橘、輯、擇、操、器、戰、罹、默、憩、積、頹、篆、學、錫、錦、鋸、縣、褶、膩、獲、穎、謁、諱、慶、燃、燒、憑、澡、濁、撼、隨、遺；⓱騁、趨、藐、艱、轄、隸、懇、擊、醢、霞、儲、謙、癌、斃、燥、澀、谿、購、臂、彌、牆、繆、縮、避、還、邀、餡；⓲轉、礎、鯽、額、謬、戳、織、繞、雙；⓳騙、瓊、壞、勸、轎、轍、顛、曝、蟹、蟻、鯨、識、瀕、禱、繩；⓴鹹、獻、贍、懸、犧、覺、嶷、艦、釋、饒、觸、護、競、懺、繼；㉑轟、殲、攜、攝、謫、鶯、續、襪；㉒歡、鬚、驕、贖、鑒、顫、癬、襲、竊；㉓攪、顯、鰭、變、戀、纖、蘸、驗；㉔矗、讓、贛；㉕（25劃或以上）鑰、饞、鬱、爨、鑿、鑽。

以上列舉了常見的誤讀字逾七百個，如果學員能把這個字表加以善用，其進步是指日可待的。與此同時，為了避免誤讀，學員還應注意：(一) 養成正確發音的習慣；(二) 下功夫記住常用漢字的讀音；(三) 練習用普通話思維，主動避免粵語干擾；(四) 遇到疑難要請教內行人士或翻查字典，不要自以為是，以訛傳訛。

04 多音字的分類

　　在幾千個常用漢字裏，有幾百個是多音字。漢字的一字多音往往在學習上和使用上給我們造成了不少困難。不過，要是把多音字分一分類，並與廣州話對比，就會得到一些啟發的。

一　又讀字

　　又讀字就是習慣異讀字，這些字用於同一字義時，在習慣上有兩讀以至多讀。以前普通話有很多又讀字，如："械"唸xiè或jiè；"癌"唸ái或yán；"劊"唸guì或kuì等，後來都規範成一音，只讀前者了。現在常用的又讀字只有幾個：（一）"誰"讀shuí，口語音或又讀shéi；（二）"熟"讀shú，口語音讀shóu；（三）"多"單用或用於複合詞開頭（如：多麼）時，一般讀作duō，口語音則讀duó；（四）入場券的"券"正讀作quàn，俗讀為juàn；（五）"塑"正讀為sù，俗讀suò；（六）"哮"正讀xiào，俗讀xiāo；（七）"酵"正讀jiào，俗讀xiào；（八）"召"正讀zhào，俗讀zhāo。以上幾個字的不同讀音都載於字典或辭書裏。（一九八七年《新華字典》重排本取消了"塑"、"哮"的俗讀）

　　不過，一九八五年十二月，國家語言文字工作委員會等三單位公佈了《普通話異讀詞審音表》（以下簡稱《審音表》），對不少字作了統讀（表示此字不論用於任何詞語中只讀一音），該表談到的與本文有關的統讀音只有：多duō、塑sù、哮xiào、酵jiào、召zhào。該表還規定"誰"讀作shéi，又音shuí；"熟"文讀作shú，白讀作shóu。今後我們都得遵循《審音表》辦事了。

另外，"會兒"和"角色"的"角"，現行辭典都規定讀huìr和jué，但人們常唸huǐr和jiǎo。《審音表》再次肯定了huìr和jué的讀音，huǐr和jiǎo就是舊讀或誤讀了。

還有兩個字的讀法卻有些特別，現行字典和《審音表》都沒有談到："舍"一般都是讀shè的，但著名作家"老舍"的"舍"，人們總是慣讀shě。"朝鮮"的"鮮"，字典注音為xiān，但人們慣讀卻是xiǎn。

其實在語言裏又讀現象是不奇怪的，廣州話的又讀字更多，如：狂、擴、購、頒等常用字就有兩讀，甚至是三讀。

二 合音字

普通話有幾個合音字：（一）"倆"讀liǎ時，其實是"兩個"的合音（所以"倆"後面不再用量詞）；（二）"仨"就是"三個"的合音，讀作sā（"仨"的後面不再用量詞）；（三）"甭"就是"不用"的合音、合字，讀作béng；（四）"這、那、哪"在口語裏變讀為zhèi、nèi、něi，其實就是與"一"的合音（詳見拙作《廣州話·普通話對比趣談》中〈如何讀"這、那、哪"〉一文）。

合音、變音在語言裏是常有的，廣州話的例子也不少："咩〔mɛ¹〕"實際上是"乜嘢〔mɐt¹jɛ⁵〕"的合音字。"琴日〔kɐm⁴jɐt⁶〕"往往讀作kɐm⁴mɐt⁶，"二十五〔ji⁶sɐp⁶ŋ⁵〕"常讀作廿五〔ja⁶ŋ⁵或jɛ⁶ŋ⁵〕，也都是合音、變音的結果。

三　文白異讀字

有些字的讀書音（讀音）跟說話音（語音）是不同的，比方"薄"在書面語場合或複合詞裏讀作bó，如：薄情、輕薄、厚今薄古等；但在口語化場合或單用時，就要讀作báo了，如：薄片、薄餅、太薄了等。這種現象叫"文白異讀"，它不同於"多音多義字"，只是"多音一義字"（參看下文）。

其實，廣州話"文白異讀"字是很多的："生"在"生命"裏讀作sɐŋ¹，但在"生孩子"裏常讀作saŋ¹；"聲"在"聲東擊西"裏要讀作siŋ¹，但在"唔出聲"裏就讀作sɛŋ¹了，這種不同讀法就是"文白異讀"。

廣州話和普通話都有文白異讀的現象，通常彼此的文白異讀並不發生在相同的某個字上。比方"生、聲、醒、井"在廣州話有文白異讀，在普通話卻沒有。而"薄、逮、剝、削"在普通話有文白異讀，在廣州話卻沒有。有趣的是"伴"這個字，彼此都有文白異讀。"伴隨、伴侶、同伴"的"伴"要用文讀，廣州話bun⁶，普通話bàn；"搵個伴（找個伴）"的"伴"要用白讀，廣州話pun⁵，普通話bànr。

四　多音多義字

很多時候，一個字因讀音不同，意思也就不一樣，這叫"多音多義字"，也叫"破音字"。比方"調"可讀作diào：調查；也可讀作tiáo：調停，這就是多音多義。常用的多音多義字在普通話和廣州話裏都有四百多個，不過彼此的發音不一定相同罷了（參看本書另文〈多音多義字對比〉）。

05 "血" 唸xuè還是xiě
——談談文白異讀

一 文白異讀的規律

很多人不明白，為甚麼同是一個"血"字，有時唸xuè，有時又唸xiě。*這是"文白異讀"造成的，帶有普遍性，但香港的教科書和參考書都很少涉及，因此值得詳細談談。

有些字因為使用場合不同，有讀書音和口語音之分，這種現象就叫"文白異讀"，上文已有簡單介紹。下面以"血"字為例，分析一下文白異讀的情況及其規律（"血"字在廣州話只有一讀，但以下規律也適用於廣州話文白異讀字）：

文讀（讀書音）：xuè
(1) 用於朗讀文言文、詩詞
　　如："我以我血薦軒轅"
(2) 用於文言成語、專業性詞語
　　如：血海深仇、嘔心瀝血、
　　　　血暈（產後失血暈絕）

白讀（口語音）：xiě
(1) 口語，單用
　　如：流血了、吐了兩口血
(2) 用於口語詞、非專業性詞語
　　如：血印兒、血道子、血暈
　　　　（皮膚受傷呈紫紅色）

＊同一個詞，如：血壓、血管、血泡、血糖、鮮血、輸血等等，在書面語場合使用時，"血"就唸xuè；在口語化場合使用時，"血"就唸xiě。試比較：血（xuè）債要用血（xiě）來償、血（xuè）口噴人、一針見血（xiě）。

（續）**文讀（讀書音）**：xuè

(3) 用於結合緊密的複音詞

　　如：血腥、血統、血氣、吸血鬼

(4) 用於書面語化的文學作品，

　　如：報告、演講詞、詩歌等

　　（見上頁註解）

（續）**白讀（口語音）**：xiě

(3) 用於結合不緊密的複音詞

　　如：豬血、雞血、咯（kǎ）血

(4) 用於口語化的文學作品，如：

　　故事、話劇道白、快板等

　　（見上頁註解）

　　"文白異讀"和"多音多義"看起來都是"一字多音"，但兩者是根本不同的：文白異讀是因使用場合不同而產生不同讀音，其字義並沒有改變；多音多義則不管場合，總是因為讀音不同，字義也就不同。

二　普通話常用的文白異讀字

　　廣州話和普通話裏都有文白異讀字，不過普通話裏常用的只有二十多個（廣州話卻多得多），這對學員來說，無疑減輕了負擔。現把常用的簡述如下：

例字	文讀及例詞		白讀及例詞	
伴	bàn	伴隨；同伴	bànr	找個伴兒
剝	bō	剝削；剝奪	bāo	剝皮；剝開
薄	bó	薄弱；單薄	báo	太薄；薄餅
逮	dài	逮捕；力有未逮	dǎi	逮老鼠；把他逮住
嚇	hè	恐嚇；恫嚇	xià	嚇壞了；嚇了一跳
給	jǐ	給予；供給；目不暇給	gěi	給以；還給；給錢
嚼	jué	咀嚼；過屠門而大嚼	jiáo	細嚼慢嚥；貪多嚼不爛
潰	kuì	潰爛；潰敗	huì	潰膿

例字	文讀及例詞		白讀及例詞	
勒	lè	勒索；懸崖勒馬	lēi	勒緊；勒脖子
綠	lù	綠林；綠營；鴨綠江	lǜ	綠色；綠豆
露	lù	露天；露骨	lòu	露底兒；露馬腳
殼	qiào	地殼；金蟬脫殼；殼牌石油公司	kér	貝殼；蜆殼；雞蛋殼；子彈殼
塞	sè	阻塞；塞音	sāi	塞住；塞子；加塞兒
色	sè	色彩；夜色	shǎir	套色；變色
削	xuē	削弱；剝削	xiāo	削皮；削梨；刀削麵
爪	zhǎo	鳳爪；爪牙；張牙舞爪	zhuǎ	雞爪子；貓爪兒

值得一提的是：在文白異讀字當中，最複雜的要算"色"字了："英雄本色"一定唸作sè，物品的"本色"就要唸作shǎir；"夜色"就要唸作sè；但"套色"則可按照是否口語場合或作shǎir，或作sè，以上的不同就是文白異讀造成的。又比方，平常我們總是說"紅色（shǎir）的筆"，不將"色"讀作sè的，因為這是口語化的詞彙（但是"紅色風暴"就要唸作sè不唸作shǎir了，因為這是書面化的詞彙）。當然，我們可以說"紅顏色（sè）的筆"，但這樣就是文縐縐的書面化表達了。不過，"顏色"是個多音多義詞，如果讀作yánshai，指的就不是"色彩"，而是指"顏料或染料"了（見《現代漢語詞典》第5版，568頁），這是要注意的。還有，"黃色"一詞，如果讀作huángshǎir，指的就是"黃顏色"，是語音；如果讀作huángsè，那麼既可以指"黃顏色"（讀書音），又可以指"色情"。從上面的分析可以看出："色"的讀法是文白異讀和多音多義都兼而有之的。

06 多音多義字對比

在對比中學習，是學習普通話的最好辦法，為了更好地掌握普通話的多音多義字，我們作了三份對比資料，把普通話和廣州話的常用多音多義字（不包括方言用法）逐一比較。讀者可從中分析對比，記住一些自己較難掌握的字和它的讀音，這樣就能避免"因不了解而誤讀"和"受廣州話影響而誤讀"的錯誤了。

本文所附三份資料，均按每字的漢語拼音注音加以順序排列，並同時附上相應的廣州音。因屬提綱性質，故通常只附一個例詞，讀者可自行參閱詞典或其他資料。其中"～"代表條目字，【又】表示又讀，【俗】表示俗讀，【方】表示方言，【外】表示音譯詞，【口】表示口語詞或口語讀法，【港讀】為香港粵語的慣用讀音，【穗讀】表示廣州粵語的慣用讀音。另外，帶△的字表示它在普通話同時也是文白異讀字。廣州話注音，-p，-t，-k後面的[1、2、3]即表示入聲，傳統標注用[7、8、9]。

資料一 普通話多音多義—廣州話多音多義

字	普通話音	廣州話音	例詞
(1)阿	ā	a[3]	～姨
	ē	ɔ[1]	～附

字	普通話音	廣州話音	例詞
（2）挨	āi	ai^1	～近
	ái	ai^4	～打
（3）拗	ǎo	au^2	～斷
	ào	au^3	～口
	niù	au^3	執～
（4）吧	bā	ba^1	～一聲
	ba	ba^6	好～
（5）膀	bǎng	bɔŋ^2	肩～
		pɔŋ^4	翅～
	pāng	pɔŋ^1、pɔŋ^4	臉～了（浮腫）
	páng	pɔŋ^4	～胱
（6）磅	bàng	bɔŋ^6	～秤
	páng	pɔŋ^4	～礡
（7）炮	bāo	bau^3	～羊肉
	páo	pau^3	～製
	pào	pau^3	槍～
（8）堡	bǎo	bou^2	～壘
	bǔ	bou^2	～子
	pù	pou^3	十里～
（9）刨	bào	pau^2	～子【又】
		pau^4	～子，～木頭
	páo	pau^4	～坑
（10）暴	bào	bou^6	～力
	pù	buk^6	一～十寒
（11）曝	bào	bou^6	～光
	pù	buk^6	一～十寒
（12）奔	bēn	bɐn^1	～跑
	bèn	bɐn^3	投～
		bɐn^1【又】	投～
（13）繃	bēng	bɐŋ^1	～帶

字	普通話音	廣州話音	例詞
		maŋ¹、bɐŋ¹	衣服～在身上
	bĕng	bɐŋ¹	～着臉
	bèng	baŋ⁶	⎫
		dzaŋ⁶【俗】	⎬ ～開
(14) 裨	bì	bei¹	～益
	pí	pei⁴	偏～
(15) 扁	biăn	bin²	～平
	piān	pin¹	～舟
(16) 便	biàn	bin⁶	～利
	pián	pin⁴	～宜
(17) 屏	bĭng	biŋ²	～住氣
	píng	piŋ⁴	～風
(18) 埔	bù	bou³	大～
	pŭ	bou³	黃～
		bou²【港讀】	⎫
		bou⁶【港讀】	⎬ 東～寨
		pou⁴【穗讀】	⎭
(19) 參	cān	tsam¹	～加
	cēn	tsɐm¹、tsam¹	～差
	shēn	sɐm¹	人～
(20) 藏	cáng	tsɔŋ⁴	～匿
	zàng	dzɔŋ⁶	寶～
(21) 廁	cè	tsi³	～所，～身
		tsɐk¹	～足
	si	tsi³	茅～
(22) 曾	céng	tsɐŋ⁴	～經
	zēng	dzɐŋ¹	姓～
(23) 差△	chā	tsa¹	～錯
	chà	tsa¹	～不多
	chāi	tsai¹	～遣

字	普通話音	廣州話音	例詞
	cī	tsi¹	參～
(24) 喳	chā	tsa¹	喊喊～～
	zhā	dza¹	～～叫
(25) 查	chá	tsa⁴	～核
	zhā	dza¹	姓～
		tsa⁴【俗】	
(26) 單	chán	sim⁴	～于
	dān	dan¹	～純
	shàn	sin⁶	姓～
(27) 禪	chán	sim⁴	～師
	shàn	sin⁶	～讓
(28) 長	cháng	tsœŋ⁴	～短
	zhǎng	dzœŋ²	生～
(29) 綽	chāo	tsau¹	～起棍子
	chuò	tsœk³	～號
	chuo	tsœk³	寬～
(30) 剿	chāo	tsau¹	～說
	jiǎo	dziu²	～匪
(31) 朝	cháo	tsiu⁴	～代
	zhāo	dziu¹	～氣
(32) 車	chē	tsɛ¹	～輛、～馬費
		gœy¹【港讀】	～馬費
	jū	gœy¹	～馬炮
(33) 尺	chě	tsɛ²	工～
		tsɛ¹【俗】	（記音符號）
	chǐ	tsɛk³	～寸
(34) 稱	chēng	tsiŋ¹	～呼
		tsiŋ³	～重量
	chèn	tsiŋ³【俗】	～心，對～
		tsɐŋ³	～心，對～

字	普通話音	廣州話音	例詞
(35) 乘	chéng	$\sin^4$	～法
	shèng	$\sin^6$	史～
(36) 盛	chéng	$\sin^4$	～載
	shèng	$\sin^6$	～大
(37) 澄△	chéng	$tsin^4$	～清問題
	dēng	$d\text{ɐ}\eta^1$	黃～～
	dèng	$d\text{ɐ}\eta^6$	～清雜質
(38) 匙	chí	tsi^4	羹～
	shi	si^4	鑰～
(39) 重	chóng	$tsu\eta^4$	～複
	zhòng	$dzu\eta^6$	～要
(40) 仇	chóu	$s\text{ɐ}u^4$	～視
	qiú	$k\text{ɐ}u^4$	姓～
(41) 處	chǔ	tsy^2	～理
	chù	tsy^3	～所
	chu	tsy^3	好～
(42) 傳	chuán	$tsyn^4$	～送
	zhuàn	$dzyn^2$	自～
		$dzyn^6$	～記
(43) 創	chuāng	$ts\text{ɔ}\eta^1$	～傷
	chuàng	$ts\text{ɔ}\eta^3$	～造
(44) 幢	chuáng	$ts\text{ɔ}\eta^4$	經～
		$t\text{ɔ}\eta^4$	海～寺
	zhuàng	$dz\text{ɔ}\eta^6$	一～房子
(45) 椎	chuí	$ts\text{œ}y^4$	～心泣血
	zhuī	$dz\text{œ}y^1$	脊～
(46) 伺	cì	si^6	～候
	sì	dzi^6	～機
(47) 攢	cuán	$tsyn^4$	～湊
	zǎn	$dzan^2$	積～

字	普通話音	廣州話音	例詞
(48) 打	dá	da¹	一～筆
	dǎ	da²	～架
(49) 待	dāi	dɔi⁶、dai¹	～會兒
	dài	dɔi⁶	等～
(50) 擔	dān	dam¹	～保
	dàn	dam³	～子
(51) 彈	dàn	dan²	炸～
		dan⁶	～弓
	tán	dan⁶	～簧
		tan⁴	～琴
(52) 當	dāng	dɔŋ¹	～然
	dàng	dɔŋ¹	～天
		dɔŋ³	恰～
(53) 擋	dǎng	dɔŋ²	～住
	dàng	dɔŋ³	摒～
(54) 叨	dāo	dou¹	～嘮
	dáo	dou¹	～咕
	tāo	tou¹	～光
(55) 倒	dǎo	dou²	～替
	dào	dou²	～水
		dou³	～退
(56) 翟	dí	dik⁶	墨子名～
	zhái	dzak⁶	姓～
(57) 調	diào	diu⁶	～動，～查
		tiu⁴【又】	～查
	tiáo	tiu⁴	～和
(58) 侗	dòng	duŋ⁶	～族
	tóng	tuŋ⁴	倥～
(59) 度	dù	dou⁶	～量
	duó	dɔk⁶	猜～

字	普通話音	廣州話音	例詞
（60）馱	duò	dɔ⁶	～子
	tuó	tɔ⁴	～東西
（61）惡	ě	ɔk³	～心
	è	ɔk³	～毒
	wū	wu¹	～，是何言也！
	wù	wu³	可～
（62）番	fān	fan¹	～茄
	pān	pun¹	～禺縣
（63）菲	fēi	fei¹	芳～
	fěi	fei²	～薄
（64）分	fēn	fɐn¹	～開
		fɐn⁶	百～之十
	fèn	fɐn⁶	充～
（65）縫	féng	fuŋ⁴	～衣服
	fèngr	fuŋ⁶	裂～
（66）佛	fó	fɐt⁶	～教
	fú	fɐt¹	仿～
（67）否	fǒu	fɐu²	～定
	pǐ	pei²	～泰
（68）脯	fǔ	fu²	⎫ 杏～
		pou²【俗】	⎬
	pǔ	pou²	胸～
（69）胳	gā	gap³	～肢窩（夾肢窩）
	gē	gak³	⎫ ～臂
		gɔk³【又】	⎬
	gé	gak³	⎫ ～肢【方】
		gɔk³【又】	⎬
（70）乾	gān	gɔn¹	～燥
	qián	kin⁴	～坤

字	普通話音	廣州話音	例詞
(71) 扛	gāng	gɔŋ¹	力能～鼎
	káng	kɔŋ¹	～槍，～活
(72) 咯	gē	gɔk³	～噔（象聲詞）
		lɔk³【又】	
	kǎ	lɔk³	～血
	lo	lɔ¹	當然～
		lɔk³【又】	
(73) 蛤	gé	gɐp³	～蜊
	há	ha¹	～蟆
		ha⁴	
(74) 更	gēng	gɐŋ¹	～改
		gaŋ¹	打～
	gèng	gɐŋ³	～好
(75) 供	gōng	guŋ¹	～求
	gòng	guŋ¹	口～
		guŋ³	～奉
(76) 估	gū	gu²	～計
	gù	gu³	～衣
(77) 賈	gǔ	gu²	商～
	jiǎ	ga²	姓～
(78) 觀	guān	gun¹	～看
	guàn	gun³	道～
(79) 冠	guān	gun¹	衣～
	guàn	gun³	～軍
(80) 瑰	guī	gwɐi¹	～麗
	gui	gwɐi³	玫～
(81) 傀	guī	gwɐi¹	～偉
	kuǐ	fai³	～儡
(82) 咳	hāi	hai¹	～，真怪
	ké	kɐt¹	～嗽

字	普通話音	廣州話音	例詞
(83) 吭	háng	hɔŋ⁴	引～高歌
	kēng	hɐŋ¹	不～聲
(84) 行	háng	hɔŋ²	洋～
		hɔŋ⁴	～列
	heng	hɐŋ⁶	道～
	xíng	haŋ⁴	～萬里路
		hɐŋ⁴	旅～
		hɐŋ⁶	罪～
(85) 巷	hàng	hɔŋ⁶	～道
	xiàng	hɔŋ²	一條～
		hɔŋ⁶	～戰
(86) 號	háo	hou⁴	～叫
	hào	hou⁶	～碼
(87) 好	hǎo	hou²	～壞
	hào	hou³	愛～
(88) 荷	hé	hɔ⁴	～花
	hè	hɔ⁶	負～
(89) 和	hé	wɔ⁴	～平
	hè	wɔ⁶	附～
	hú	wu⁴	～了滿貫
	huó	wɔ⁴	～泥
	huò	wɔ⁴	～藥
	huo	wɔ⁴	暖～
(90) 核△	hé	hɐt⁶	～算，肺結～
		wɐt²【口】	肺結～
	hé	hɐt⁶	⎫
	húr【口】	wɐt⁶【口】	⎬ 梨～
(91) 糊	hū	wu⁴	～泥
	hú	wu⁴	～塗
	hù	wu²	芝麻～

字	普通話音	廣州話音	例詞
		wu^4	～弄
（92）嘩	huā	fa^1	
		wa^1【又】	｝～啦
	huá	wa^1	喧～
（93）華	huá	wa^4	～麗，
			姓～【又】
	huà	wa^6	～山，姓～
（94）會	huì	wui^2	開～
		wui^5	～游泳
		wui^6	～議
	huìr	wui^6	一～兒
	kuài	wui^6	～計
（95）幾	jī	gei^1	～乎
	jǐ	gei^2	～天
（96）奇	jī	gei^1	～數
	qí	kei^4	～怪
（97）詰	jí	gɐt^1	～屈
	jié	kit^3	反～
（98）藉	jí	dzik^6	狼～，慰～
	jiè	dzik^6	～口，枕～
		dzɛ^3	～故，憑～，
			～口【又】
（99）紀	jǐ	gei^2	姓～
	jì	gei^2	
		gei^3【又】	｝～律，～念
（100）濟	jǐ	dzɐi^2	～～一堂
	jì	dzɐi^3	經～
（101）茄	jiā	ga^1	雪～
	qié	kɛ^2	～子
（102）挾	jiā	gap^3	～着書本
	xié	hip^3	～持

字	普通話音	廣州話音	例詞
（103）假	jiǎ	ga²	～設
	jià	ga³	～期
（104）間	jiān	gan¹	房～，
			時～【又】
		gan³	時～
	jiàn	gan³	～斷
（105）監	jiān	gam¹	～督
	jiàn	gam³	太～
（106）漸	jiān	dzim¹	～染
	jiàn	dzim⁶	逐～
（107）將	jiāng	dzœŋ¹	～來
	jiàng	dzœŋ³	～領
（108）強	jiàng	kœŋ⁵	倔～
	qiáng	kœŋ⁴	～大
	qiǎng	kœŋ⁵	～迫
（109）降	jiàng	gɔŋ³	～落
	xiáng	hɔŋ⁴	～服
（110）嚼△	jiáo	dziu⁶	～不爛
		dzœk³	咬文～字
	jiào	dzœk³	倒～
	jué	dzœk³	咀～
（111）覺	jiào	gau³	睡～
	jué	gɔk³	～醒
（112）校	jiào	gau³	～對
	xiào	hau⁶	學～
（113）解	jiě	gai²	～決
	jiè	gai³	～送
	xiè	gai²	渾身～數
		hai⁶	姓～
（114）禁	jīn	kɐm¹	～洗

字	普通話音	廣州話音	例詞
		gɐm³、gɐm¹	情不自～
	jìn	gɐm³	～止
(115) 圈	juān	hyn¹	～小雞
	juàn	gyn⁶	豬～
	quān	hyn¹	～子
(116) 卡	kǎ	ka¹	～車，～拉OK
		ka³【又】	～拉OK
	qiǎ	ka¹	關～
		ka²	～住了
(117) 看	kān	hɔn¹	～守
	kàn	hɔn¹【俗】	另眼相～
		hɔn³	～見，另眼相～
(118) 可	kě	hɔ²	～以
	kè	hɐk¹	～汗
(119) 拉	lā	lai¹	～車
		la¹	～～隊
	lǎ	la¹	半～
	la	lap⁶	耷～
(120) 剌	lá	la¹	⎫
		lat⁶【又】	⎬ ～了個口子
			⎭
	là	lat⁶	乖～
(121) 喇	lā	la¹	哇～
	lǎ	la¹	～嘛
		la³	～叭
(122) 落△	là	lai⁶	～了東西
	lào	lɔk⁶	～枕
	luō	lɔk⁶	大大～～
	luò	lɔk⁶	～後
(123) 潦	lǎo	lou⁵	（雨水大）
	liáo	liu²	～草

字	普通話音	廣州話音	例詞
(124) 樂	lè	lɔk⁶	～趣
	yuè	ŋɔk⁶	～曲
(125) 累	léi	lœy⁴	果實～～
		lœy⁶	～贅
	lěi	lœy⁵	～積
	lèi	lœy⁶	勞～
(126) 量	liáng	lœŋ⁴	～身材
	liàng	lœŋ⁶	～變
	liang	lœŋ⁶	力～
(127) 撩	liāo	liu¹	～起裙子
	liáo	liu⁴	～撥
(128) 燎	liáo	liu⁴	～原
	liǎo	liu⁵	火燒火～
(129) 瞭	liǎo	liu⁵	～解，明～
		liu⁴ 【又】	明～
	liào	liu⁴	～望
(130) 令	lǐng	liŋ⁵	一～紙
	lìng	liŋ⁶	命～
(131) 溜	liū	liu¹	～走
		lɐu⁴	～冰
		lɐu⁶	滑～(烹飪用)
	liu	lɐu⁶	滑～（光滑）
	liù	lɐu⁶	一～煙
(132) 餾	liú	lɐu⁴	⎫ 蒸～水
		lɐu⁶ 【俗】	⎭
	liù	lɐu⁶	～饅頭
(133) 籠	lóng	luŋ⁴	雞～
	lǒng	luŋ⁵	～罩
(134) 摟	lōu	lɐu¹	～錢
	lǒu	lɐu⁵	～抱

字	普通話音	廣州話音	例詞
（135）僂	lóu	lɐu⁴	佝～
	lǔ	lœy⁵	傴～
（136）率	lǜ	lœt²	～稅
		lœt⁶ 【又】	
	shuài	sœt¹	～領，統～
（137）囉	luō	lɔ¹	～唆
	luó	lɔ⁴	嘍～
（138）抹	mā	mat³	～桌子
		mut³ 【又】	
	mǒ	mut⁶	～殺
	mò	mut⁶	～牆
（139）嘛	má	ma⁴、ma¹	幹～
	mǎ	ma¹	～啡
		ma⁵ 【又】	
	ma	ma¹	你好～
		ma³ 【又】	
（140）蔓△	mán	man⁴	～菁
	màn	man⁶	～延
	wànr	man⁶	瓜～兒
（141）瞇	mī	mei¹	～上眼
	mǐ	mɐi⁵	沙子～眼
（142）靡	mí	mei⁴	～費
	mǐ	mei⁵	所向披～
（143）繆	miào	miu⁶	姓～
	móu	mɐu⁴	綢～
	miù	mɐu⁶	紕～
（144）磨	mó	mɔ⁴	～刀
	mò	mɔ²	石～
		mɔ⁶	～麵
（145）模	mó	mou⁴	～型

字	普通話音	廣州話音	例詞
	mú	mou²	～子
		mou⁴	～樣
(146) 無	mó	mɔ² 【口】	南～
		mɔ⁴	
	wú	mou⁴	～論
(147) 哪	nǎ	na⁵	～年
	něi 【口】	na⁵	
	na	na³	快幹～
	né	na⁴	～吒
(148) 娜	nà	na⁴	（人用名）
		nɔ⁴ 【又】	（人用名）
	nuó	nɔ⁴	婀～
(149) 難	nán	nan⁴	～題
	nàn	nan⁶	～民
(150) 呢	ne	nɛ¹	（助詞）
	ní	nei⁴	～子
(151) 泥	ní	nɐi⁴	～土
	nì	nei⁶	拘～
(152) 粘	nián	nim¹	同"黏"：～土
		nim⁴ 【又】	
	zhān	dzim¹	～米，～連
(153) 擰	níng	niŋ²	～毛巾
		niŋ⁶ 【又】	
	nǐng	niŋ²	～螺絲
		niŋ⁶ 【又】	
	nìng	niŋ⁶	～脾氣
(154) 寧	níng	niŋ⁴	～靜
	nìng	niŋ⁴	～願
		niŋ⁶	姓～
		niŋ⁴ 【又】	

字	普通話音	廣州話音	例詞
（155）區	ōu	$\mathrm{\mathbf{e}u^1}$	姓～
	qū	$\mathrm{k\oe y^1}$	～別
（156）胖	pán	$\mathrm{pun^4}$	心廣體～
	pàng	$\mathrm{bun^6}$	肥～
（157）泡	pāor	$\mathrm{pau^1}$	眼～
	pào	$\mathrm{pau^1}$	燈～
		$\mathrm{pau^3}$	～飯
		$\mathrm{pou^5}$	～沫
		$\mathrm{p\mathrm{o}k^1}$	手起～
（158）漂	piāo	$\mathrm{piu^1}$	～泊
	piǎo	$\mathrm{piu^3}$	～白
	piào	$\mathrm{piu^3}$	～亮
（159）朴	piáo	$\mathrm{piu^4}$	姓～
	pō	$\mathrm{po^1}$	～刀
	pò	$\mathrm{p\mathrm{o}k^3}$	～硝
（160）鋪(舖)	pū	$\mathrm{pou^1}$	～開
	pù	$\mathrm{pou^1}$	床～
		$\mathrm{pou^2}$	雜貨～
		$\mathrm{pou^3}$	～子
（161）蕁△	qián	$\mathrm{tsim^4}$	～麻
	xún	$\mathrm{ts\mathbf{e}m^4}$	～麻疹
（162）茜	qiàn	$\mathrm{sin^3}$	～草，
			（人名用）【又】
	xī	$\mathrm{s\mathbf{e}i^1}$	（人名用）
（163）嗆	qiāng	$\mathrm{ts\oe \eta^1}$	吃～了
	qiàng	$\mathrm{ts\oe \eta^3}$	～嗓子
（164）戧	qiāng	$\mathrm{ts\oe \eta^1}$	說～了
	qiàng	$\mathrm{ts\oe \eta^3}$	夠～
（165）悄	qiāo	$\mathrm{tsiu^2}$	靜～～
		$\mathrm{tsiu^3}$【俗】	

・ 35 ・

字	普通話音	廣州話音	例詞
	qiào	tsiu²	～然
(166) 翹△	qiáo	kiu⁴	～首
	qiào	kiu³	
		hiu³【又】	｝～尾巴
		kiu⁴	～舌音
(167) 切	qiē	tsit³	～開
	qiè	tsit³	～記
		tsɐi³	一～
(168) 親	qīn	tsɐn¹	～屬
	qìng	tsɐn³	～家
(169) 任	rén	jɐm⁴	姓～
	rèn	jɐm⁶	～務，姓～【又】
(170) 塞△	sāi	sɐk¹	～住了
	sài	tsɔi³	～外
	sè	sɐk¹	阻～
(171) 散	sǎn	san²	～文
	sàn	san³	～步
(172) 喪	sāng	sɔŋ¹	～事
	sàng	sɔŋ³	～失
(173) 臊	sāo	sou¹	～味
	sào	sou³	羞～
(174) 柵	shān	san¹	
		dzap⁶【又】	｝～極（電極）
	zhà	dzap⁶	～欄
(175) 上	shǎng	sœŋ⁶	～聲
	shàng	sœŋ⁵	～山
		sœŋ⁶	～下
	shang	sœŋ⁶	山～
(176) 召	shào	siu⁶	姓～

字	普通話音	廣州話音	例詞
	zhào	dziu⁶	號～
（177）少	shǎo	siu²	～量
	shào	siu³	～年
（178）折	shé	sit⁶	～耗，虧～
		dzit³	棍子～了
	zhē	dzit³	～跟頭
	zhé	dzit³	～磨
（179）什	shí	sɐp⁶	～一，～錦
		dzap⁶	～錦【又】，～物
	shén	sɐm⁶	～麼
（180）省	shěng	saŋ²	～略
	xǐng	siŋ²	～悟
（181）識	shí	sik¹	～別
	zhì	dzi³	標～
（182）數	shǔ	sou²	～不清
	shù	sou³	～目
	shuò	sɔk³	頻～
（183）屬	shǔ	suk⁶	～於
	zhǔ	dzuk¹	～望
（184）刷	shuā	tsat²	牙～
		tsat³	～牙
	shuà	sat³	～白
（185）說	shuì	sœy³	游～，～客
	shuō	syt³	～明，～服
（186）思	sī	si¹	～考
	si	si³	意～
		si¹【又】	
（187）宿	sù	suk¹	～舍
	xiǔ	suk¹	一～

字	普通話音	廣州話音	例詞
	xiù	sɐu³	星～
(188) 拓	tà	tap³	～本
	tuò	tɔk³	～荒
(189) 苔△	tāi	tɔi¹	舌～
	tái	tɔi⁴	青～
(190) 褪	tuì	tœy³	～色
	tùn	tɐn³	～袖子
(191) 為	wéi	wɐi⁴	～難
	wèi	wɐi⁶	～了
(192) 尉	wèi	wɐi³	～官
	yù	wɐt¹	～遲（姓）
(193) 遺	wèi	wɐi⁶	～贈
	yí	wɐi⁴	～失
(194) 鮮	xiān	sin¹	～美，朝～
	xiǎn【俗】	sin¹	朝～
	xiǎn	sin²	～有
(195) 相	xiāng	sœŋ¹	～信
	xiàng	sœŋ²【口】	～機（照相機）
		sœŋ³	～機，～貌
(196) 肖	xiāo	siu¹	姓～
	xiào	tsiu³	～像
(197) 興	xīng	hiŋ¹	～起
	xìng	hiŋ³	～趣
(198) 熏	xūn	fɐn¹	～魚
	xùn	fɐn³	被煤氣～
(199) 燕	yān	jin¹	姓～
	yàn	jin³	～子
(200) 咽	yān	jin¹	～喉
	yàn	jin³	～唾沫
	yè	jit³	嗚～

字	普通話音	廣州話音	例詞
（201）殷	yān	jin¹、an¹	～紅
	yīn	jɐn¹	～切
	yǐn	jɐn²	雷聲～～
（202）要	yāo	jiu¹	～求
	yào	jiu³	需～
（203）飲	yǐn	jɐm²	～食
	yìn	jɐm³	～馬
（204）應	yīng	jiŋ¹	～該
		jiŋ³	～屆，～允
	yìng	jiŋ¹	～承
		jiŋ³	～邀
	ying	jiŋ³	答～
（205）於	yū	jy¹	姓～
	yú	jy¹	～是
（206）予	yú	jy⁴	～取～求
	yǔ	jy⁵	～以
（207）與	yǔ	jy⁵	～人為善
	yù	jy⁶	～會
（208）熨	yù	wɐt¹	～貼
	yùn	tɔŋ³	｝～斗
		wɐn⁶【又】	
（209）暈	yūn	wɐn⁴	頭～
	yùn	wɐn⁴	～車
		wɐn⁶	月～，血～
（210）載	zǎi	dzɔi²	一年半～
		dzɔi³	登～
	zài	dzɔi³	～貨
（211）奘	zàng	dzɔŋ¹	｝玄～
		dzɔŋ⁶【又】	
	zhuǎng	dzɔŋ³	樹很～（粗大）

字	普通話音	廣州話音	例詞
(212) 仔	zǎir	dzɐi²	豬～
	zī	dzi²	～肩
	zǐ	dzi²	～細
(213) 漲	zhǎng	dzœŋ²	～價
	zhàng	dzœŋ³	～大
(214) 着	zhāo	dzœk⁶	～數（招數）
	zhāor	dzœk⁶	三十六～，走為上～
	zháo	dzœk⁶	～急
	zhuó	dzœk³	穿～
		dzœk⁶	～陸
	zhe	dzœk⁶	躺～
(215) 正	zhēng	dziŋ¹	～月
	zhèng	dziŋ³	～面
		dzɛŋ³	擺～
(216) 中	zhōng	dzuŋ¹	～心
	zhòng	dzuŋ¹【俗】	～肯
		dzuŋ³	～肯，～選
(217) 種	zhǒng	dzuŋ²	～子
	zhòng	dzuŋ³	～植
(218) 轉	zhuǎi	dzyn²	～文（說話文縐縐的）
	zhuǎn	dzyn²	～變
	zhuàn	dzyn³	～椅

資料二　普通話多音多義──廣州話一音多義

字	普通話音	廣州話音	例詞
(1) 艾	ài	ŋai⁶	姓～，方興未～
	yì	ŋai⁶	怨～

字	普通話音	廣州話音	例詞
（2）熬	āo	ŋau⁴	～菜
	áo	ŋou⁴【又】	～夜
（3）叭	bā	ba¹	～一聲
	ba	ba¹	喇～
（4）扒	bā	pa⁴	～開
	pá	pa⁴	～手
（5）把	bǎ	ba²	～持
	bàr	ba²	刀～兒
（6）百	bǎi	bak³	～貨
	bó	bak³	～色縣
（7）柏	bǎi	pak³	～樹
	bó	pak³	～林【外】
	bò	pak³	黃～
（8）伯	bǎi	bak³	大～子
	bó	bak³	～父
（9）蚌	bàng	pɔŋ⁵	（貝類用）
	bèng	pɔŋ⁵	（地名用）
（10）剝△	bāo	mɔk¹	～皮
	bō	bɔk¹	～削
（11）薄△	báo	bɔk⁶	～紙
	bó	bɔk⁶	～弱
	bò	bɔk⁶	～荷
（12）膊	bó	bɔk³	赤～
	bo	bɔk³	胳～
（13）臂	bei	bei³	胳～
	bì	bei³	～膀
（14）秘	bì	bei³	～魯（國名），姓～
	mì	bei³	～密

字	普通話音	廣州話音	例詞
（15）泌	bì	bei³	～陽（地名），姓～
	mì	bei³	分～
（16）癟	biē	bit⁶	～三
	biě	bit⁶	乾～
（17）檳	bīn	bɐn¹	～子
	bīng	bɐn¹	～榔
（18）泊	bó	bɔk⁶	淡～
		pak³、bɔk⁶	～船、停～
	pō	bɔk⁶	湖～
（19）簸	bǒ	bɔ³	顛～
	bò	bɔ³	～箕
（20）嚓	cā	tsat³	（剎車聲）
	chā	tsat³	喀～一聲斷了
（21）叉	chā	tsa¹	～路
	chá	tsa¹	～住
	chǎ	tsa¹	～開腿
	chà	tsa¹	劈～
（22）杈	chā	tsa¹	（農具）
	chà	tsa¹ / tsa³【又】	〉樹～子
（23）衩	chǎr	tsa³	褲～兒
	chà	tsa³	～口
（24）剎	chà	sat³	～那，什～海
	shā	sat³	～車
（25）顫	chàn	dzin³	～動
	zhàn	dzin³	～栗
（26）場	cháng	tsœŋ⁴	一～雨
	chǎng	tsœŋ⁴	～地，一～球賽
（27）吵	chāo（chao）	tsau²	～～（多人亂嚷）

字	普通話音	廣州話音	例詞
(28) 焯	chǎo	tsau²	～鬧
	chāo	tsœk³	}～菠菜
		tsau¹【又】	
	zhuō	dzœk³	勳德～著
(29) 衝	chōng	tsuŋ¹	～動
	chòng	tsuŋ¹	～勁兒
(30) 臭	chòu	tsɐu³	～味
	xiù	tsɐu³	無色無～
(31) 畜	chù	tsuk¹	～生
	xù	tsuk¹	～牧
(32) 揣	chuāi	} tsyn²	～手
	chuǎi	} tsœy【又】	～測
	chuài		掙～
(33) 刺	cī	tsi³	（象聲詞）
	cì	tsi³	～激，行～
		sik³【又】	行～
(34) 撮	cuō	tsyt³	～合
	zuǒ	tsyt³	一～子毛
(35) 答	dā	dap³	～應
	dá	dap³	回～
(36) 沓	dá	dap⁶	一～紙
	tà	dap⁶	雜～
(37) 大	dà	dai⁶	～小
	dài	dai⁶	～夫
(38) 逮△	dǎi	dɐi⁶	～蟲子
	dài	dɐi⁶	～捕
(39) 得	dé	dɐk¹	～到
	de	dɐk¹	跑～快
	děi	dɐk¹	～走了
(40) 的	de	dik¹	我～

• 43 •

字	普通話音	廣州話音	例詞
	dí	dik¹	～確
	dì	dik¹	目～
(41) 地	de	dei⁶	快快～
	dì	dei⁶	～方
(42) 提	dī	tɐi⁴	～防
	tí	tɐi⁴	～出
(43) 釘	dīng	} dɛŋ¹	～子
	dìng	} diŋ¹【又】	～扣子
(44) 都	dōu	dou¹	} ～來了
		du¹【又】	
	dū	dou¹	首～
(45) 肚	dǔ	tou⁵	熟牛～子
	dù	tou⁵	～子疼
(46) 囤	dùn	} tyn⁴	糧～
	tún	} tœn⁴【又】	～積
(47) 坊	fāng	fɔŋ¹	～間
	fang	fɔŋ¹	作～
(48) 服	fú	fuk⁶	～從
	fù	fuk⁶	一～藥
	fu	fuk⁶	衣～
(49) 夾	gā	gap³	～肢窩
	jiā	gap³	～攻
	jiá	gap³	～褲
(50) 咖	gā	ga³	～喱
	kā	ga³	～啡
(51) 軋	gá	dzat³	～賬
	yà	dzat³	傾～
	zhá	dzat³	～鋼
(52) 芥	gài	gai³	～藍，～菜（即蓋菜）

字	普通話音	廣州話音	例詞
	jiè	gai³	～菜
（53）崗	gāng	gɔŋ¹	山～
	gǎng	gɔŋ¹	～位
（54）鋼	gāng	gɔŋ³	～鐵
	gàng	gɔŋ³	把刀～一～
（55）擱	gē	gɔk³	耽～
	gé	gɔk³	～不住
（56）葛	gé	gɔt³	瓜～
	gě	gɔt³	姓～
（57）個	gě	gɔ³	自～兒
	gè	gɔ³	兩～
	ge	gɔ³	些～
（58）給△	gěi	kɐp¹	～錢
	jǐ	kɐp¹	供～，目不暇～
（59）勾	gōu	ŋɐu¹	～銷
	gòu	gɐu¹【又】	～當
（60）骨	gū	gwɐt¹	～碌
	gǔ	gwɐt¹	～肉，～頭
（61）瑰	guī	gwɐi³	～麗
	gui	gwɐi³	玫～
（62）檜	guì	kui²	～樹
	huì	kui²	（人用名）
（63）哈	hā	ha¹	～～笑
	hǎ	ha¹	～巴狗
（64）還	hái	wan⁴	～有
	huán	wan⁴	～債
（65）貉	háo	lɔk³	～子
	hé	hɔk⁶【又】	一丘之～
（66）喝	hē	hɔt³	～水
	hè	hɔt³	～彩

字	普通話音	廣州話音	例詞
(67) 嚇△	hè	hak³	恐～
	xià	hak³	～唬
(68) 橫	héng	waŋ⁴	～直
	hèng	waŋ⁴	～財，～禍
(69) 哄	hōng	huŋ³、huŋ¹	～動
	hǒng	huŋ³	～騙
	hòng	huŋ³	起～
(70) 虹△	hóng	huŋ⁴	彩～
	jiàng	huŋ⁴	啊，出～了！
(71) 劃	huá	wak⁶	～火柴
	huà	wak⁶	～分
(72) 晃	huǎng	fɔŋ²	～眼
	huàng	fɔŋ²	～動
(73) 潰	huì	kui²	～瘍
	kuì	kui²	崩～
(74) 混	hún	wɐn⁶	～蛋
	hùn	wɐn⁶	～亂，含～
(75) 豁	huō	kut³	～出去
	huò	kut³	～免
(76) 繫	jì	hɐi⁶	～領帶
	xì	hɐi⁶	聯～
(77) 漿	jiāng	dzœŋ¹	豆～
	jiàng	dzœŋ¹	～糊
(78) 教	jiāo	gau³	～書
	jiào	gau³	～師，～學相長
(79) 角	jiǎo	gɔk³	～度
	jué	gɔk³	～色
(80) 結	jiē	git³	～巴
	jié	git³	～婚

字	普通話音	廣州話音	例詞
（81）勁	jìn（r）	giŋ⁶	起～（兒）
	jìng	giŋ³【又】	～敵
（82）倔	jué	gwɐt⁶	～強
	juè	gwɐt⁶	性子～
（83）噱	jué	kɛk⁶【口】	大笑：可發一～
	xué	kœk⁶	～頭【方】
（84）菌	jūn	kwɐn²	細～
	jùn	kwɐn²	～子（即"蕈"）
（85）剋	kè	hɐk¹	～扣
	kēi	hak¹【又】	～架
（86）殼△	kér	hɔk³	雞蛋～，貝～
	qiào	hɔk³	金蟬脫～，地～
（87）空	kōng	huŋ¹	～虛
	kòng	huŋ¹	～缺
	kòngr	huŋ¹	有～兒
（88）烙	lào	lɔk³	～餅
	luò	lɔk³	炮～
（89）肋	lē	lɐk⁶	～膩
	lèi	lak⁶【又】	～骨
（90）勒△	lè	lɐk⁶	～索
	lēi	lak⁶【又】	～緊些
（91）了	le	liu⁵	來～
	liǎo	liu⁵	～結
（92）擂	léi	lœy⁴	～缽，自吹自～
	lèi	lœy⁴	～台
（93）蠡	lí	lɐi⁵	～測
	lǐ	lɐi⁵	（人名地名用）
（94）裏	lǐ	lœy⁵	～面
	li	lœy⁵	手～

字	普通話音	廣州話音	例詞
(95) 倆	liǎ	lœŋ⁵	我們～
	liǎng	lœŋ⁵	伎～
(96) 涼	liáng	lœŋ⁴	～快
	liàng	lœŋ⁴、lœŋ⁶	把熱湯～～
(97) 咧	liē	lit⁶	大大～～
	liě	lit⁶	～嘴
	lie	lit⁶	好～
(98) 淋	lín	lɐm⁴	～浴
	lìn	lɐm⁴	～病
(99) 六	liù	luk⁶	～本書
	lù	luk⁶	～安茶
(100) 陸	liù	luk⁶	～千元
	lù	luk⁶	～地
(101) 弄	lòng	luŋ⁶	～堂
	nòng	luŋ⁶	捉～
(102) 露△	lòu	lou⁶	～一手
	lù	lou⁶	暴～
(103) 綠△	lù	luk⁶	～林
	lù	luk⁶	～色
(104) 掄	lūn	lœn⁴	～刀
	lún	lœn⁴	～材
(105) 論	lún	lœn⁶ lœn⁴【又】	～語 ～語
	lùn	lœn⁶	～文
(106) 捋	lǔ	lyt³	～鬍子
	luō	lyt³	～袖子
(107) 埋	mái	mai⁴	～藏
	mán	mai⁴	～怨
(108) 脈	mài	mɐk⁶	～搏
	mò	mɐk⁶	～～含情

字	普通話音	廣州話音	例詞
(109) 麼	me	mɔ¹	什～
	mó	mɔ¹	幺～（微小）
(110) 沒	méi	mut⁶	～有
	mò	mut⁶	～收、沉～
(111) 悶	mēn	mun⁶	～熱
	mèn	mun⁶	煩～
(112) 蒙	mēng	muŋ⁴	～騙
	méng	muŋ⁴	～蔽
	měng	muŋ⁴	～古
(113) 囔	nāng	nɔŋ⁴	～～
	nang	nɔŋ⁴	嘟～
(114) 尿	niào	niu⁶	～素
	suī	niu⁶	一泡～、～脬
(115) 瘧△	nüè	jœk⁶	～疾
	yào	jœk⁶	～子
(116) 迫	pǎi	bik¹	～擊炮
	pò	bik¹	～害，緊～
(117) 噴	pēn	pɐn³	～水，香～～
	pèn	pɐn³	～香，對蝦～兒
	pen	pɐn³	嚏～
(118) 劈	pī	pɛk³ ⎱	～木柴
	pǐ	pik¹【又】⎰	～叉
(119) 片	piān	⎱	（電影）～子
	piānr【口】	pin³	相～兒
	piàn	pin²【口】⎰	相～
	piàn	pin³	～面
(120) 漂	piāo	piu¹	～泊
	piǎo	piu³	～白
	piào	piu³	～亮
(121) 撇	piē	pit³	～開

字	普通話音	廣州話音	例詞
	piě	pit³	～嘴
(122) 鉛	qiān	jyn⁴	～筆
	yán	jyn⁴	～山縣
(123) 雀△	qiāo	dzœk³	～子
	què	dzœk³	～斑
(124) 曲	qū	kuk¹	彎～
	qǔ	kuk¹	歌～
(125) 闕	quē	kyt³	～如
	què	kyt³	宮～
(126) 嚷	rāng（rang）	jœŋ⁶	～～
	rǎng	jœŋ⁶	～叫
(127) 撒	sā	sat³	～手
	sǎ	sat³	～種
(128) 掃	sǎo	sou³	～地
	sào	sou³	～帚
(129) 色△	sè	sik¹	～彩
	shǎi	sik¹	～子
	shǎir	sik¹	掉～，變～
(130) 煞	shā	sat³	～尾
	shà	sat³	～費苦心
(131) 杉△	shā	tsam³	～木
	shān	tsam³	紅～
(132) 廈	shà	ha⁶	大～
	xià	ha⁶	～門市
(133) 稍	shāo	sau²	～微
	shào	sau²	～息
(134) 甚	shén	sɐm⁶	～麼
	shèn	sɐm⁶	～至
(135) 似	shì	tsi⁵	～的
	sì	tsi⁵	～乎

字	普通話音	廣州話音	例詞
（136）殖	shi	dzik⁶	骨～
	zhí	dzik⁶	繁～
（137）熟△	shóu	suk⁶	煮～
	shú	suk⁶	～練
（138）遂	suí	sœy⁶	半身不～
	suì	sœy⁶	～心
（139）踏	tā	dap⁶	～實
	tà	dap⁶	～步
（140）挑	tiāo	tiu¹	～選
	tiǎo	tiu¹	～戰
（141）帖	tiē	tip³	～服
	tiě	tip³	請～
	tiè	tip²【又】	字～
（142）通	tōng	tuŋ¹	～過
	tòngr	tuŋ¹	打他一～
（143）同	tóng	tuŋ⁴	～時
	tong	tuŋ⁴	金魚胡～
	tòngr	tuŋ⁴	一條胡～
（144）吐	tǔ	tou³	～痰
	tù	tou³	嘔～
（145）尾	wěi	mei⁵	～巴
	yǐ	mei⁵	馬～兒
（146）削△	xiāo	sœk³	～皮
	xuē	sœk³	～減
（147）血△	xiě	hyt³	流～
	xuè	hyt³	～液
（148）旋	xuán	syn⁴	～轉
	xuàn	syn⁴	～風
（149）壓	yā	at³	～力
	yà	at³	～根兒

字	普通話音	廣州話音	例詞
(150) 湮	yān	jɐn¹	～沒
	yīn	jɐn¹	紙太～墨
(151) 約	yāo	jœk³	～重量
	yuē	jœk³	～會
(152) 鑰△	yào	jœk⁶	～匙
	yuè	jœk⁶	鎖～
(153) 耶	yē	jɛ⁴	～穌
	yé	jɛ⁴	是～非～
(154) 掖	yē	jik⁶【口】	～在懷裏
	yè	jɐt⁶	提～
(155) 柚	yóu	jɐu²	～木
	yòu	jɐu²	～子
(156) 紮	zā	dzat³	～辮子，一～綫
	zhá	dzat³	駐～
(157) 扎	zhā	dzat³	～針
	zhá	dzat³	掙～
(158) 擇	zé	dzak⁶	選～
	zhái	dzak⁶	～不開
(159) 炸	zhá	dza³	油～
	zhà	dza³	爆～
(160) 爪△	zhǎo	dzau²	～牙
	zhuǎ	dzau²	～子
(161) 蜇	zhē	dzit³	蜜蜂～人
	zhé	dzit³	海～
(162) 掙	zhēng	dzɐŋ¹	～扎
	zhèng	dzaŋ¹【又】	～錢
(163) 軸	zhóu	dzuk⁶	～心
	zhòu	dzuk⁶	壓～
		dzɐu⁶【又】	

字	普通話音	廣州話音	例詞
(164) 拽	zhuāi	$jɐi^6$	～球
	zhuài	$jɐi^6$	硬～
(165) 琢	zhuó	$dœk^3$	雕～，～磨玉器
	zuó	$dœk^3$	～磨（思索）
(166) 子	zǐ	dzi^2	～女
	zi	dzi^2	桌～
(167) 鑽	zuān	$dzyn^3$	～探，～營
		$dzyn^1$【又】	～營
	zuàn	$dzyn^3$	～石
(168) 作	zuō	$dzɔk^3$	～坊
	zuò	$dzɔk^3$	～曲，～踐

資料三　普通話一音多義──廣州話多音多義

字	普通話音	廣州話音	例詞
(1) 傍	bàng	$bɔŋ^6$	依山～水
		$bɔŋ^6$、$pɔŋ^4$	～晚
(2) 鮑	bào	bau^1	～魚
		bau^6	姓～
(3) 背	bèi	bui^3	～後
		bui^6	～詩
(4) 被	bèi	bei^6	～動
		pei^5	棉～
(5) 比	bǐ	bei^2	～賽
		bei^6	～鄰
(6) 錶	biǎo	biu^1【口】	手～，儀～
		biu^2	
(7) 瀕	bīn	$bɐn^1$	～海

字	普通話音	廣州話音	例詞
		pɐn⁴	～臨
(8) 簿	bù	bou²	練習～
		bou⁶	～記
(9) 操	cāo	tsou¹	～縱
		tsou³	情～
(10) 腸	cháng（r）	tsœŋ²	大～，香～
		tsœŋ⁴	～胃
(11) 撐	chēng	tsaŋ¹	～船
		dzaŋ⁶	～破口袋
(12) 籌	chóu	tsɐu²	竹～
		tsɐu⁴	～碼
(13) 闖	chuǎng	tsɔŋ²	～禍
		tsɔŋ³、tsɔŋ²	～蕩
(14) 從	cóng	tsuŋ¹	～容
		tsuŋ⁴	～前
(15) 錯	cuò	tsɔ³	～誤
		tsɔk³	交～
(16) 呆	dāi	dai¹【又】	書～子
		ŋɔi⁴	～板，書～子
(17) 帶	dài（r）	dai²	鞋～
		dai³	～領
(18) 袋	dài（r）	dɔi²	手～
		dɔi⁶	麻～
(19) 旦	dàn	dan²	花～
		dan³	元～
(20) 蛋	dàn	dan²	雞～
		dan⁶	～糕
(21) 淡	dàn	dam⁶	～薄
		tam⁵	味道～
(22) 氹	dàng	dɔŋ⁶	～肥

字	普通話音	廣州話音	例詞
		tɐm⁵	水～，澳門～仔
(23) 滴	dī	dik⁶	⎫
		dik¹【又】	⎬ ～答
		dik⁶	水～，～水穿石
(24) 墊	diàn（r）	din²	⎫
		dzin²【又】	⎬ 椅～
	diàn	din³	⎫
		dzin³【又】	⎬ ～高些
		din⁶	～錢
(25) 訂	dìng	dɛŋ¹	～書機
		diŋ³	～正
		diŋ⁶	～婚
		dɛŋ⁶、diŋ⁶	～閱
(26) 洞	dòng	duŋ²	（地名用）
	dòng（r）	duŋ⁶	山～
(27) 隊	duì	dœy²	排～
		dœy⁶	～列
(28) 斷	duàn	dyn³	～定
		tyn⁵	綫～了
		dyn⁶	不～
(29) 額	é	ŋak²	名～
		ŋak⁶	～外
(30) 販	fàn	fan²	小～
		fan³	⎫
		fan⁵【又】	⎬ ～賣
(31) 咐	fù	fu³	吩～
		fu⁶	囑～
(32) 復	fù	fuk¹	反～
		fuk⁶	～原
(33) 告	gào	gou³	預～，忠～

字	普通話音	廣州話音	例詞
		guk¹【港讀】	忠～
（34）壺	hú	wu²	茶～
		wu⁴	一～茶
（35）划	huá	wa¹	～船
		wak⁶	～算
		fa³【又】	
（36）話	huà	wa²	童～
		wa⁶	～題
（37）畫	huà（ｒ）	wa²	圖～
	huà	wak⁶	～風景
（38）黃	huáng	wɔŋ²	蛋～
		wɔŋ⁴	～色
（39）簧	huáng	wɔŋ²	彈～
		wɔŋ⁴	～片
（40）近	jìn	kɐn⁵	～距離
		gɐn⁶	～視，親～
（41）精	jīng	dzɛŋ¹	你真～
		dziŋ¹	～神
（42）件	jiàn	gin²	文～
		gin⁶	一～事
（43）鏡	jìng	gɛŋ²	眼～【ロ】
		gɛŋ³	眼～，望遠～
（44）局	jú	guk²	郵～
		guk⁶	～部
（45）喀	kā	ka¹	～嚓
		hak³	（譯名用）
		ka¹【又】	
（46）框	kuàng	hɔŋ¹	舊～～
		kwaŋ¹【又】	
		kwaŋ¹	門～

字	普通話音	廣州話音	例詞
(47) 賴	lài	lai²	無～
		lai⁶	依～
(48) 蘭	lán	lan¹	荷～（國名）
		lan²	白～
		lan⁴	劍～
(49) 撈	lāo	lau⁴	打～
		lou¹	～一把
(50) 璃	li	lei¹	玻～
		lei⁴	琉～
(51) 鏈	liàn	lin²	鐵～
		lin⁶	～軌，～霉素
(52) 兩	liǎng	lœŋ²	斤～
		lœŋ⁵	～斤
(53) 輛	liàng	lœŋ²	車～
		lœŋ⁶	一～車
(54) 樓	lóu	lɐu²	二～
		lɐu⁴	～房
(55) 輪	lún	lœn²	飛～
		lœn⁴	～流
(56) 米	mǐ	mɐi¹【外】	一百～
		mɐi⁵	大～
(57) 膜	mó	mɔk²	耳～
		mɔk⁶	隔～
		mou⁴	～拜
(58) 盤	pán	pun²	托～，開～兒
		pun⁴	～旋，一～菜
(59) 蓬	péng	puŋ⁴	～勃
		fuŋ⁴	～萊
(60) 鉗	qián	kim²	鐵～
		kim⁴	～住

字	普通話音	廣州話音	例詞
(61) 錢	qián	tsin²	有～
		tsin⁴	～財，金～
(62) 繩	shéng	siŋ²	跳～
		siŋ⁴	～索
(63) 蝕	shí	sit⁶	～本
		sik⁶	腐～
(64) 使	shǐ	si²	～喚，～用
		sɐi²【口】	～用
		si³	大～
(65) 試	shì	si³	～驗，考～
		si⁵【又】	考～
(66) 肆	sì	sei³	～佰元
		si³	放～
(67) 索	suǒ	sɔk³	繩～
		sɔk³	⎫
		sak³【港讀】	⎬ ～取，搜～
			⎭
(68) 疼	téng	tɐŋ⁴	～痛
		tuŋ³	～愛
(69) 聽	tīng	tɛŋ¹【口】	⎫
		tiŋ¹	⎬ ～見
		tiŋ³	～任
(70) 條	tiáo	tiu²	柳～
		tiu⁴	一～河
(71) 玩	wán	wan²	～足球，～具【穗讀】
		wun²	古～
		wun⁶	～具
(72) 丸	wán	jyn²	肉～
		jyn⁴	膏丹～散
(73) 文	wén	mɐn⁴	～化

字	普通話音	廣州話音	例詞
		$mɐn^6$	～過飾非
(74) 斡	wò	wat^3	～旋
		$wɔ^1$	達～爾族
(75) 塢	wù	ou^3	船～
		wu^2	山～
(76) 物	wù	$mɐt^2$	大人～
		$mɐt^6$	生～
(77) 下	xià	ha^2	鄉～
		ha^5	一～子
		ha^6	～面
(78) 鞋	xié	hai^2	拖～
		hai^4	涼～
(79) 押	yā	at^3	～送，畫～
		ap^3【又】	畫～
(80) 樣	yàng（r）	$jœŋ^2$	圖～
		$jœŋ^6$	～式
(81) 易	yì	ji^6	容～
		jik^6	交～
(82) 姨	yí	ji^1	阿～
		ji^4	～媽
(83) 嶼	yǔ	jy^4	大～山
		$dzœy^6$	島～
(84) 願	yuàn	jyn^2	寧～
		jyn^6	志～
(85) 仗	zhàng	$dzœŋ^3$	打～
		$dzœŋ^6$	～義
(86) 質	zhì	$dzɐt^1$	～量
		dzi^3	人～
(87) 縱	zòng	$dzuŋ^1$	～橫
		$dzuŋ^3$	放～

字	普通話音	廣州話音	例詞
（88）坐	zuò	dzɔ⁶	～享其成
		tsɔ⁵	～車

07 多音多義詞

談到多音多義字，我們也應該留意一下常見的多音多義詞
（也叫"同形異義詞"），雖然它們為數不多，但其讀法和詞
義卻常常難以弄清楚，試看以下分析：

例詞		簡析
(1) 扒拉	bāla	撥動：把鐘扒拉一下；扒拉我幹嗎？
扒拉	pála	【北京口語】用筷子把飯菜撥到嘴裏：扒拉兩口飯就走了。
(2) 奔命	bēnmìng	奉命奔走：疲於奔命。
奔命	bènmìng	【口語】拚命趕路或做事：奔甚麼命啊，還早呢！
(3) 便宜	biànyí	方便合適；便利。
便宜	piányi	（一）價錢低：這書很便宜；（二）不該得的利益：佔便宜；（三）使得利益：便宜了你了。
(4) 差事	chàshì	【口語】不中用，不合標準：這桿筆真差事，幾天就壞了。
差事	chāishi	（一）被派去做的事：有甚麼好差事呀；（二）泛指職務：他在那兒幹甚麼差事？
(5) 拆散	chāisǎn	使成套的東西分散：這些茶具不能拆散了

賣。

| 拆散 | chāisàn | 使家庭、集體等分散：怎麼硬要拆散我們呢？ |

(6) 朝陽　cháoyáng　　向着太陽：找一所朝陽的房子。

　　朝陽　zhāoyáng　　初升的太陽：迎着朝陽大步向前。

(7) 出處　chūchǔ　　【書面語】出仕或退隱。

　　出處　chūchù　　（引文或典故的）來源。

(8) 大夫　dàfū　　古代官職：士大夫。

　　大夫　dàifu　　【口語】醫生。

(9) 大王　dàwáng　　（一）財閥：石油大王；（二）能手：足球大王。

　　大王　dàiwang　　戲曲、舊小說對國王或強盜首領的稱呼。

(10) 當年　dāngnián　　（一）過去某時間：想當年，哪裏有錢坐飛機？（二）壯年：這小伙子正當年，幹活兒真衝。

　　當年　dàngnián　　同一年：他去年畢的業，當年就找到好工作。

(11) 當日　dāngrì　　當（dāng）時。

　　當日　dàngrì　　當（dàng）天；本天；同一天。

(12) 當時　dāngshí　　過去某一時間：當時生活不錯。

　　當時　dàngshí　　馬上：老師一進教室，學生當時就安靜了。

(13) 當頭　dāngtóu　　（一）迎頭：當頭一棒；（二）臨頭：國難當頭，匹夫有責；（三）放在首位：怕字當頭就甚麼也做不成。

　　當頭　dàngtou　　【口語】向當舖借錢所交的抵押品。

（14）倒車	dǎochē	中途換車：坐這路車三站再倒六路車。
倒車	dàochē	使車向後退：你把車倒倒。
（15）調配	diàopèi	調動分配：人手不夠更要調配得好些。
調配	tiáopèi	調和，配合：顏色調配得好畫面就更吸引人。
（16）發行	fāháng	批發：出版商按發行價把書賣給書店。
發行	fāxíng	發出新印製的貨幣、債券、書籍等。
（17）分子	fēnzǐ	（一）數學名詞：分子式；（二）化學名詞：分子量。
分子	fènzǐ	指人：知識分子、積極分子。
（18）芥菜	gàicài	“蓋菜”的另一種寫法，是芥（jiè）菜的變種。
芥菜	jiècài	草本植物，種子可做芥末，變種很多。
（19）供養	gōngyǎng	供給長輩生活所需：供養老人。
供養	gòngyǎng	供奉祭祀：佛像前供養着幾樣果品。
（20）好事	hǎoshì	（一）好事情：做好事；（二）慈善事業；（三）【書面語】喜慶事。
好事	hàoshì	好管閒事：這個人真好事。
（21）呼號	hūháo	（一）哭叫：仰天呼號；（二）叫喊：奔走呼號。
呼號	hūhào	（一）無綫電通訊所用代號；（二）某些組織的口號。
（22）見長	jiàncháng	有特長：他以畫畫見長。
見長	jiànzhǎng	比以前高大：這孩子真見長，比哥哥還高了。
（23）教學	jiāoxué	教書：他是教學的；我教了十年學了。

	教學	jiàoxué	把知識技能傳授給學生的過程：教學要結合實際。
(24)	結果	jiēguǒ	長出果實：梨樹結果了，一個個又大又甜。
	結果	jiéguǒ	（一）最後狀態：比賽的結果怎麼樣？（二）將人殺死：一槍就結果了敵人。
(25)	空心	kōngxīn	內部是空的：這種磚是空心的。
	空心	kòngxīnr	空（kōng）着肚子：這些藥得空心兒吃。
(26)	口角	kǒujiǎo	嘴邊：口角炎；口角流涎。
	口角	kǒujué	爭吵：不要為了小事就和人家口角。
(27)	庫藏	kùcáng	庫房裏儲藏：清點庫藏物資。
	庫藏	kùzàng	【書面語】倉庫。
(28)	累累	léiléi	【書面語】（一）憔悴樣：～～若喪家之狗；（二）接連成串：果實～～。
	累累	lěilěi	（一）屢次，屢屢：～～失誤；（二）積累得多：罪行～～。
(29)	籠子	lóngzi	竹子製或鐵絲編的器具：雞籠子。
	籠子	lǒngzi	比較大的箱子：衣服籠子。
(30)	露頭	lòutóu（r）	（一）露出頭部：他在水裏剛露頭兒，就又沉下去了；（二）比喻剛出現：新生事物一露頭，我們就要大力扶持。
	露頭	lùtóu	岩石和礦床露出地面的部分，也叫"礦苗"。
(31)	悶氣	mēnqì	空氣不流通以致不舒暢：房子裏真悶氣。
	悶氣	mènqì	在心裏沒有發泄的情緒：生悶氣。
(32)	盟誓	méngshì	【書面語】盟約：訂立盟誓。

盟誓　míngshì　【口語】發誓：你盟個誓吧。

（33）難兄難弟　本用形容兄弟都非常好；今多反用，譏諷

nánxiōng-nándì　兩人同樣壞。

難兄難弟　（一）彼此共過患難的人；（二）彼此處

nànxiōng-nàndì　於同樣困難境地的人。

（34）泡子　pāozi　【方言】小湖，多作地名：蓮花泡子。

泡子　pàozi　【口語】燈泡：二十五燭的泡子。

（35）片子　piānzi　（一）泛指影片：今天演甚麼片子呀？

（二）X光底片：拍片子；（三）唱片：

買一張呂方唱的片子。

片子　piànzi　（一）平薄物，常說“片兒（piànr）”：

布片子；（二）名片。

（36）散開　sǎnkāi　綑綁的東西鬆開了：託運的行李散開了，

還好沒丟東西。

散開　sànkāi　不集中，分散在各處：一聲令下，大家馬

上散開了。

（37）同行　tóngháng　（一）行業相同：文化界和藝術界也可以

算是同行吧！（二）同行業的人：我們一

直是同行。

同行　tóngxíng　一起上路：這次訪問，同行的還有王教

授。

（38）溫和　wēnhé　（一）（氣候）不冷不熱：我們這兒氣候

挺溫和的；（二）（性情、態度、言語

等）不嚴厲，不粗暴，使人感到親切。

溫和　wēnhuo　（物體）不冷不熱：粥太燙，等溫和了再

喝。

（39）寫意　xiěyì　　國畫畫法，與“工筆”相對。

　　　寫意　xiěyì　　【方言】舒適，廣州話常用。

（40）血暈　xiěyùn　　受傷後皮膚未破，呈紫紅色。

　　　血暈　xuèyùn　　中醫指產後失血過多而暈絕的病症。

（41）顏色　yánsè　　（一）光波通過視覺所產生的印象；

　　　　　　　　　　（二）喻臉色或行動：給他點兒顏色看
　　　　　　　　　　看。

　　　顏色　yánshai　　【口語】顏料或染料。

（42）應聲兒　yīngshēngr　出聲回答：叫你呢，怎麼不應聲兒啊！

　　　應聲　yìngshēng　　隨着聲音：應聲而至；應聲蟲；他打了一
　　　　　　　　　　　　槍，鳥兒應聲掉下來了。

（43）轉向　zhuǎnxiàn　（一）轉變方向：天氣不好，飛機只好轉
　　　　　　　　　　　向返回；（二）改變立場：通過辯論很多
　　　　　　　　　　　人轉向支持我們了。

　　　轉向　zhuànxiàng　迷失方向：第一次來這裏，我轉向了；這
　　　　　　　　　　　　幾天忙得暈頭轉向。

（44）琢磨　zhuómó　　（一）雕刻和打磨玉石；（二）加工文章
　　　　　　　　　　　等使精美。

　　　琢磨　zuómo　　　思索；考慮：為甚麼錯，我琢磨了半天還
　　　　　　　　　　　想不通。

08 甚麼是輕聲

有些學員弄不清楚到底普通話有幾種聲調，輕聲是否也算一種聲調。

答案是，普通話有四種聲調：陰平、陽平、上聲和去聲，分別簡稱為一聲、二聲、三聲、四聲。輕聲不是獨立的調類，它只是一種變調。

大部分漢字在普通話裏都有它固定的調值，可是有些字在某些場合裏卻會失去原有固定的調值，而變得又輕又短、模糊微弱，這就是輕聲。輕聲的性質跟四聲的性質很不一樣：四聲的特點是（高）平、升、曲、降，主要決定於音高；而輕聲則主要決定於音強——由於詞義、詞性、邏輯、語氣等影響，該音節被"弱化"了。

四種聲調都有自己固定的調值（55、35、214、51），但輕聲的調值卻是不穩定的，它取決於前一音節的調值，比如，同樣是一個"的de"字，在不同的情況裏就有不同的調值：（一）跟在第一聲字後面時，唸半低調（2度），如：他的、高的；（二）跟在第二聲字後面時，唸中調（3度），如：長的、誰的；（三）跟在第三聲字後面時，唸半高調（4度），如：我的、你的；（四）跟在第四聲字後面時，唸低調（1度），如：胖的、大的。這個規律可以總結為：前高後低；前低後高；前中後中（見下頁圖）；這樣唸起來、聽起來都富有音樂性和節奏感；輕聲掌握得好壞是普通話說得地道與否的標誌之一。廣州話沒有輕聲，本地人一定要練好輕聲，摒棄廣州話的腔調和說話習慣，才能使自己說的普通話悅耳動聽，帶有北方人說話的調調兒。

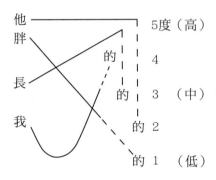

09 輕聲的作用

輕聲有語音和語法兩個方面的作用。從語音方面看，它豐富了普通話的聲調，並配合着其他聲調和變調，使說話高低起伏、抑揚頓挫，從而富有音樂性和節奏感，聽起來就倍感清晰悅耳——學過普通話的本地人，在這方面的感覺是很深的。

一 區別詞義或詞性

從語法方面看，有相當數量的常用詞（一百對以上）靠輕聲與否來區別詞義或詞性，我們要特別留意。例如：

例詞	不唸輕聲時詞義	唸輕聲時詞義
（1）本事	文學作品的主題所根據的故事情節	本領
（2）差使	派遣【動】	泛指職務、官職【名】
（3）大方	內行人；綠茶的一種	不吝嗇；不拘束
（4）大人	稱長輩，敬辭	成年人
（5）大意	主要的意思	粗心疏忽
（6）地道	地下坑道【名】	真正，夠標準【形】
（7）地方	當地；非中央級	地點；區域；部分
（8）東西	方向；東、西方	事物；人或動物
（9）廢物	廢舊物品	罵人不中用

（10）公道	公平的道理	公平；合理
（11）花費	使用；消耗	用去的錢
（12）合計	合起來計算	商量；盤算
（13）橫豎	橫着和豎着	反正【副】
（14）精神	思想、心理	活力；有生氣

註：【動】表示動詞；【名】表示名詞；【形】表示形容詞；【副】表示副詞；下同。

二　改變詞性

一般說來，詞語讀輕聲以後，詞義就變得不實在，也就是虛指了。比方"下場"唸作xiàchǎng時，指的就是實實在在離開場地，如：演員下場了；但唸作xiàchang的話，就是指人的結局，不是實在的"場"了，如：沒有好下場。從以上的分析不難看出：輕聲不但可以改變詞的意義，而且常常連詞性也可以改變："下場（xiàchǎng）"是動詞，"下場（xiàchang）"則是名詞了。試再比較以下例子：

例詞	不唸輕聲時詞義	唸輕聲時詞義
（1）拉手	握手	門窗或抽屜上便於手拉的木條等
（2）利害	利益【名】	程度高；兇猛【形】
（3）買賣	買或賣【動】	商業經營【名】
（4）人家	住戶；家庭	指自己或別人
（5）生意	有生命力【形】	商業經營【名】
（6）實在	真實；不虛假	紮實；不馬虎
（7）土地	田地；疆域	土地爺（神或神像）
（8）兄弟	哥哥和弟弟	弟弟

(9) 運動	變動；活動【動】或【名】	奔走鑽營
(10) 運氣	調動身體力氣【動】	命運【名】；幸運【形】
(11) 造化	自然界創造者	福氣；運氣
(12) 丈夫	成年男子	妻子的配偶
(13) 針眼	扎針後留下的小孔；縫衣服引綫的小孔	麥粒腫（眼病）的通稱
(14) 自然	自然界；當然	不呆板；大方
(15) 自在	自由；不拘束	安閒舒適

三 區別同音異字異義詞

此外，有無輕聲還可以區別某些成對的同音（或近音）異字和異義的詞，試比較（詞例中的輕聲字，在注音前加圓點，注音上不標調號；一般輕讀、間或重讀者則標上調號）：

非輕聲詞例	輕聲詞例
(1) bāohán　包含	bāo·han　包涵
(2) bàochóu　報仇	bào·chou　報酬
(3) běnzì　本字	běn·zi　本子
(4) bǐshì　筆試	bǐ·shi　比試
(5) biāozhì　標誌、標識	biāo·zhi　標致
(6) dàyì　大義	dà·yi　大意（疏忽）
(7) dāngtóu　當頭（迎頭）	dāng·tou　當頭（抵押品）
(8) dūdū　嘟嘟（象聲詞）	dū·du　都督
(9) duìfù　兌付	duì·fu　對付
(10) fènzǐ　分子（指人）	fèn·zi　份子

（11）huǒjī　火雞	huǒ·ji　夥計
（12）jiànshí　箭石（化石）	jiàn·shi　見識
（13）jìnshì　近世、進士	jìn·shi　近視
（14）kòutóu　叩頭	kòu·tou　扣頭
（15）lǎoshì　老式	lǎo·shi　老實
（16）shānghào　商號	shāng·hao　傷耗
（17）shìlì　視力	shì·li　勢力；勢利
（18）shūfù　叔父	shū·fu　舒服
（19）tiáolǐ　條理	tiáo·lǐ　調理
（20）xiǎojiě　小解	xiǎo·jie　小姐
（21）xīnlǐ　心理	xīn·li　心裏
（22）xīnshì　新式	xīn·shi　心事
（23）xīngqǐ　興起	xīng·qi　腥氣
（24）xíngfá　刑罰	xíng·fa　刑法（體罰）
（25）xínglǐ　行禮	xíng·li　行李
（26）yángqì　揚棄	yáng·qi　洋氣
（27）yīfù　依附	yī·fu　衣服
（28）yīnwèi　音位	yīn·wei　因為
（29）yóushuǐ　游水	yóu·shui　油水
（30）yuànyì　怨艾	yuàn·yi　願意
（31）zhuāngjiǎ　裝甲	zhuāng·jia　莊稼、莊家
（32）zhuàngshì　壯士	zhuàng·shi　壯實
（33）zhuōmō　捉摸	zuó·mo　琢磨（思索）
（34）zhǔyì　主義	zhǔ·yi　主意
（35）zìháo　自豪	zì·hao　字號

四　北京語音的重要特點和優點

輕聲是北京語音的一個重要特點，也是一個優點，王力先生在《論漢族標準語》一文中說得好："有了輕重音*，語音就增加了一種色彩，同時在語彙上能使同音詞分化，在語法上能使詞和詞之間的界限分明。"

有的本地人說普通話，儘管發音很標準，說話很流利，但總給人家不地道的感覺，其主要原因就在於：（一）輕聲、"兒化"掌握得不好；（二）口語詞彙掌握得不夠。因此，要使自己的普通話更地道，就得從以上兩方面多下功夫。

對於輕聲的學習，如果是只作一般要求的話，發音上只掌握"讀輕些、短些"這一點就夠了；詞彙上則只掌握靠輕聲區別詞義、詞性的一些基本詞就夠了。但是，如果想學得地道的話，就要達到如下要求：（一）掌握輕聲的實際調值；（二）掌握靠輕聲區別詞義、詞性的常用詞；（三）掌握慣唸輕聲的常用詞。後兩項應以《現代漢語詞典》及有關參考書為準，因為近年來由於發音器官懶惰而引起的輕聲現象有增多的趨勢，這在北京青年當中更為突出（詳見陳建民先生所著的《漢語口語》第31頁）。

順便提提，廣州話雖然沒有輕聲，但它的變調也同樣有着區別詞義、詞性和同音（近音）異字詞等三個作用。讀者可參考拙作《廣州話‧普通話的對比與教學》中〈變調的對比〉一文。

　＊　輕聲就是較輕的音節影響聲調所產生的變化（本書作者註）。

10 輕聲的規律

詞語甚麼時候要讀輕聲是有些基本規律的。首先，有關輕聲字的位置，只有"得、一、不、十、兒"等常常出現在詞語中間，其他輕聲字大多出現在詞語末尾；其次，常讀輕聲的，都是些虛字、不大重要的字或其轉義用法；第三，讀輕聲常常是為了增強語言的節奏感和音樂美。拙作《廣州話‧普通話的對比與教學》已輯錄普通話所有輕聲詞和輕聲字，以作不時之需。另外，以下列出唸輕聲的主要詞類和語法結構，學員應作為規律加以熟記：

（1）語氣詞和助詞，如：呢、嗎、吧、啊（呀、哪）、住、着、了、過、的、地、得。

（2）詞尾，如：子、頭、們、巴、麼、上、些（以上常用）；性、實、事、士、家、手、人、面、分、動、匠、務、物、氣、合、道、錢、量（以上次常用）。

（3）方位詞，如：裏、面、邊、上、下、頭。

（4）重疊單音名詞或動詞的第二字，如：娃娃、爸爸、看看、走走。

（5）重疊的單音名字用於口語，如：芬芬、紅紅、寶寶、莉莉。

（6）雙音動詞重疊後的第二及第四字，如：學習學習、檢討檢討。

（7）趨向動詞的肯定式，如：寫上、坐下、跑來、進去、走開、站起來、鑽進去。注意：趨向動詞的否定式不唸輕聲，如：坐不下，"不"唸輕聲，"下"唸第四聲。坐不下去，"不"唸輕聲，"下"唸第四聲，"去"唸輕聲。

（8）"個"不作量詞時輕讀：些個、今兒個、一個勁兒、一個心眼兒。（註：作量詞時重讀：兩個、六個、個個）

（9）詞語中間的"得、一、不、十、兒"，如：看得起、對不起、坐一坐、六十一、百兒八十。

（10）四字組口語詞的第二個字，如：馬馬虎虎、紅不棱登、黑咕隆咚、稀里糊塗。

（11）作賓語用的人稱代詞"我"、"你"、"他"：告訴我、給你吧、找他去。

（12）使用在肯定句或疑問句的動詞"是"：我是學生。他是誰？

（13）動賓結構、對立結構和聯合結構雙音詞的第二個字，如：枕頭、扶手、褲腿；買賣、來往、東西；眼睛、衣服、喜歡。

（14）雙音節單純詞的第二個字，如：葡萄、蘿蔔、玻璃、喇叭、吩咐。

以上規律談到了語氣詞、助詞、詞尾、方位詞、名詞、動詞和人稱代詞，這些詞類是最有可能讀輕聲的，應引起我們的注意。此外，還應注意的是：（一）量詞，只有"些個"，即一些，讀輕聲；（二）形容詞和副詞無論重疊與否，都不讀輕聲。學員不分青紅皂白，以為凡是重疊的字，後一個總唸輕聲。於是把"淡淡"、"輕輕"等詞的後一字誤唸輕聲了（注意：連詞"要不"、"再不"的"不" 讀輕聲）；（三）數詞只有"一"和"十"嵌在詞語中間時可作輕讀。

　　另外，有些詞之所以要讀輕聲，可以從增加語言的節奏感、音樂美以及區別同音異字詞等方面作出一定解釋。試比較：休息、情形、晚上等詞，是不是唸輕聲更富節奏感和音樂美呢！至於區別同音異字詞的例子，讀者可參閱上文。

11 兒韻和兒化韻

　　"兒"的讀法和用法值得一提。一是因為"兒"在普通話裏是常常用得着的；二是因為其讀法和用法對於廣東人來說，也特別頭疼。這裏邊我們要搞清楚"兒韻"和"兒化韻"這兩個完全不同的概念。

　　捲舌元音er作韻母，總是自成音節，不與聲母相拼，注音時寫作er，這就是"兒韻"。單獨的"兒韻"字很少，常見的只有"兒、而、耳、洱、餌、珥、鉺、爾、邇"等。"兒韻"本身不會有音變。本地學員感到這個音很難，除了因為不習慣捲舌（廣州話沒有捲舌音）之外，還因為發音時的口形和部位不對。我們發音時要像微笑的樣子，把嘴略開，再略關（千萬別突出來），與此同時把舌尖捲起對着硬顎前部（但不要接觸）再發音。

　　捲舌元音er的主要作用，是跟它前面的其他韻母結合成為一個音節，這叫"兒化"，這時候的er就不是"兒韻"，所以不讀"兒"的音了。它只作為一個詞尾，剩下了捲舌的動作，所以注音上寫作r。"兒化"了以後的韻母就叫"兒化韻"，口語裏常常出現（正式場合，科技、專業詞彙等就不用）。書面上有時寫出"兒"字，有時不寫。發音時一邊發它前面韻母的音，一邊就要同時捲舌，要不就很生硬，很彆扭，以致唸成兩個音節了。

兒化韻在口語裏是一定要唸出r來的（也就是說，口語裏必須兒化），但是在書面上寫不寫出"兒"字（也就是說，書面上有沒有兒化）目前還沒有統一的標準，目前一般做法是，以下情況寫出"兒"字：（一）口語裏兒化的單音詞，如：這兒、價兒、詞兒；（二）兒化的口語詞，如：土豆兒、摳門兒、雞子兒；（三）習慣寫法，如：小孩兒、冰棍兒、老頭兒。對於書面上有時兒化有時不兒化，但口語裏必須兒化的詞，在《現代漢語詞典》裏都加了小號的"兒"字，這種處理方法值得參考。為了行文方便和加強對比，本書對兒化韻（兒化詞）都一律加上小號"兒"字。

12 兒化韻的讀音

　　兒化韻的讀音有兩種情況。"兒化"的時候，要是韻母的發音動作不妨礙捲舌，那麼該韻母就不會發生音變。如：韻母 a、ia、ua、o、uo、ao、iao、e、ie、üe、u、iou、iu、ou，它們的發音動作都不影響捲舌，所以，小馬兒、書架兒、香花兒、薄膜兒、大夥兒、小刀兒、麵條兒、這兒、碟兒、主角兒、功夫兒、加油兒、頂牛兒、小偷兒等詞"兒化"時，本身韻母沒有變化，只要一邊讀這個韻母、一邊捲一下舌尖就可以了。

　　但是韻母的發音動作妨礙捲舌的話，"兒化"時，該韻母就會發生音變了。詳情如下：

規則	例詞	變化
去掉韻尾-i或-n+r	小孩兒	hai→har
	一塊兒	kuai→kuar
	小盤兒	pan→par
	一點兒	dian→diar
	飯館兒	guan→guar
	公園兒	yuan→yuar
+ər（捲舌中央元音）	金魚兒	yu→yuər
	鞋底兒	di→diər
	玩意兒	yi→yiər
	小雞兒	ji→jiər
去掉韻尾-i、ei、-n+ər	寫字兒	zi→zər

規則	例詞	變化
	果汁兒	zhi→zhər
	一會兒	hui→huər
	寶貝兒	bei→bər
	香味兒	wei→wər
	皺紋兒	wen→wər
	美人兒	ren→rər
	抽筋兒	jin→jiər
	圍裙兒	qun→quər
去掉韻尾-ng+ã+r	水缸兒	gang→gãr
	鼻樑兒	liang→liãr
	蛋黃兒	huang→huãr
去掉韻尾-ng+õ+r	唱工兒	gong→gõr
	小熊兒	xiong→xiõr
去掉韻尾-ng+ə̃+r	電影兒	ying→yiə̃r
	小甕兒	weng→wə̃r
去掉韻母eng+ə̃+r	板櫈兒	deng→də̃r

註：ã、õ、ə̃是鼻音化的a、o、ə。發a、o、ə時，鼻腔不通氣，氣流只從口腔流出；發ã、õ、ə̃時，氣流同時從口腔和鼻腔流出。

13 兒化韻的作用

兒化韻在口語裏經常使用，它有語音和語法兩方面的作用。

兒化韻不但增強了普通話語音的音樂性，而且還可以增強語音色彩。一般的詞在 "兒化" 以後都帶有輕鬆、隨便的意味或喜好厭惡等感情色彩，因此， "兒化" 經常作為修辭手段來使用。試比較：

一般化或文縐縐	口語化或表示好惡
美人	美人兒（表示喜愛）
小張	小張兒（表示親熱）
臭味	臭味兒（表示厭惡）
小偷	小偷兒（表示厭惡）
玩遊戲	玩兒遊戲（口語）
慢慢走；慢走	慢慢兒走哇（口語，表示親切）
長長的辮子	長長兒的辮子（口語，表示親切）

另外， "兒化" 後產生的音變可以使原來不同韻的韻母變成同韻。於是，民歌、順口溜等說唱文學的用韻就更寬廣、更自由，作品也就更活潑、更富口語色彩了。試看以下這段順口溜，本來 "孩、玩、乾、邊、綫" 是不同韻的（ai，an或ian）， "兒化" 以後都變成同韻的ar，唸起來就更順口，更親切了：

隔壁有個小男孩兒，人人喜歡逗他玩兒。阿姨掏出小餅乾兒，送到他的小嘴邊兒。寶寶吃着香又甜，樂得兩眼眯成綫兒。

　　兒化韻的語法作用如下：

作用	非兒化詞義及詞例	兒化詞義及詞例
(1) 區別詞義	腦袋。如：頭疼	上司。如：我們的頭兒沒在
	麵粉。如：大米白麵	毒品。如：海洛因又叫白麵兒
	良心。如：沒心肝	心愛的人。如：心肝兒寶貝兒
(2) 轉換詞性	動詞。如：畫汽車、捲煙	名詞。如：風景畫兒、煙捲兒
	量詞。如：一個人	名詞。如：這雞蛋個兒大
	形容詞。如：燈不亮了	名詞。如：沒有一點亮兒
(3) 具體變抽象	人數。如：人頭稅	人際關係。如：人頭兒熟
	掌心。如：手心疼	控制。如：逃不出我手心兒
	燒起來。如：發火點	發脾氣：別發火兒
(4) 簡化詞語	這裏 價錢 ｝（一般說法） 字據	這兒 價兒 ｝（口語說法） 字兒

作用	非兒化詞義及詞例	兒化詞義及詞例
(5) 指 "小"、 "少"、 "短暫"	卑鄙者。如：小人得志	小的人形。如：看小人兒 書
	時間。如：一點（鐘）	少量。如：有一點兒錢
	懂得。如：會開車	短暫。如：等會兒再走
(6) 區別某些 同音詞	撬門	竅門兒
	小便	小辮兒
	背棄	背氣兒

14 學好兒化韻

　　拿兒化和輕聲比較一下，可以發現一些共同點：（一）豐富普通話的語音、增強音樂美和節奏感；（二）使詞語抽象化（也就是虛指）；（三）改變詞義；（四）改變詞性。不過兒化韻的作用比輕聲更廣泛，它還有簡化詞語，指小、指少等語法作用以及輕鬆隨便或喜好厭惡等修辭作用。

　　"兒化"是北京語音的重要特點之一，它在口語語彙裏使用極其廣泛。要想使自己的普通話更地道，就必須特別注意學好"兒化"，以及包括兒化詞在內的口語語彙。

　　廣州話沒有"兒化"，對於本地人在這方面的學習，可以有高低兩個要求。作為一般要求：（一）發音上只要掌握"發r前邊的韻母就要同時捲舌"這一要點就夠了；（二）語彙上則只需掌握靠"兒化"區別詞義、詞性的一些基本詞。但是，如果想學得更地道，就必須從以下幾方面作進一步努力：（一）掌握兒化韻的實際正確發音；（二）掌握靠"兒化"區別詞義、詞性的常用詞；（三）掌握慣唸"兒化"的常用詞（後兩項應以《現代漢語詞典》為準）。

　　不過，"兒化"只是北京話和某些方言才有的語音現象，隨着普通話的大力推廣，方言正向普通話靠攏，北京話也正向其他方言讓步，再加上書面語對口語的影響，"兒化"有減少的趨勢。其表現是：（一）可以不"兒化"的詞多不"兒化"

了，如"東邊"、"上面"等；（二）用相應的非兒化詞去代替兒化詞，如把"桃兒"說成"桃子"、"小孩兒"說成"小孩子"、"今兒"說成"今天"、"天兒"說成"天氣"等等越趨普遍。

15 "門" 不等於 "門兒"

兒化韻的作用已有如上文所述，還要注意的是，有些兒化詞語同時包含着幾個方面的作用，"門兒"就是這樣：

"門"唸作mén，意思是：（一）出入口：前門；送貨上門；（二）較大的門：大門；鐵門；（三）家庭：長門長子；雙喜臨門；（四）派別：佛門；旁門左道；（五）師徒關係：門徒；同門；（六）事物的分類：五花八門；分門別類；原生動物門；（七）量詞：一門炮；兩門功課。

"門兒"注音ménr，實際讀音為mér。意思是：（一）較小的門：旁門兒；小門兒；櫃門兒；（二）門狀物：電門兒；油門兒；腦門兒；嗓門兒（後兩詞是虛指，並非真正的門！）；（三）門徑（兒化後，具體的"門"變成了抽象的"門兒"，即"門徑"）：竅門兒；偏門兒；冷門兒；熱門兒；有門兒；沒門兒；（四）用於慣用語"摳門兒"（意為"吝嗇"）。

從以上分析可以看出，"門"和"門兒"在詞義、詞性和感情色彩等方面都有所不同。另外，還要注意以下詞語在詞義上的不同：

"前門"是專有名詞，用於地名，如：北京有"前門"（天安門南面的城樓）、"前門大街"；"前門兒"則指位於前部的小門。有的學員在北京旅行曾經因為這個詞語鬧過笑話：這位學員要去"前門"，他上了公共汽車不久，就聽見售票員喊："到站了，前門ㄦ下車"，他一聽，趕緊下了車，誰知道根本不是他要去的"前門"！只好坐下一班車吧！於是又坐下一班車上"前門"。在車上，他一邊看着地圖，一邊聽着售票員說的話，原來每到一站，售票員都說"前門ㄦ下車"，意思是叫乘客從前邊的小門下車。

房子後邊的門通常都是比較小的，所以"後門"一詞常有"兒化"（書面上可不寫出"ㄦ"字）。另外，"後門"還可由具體變抽象，喻指通融、舞弊的途徑，如："後門貨"、"走後門"等。順便說說，"鐵門"是有大有小的，"大的鐵門"不用兒化，"小的鐵門"就得"兒化"了。

還有，"過門"指女子嫁到男家；"過門ㄦ"則是唱段或歌曲裏，由器樂單獨演奏的部分。"入門"是名詞，指初級讀物，多作書名用，如"國畫入門"；"入門ㄦ"則是動賓結構，指初步學會某些東西。如：現在對書法有點入門ㄦ了。

16 "眼兒" 是甚麼
（兒化詞舉例）

　　掌握靠 "兒化" 來區別詞義或詞性的常用詞是很重要的，要不然就難以跟人家溝通，甚至還會造成誤會。具有上述語法作用的兒化詞有一百多個，這裏抽出常用的作些簡單介紹：

例詞	非兒化時的詞義	兒化時的詞義
（1）包	【動】包紮；【量】一包藥；姓氏	【名】藥包兒、郵包兒
（2）寶貝	珍奇的東西；諷刺話	對小孩的愛稱；小寶貝兒
（3）便衣	平常人的服裝	穿着便衣的執勤軍人、警察：他是個便衣兒
（4）刺	【動】刺殺；刺激	【名】魚刺兒；扎了個刺兒
（5）大小	輩份的高低：不分大小	尺寸：大小兒正合適
（6）帶	【動】帶領；攜帶	【名】鞋帶兒；褲帶兒
（7）點	【動】指點；標誌；鐘點	小滴：雨點兒；少量：有點錢兒
（8）對號	查對相合的號數：對號入座	表示 "正確" 的符號：全部都打了對號兒
（9）肝	人或動物的肝臟	做食物用的動物肝臟；炒豬肝兒

例詞	非兒化時的詞義	兒化時的詞義
(10) 個	【量】一個人	【名】球隊裏全是大個兒；雞蛋論個兒賣
(11) 跟	【動】；【介】；【連】	【名】腳或鞋襪的後部：高跟兒鞋
(12) 鈎	【動】鈎住；姓氏	【名】魚鈎兒
(13) 好	【形】好人；【副】好幾個人	【名】問個好兒；叫好兒
(14) 花子	乞丐，也作"化子"	花草的種子：花子兒
(15) 回信	答覆來信；答覆的信	答覆別人的話：明天給你回信兒
(16) 急性	【形】變化快的（病）：小張得了急性病。	【名】急性的人：小張是個急性兒。
(17) 活	【動】活動；【形】活潑；【副】活活	【名】幹活兒；出活兒
(18) 記事	把事情記錄下來	小孩子對事物的記憶：一般小孩兒三歲就記事兒了。
(19) 扣	【動】扣留；扣除	【名】繩扣兒；衣扣兒
(20) 零碎	【形】零碎東西	【名】一大包零碎兒
(21) 忙	沒空兒；很忙；加緊做：近來忙甚麼？	【名】請幫個忙兒
(22) 破爛	【形】破爛衣服	【名】破爛的東西：扔破爛兒
(23) 塞	【動】塞住；把洞塞上	【名】瓶塞兒；軟木塞兒
(24) 伸腿	插足；佔一份好處	指人死亡（含詼諧意）：老駝子到了快伸腿兒的年紀。

例詞	非兒化時的詞義	兒化時的詞義
(25) 聽話	聽從別人的話	等候別人答覆的話：我過兩天聽你的話兒。
(26) 下手	【動】無從下手	【名】打下手兒（當助手）
(27) 眼	眼睛；板眼；【量】用於井	小洞：打個眼兒；關鍵所在：節骨眼兒
(28) 外邊	指外地；表面	超出某範圍的地方：學校外邊兒
(29) 有數	不多：有數的幾個人	有把握：心裏有數兒
(30) 指望	【動】指靠；一心期待	【名】希望，盼頭：沒指望兒了

註：【量】表示量詞；【介】表示介詞；【連】表示連詞。

17 重要的變調

關於普通話的變調，一般說來，香港的老師和教科書只是講授以下四種情況：（一）三聲字的讀法；（二）"一、七、八、不"的讀法；（三）輕聲；（四）兒化。

很多學員往往忽略了形容詞及其詞尾，還有少數雙音動詞，在口語裏的變調——二聲、三聲、四聲的都可以變讀為第一聲，這樣的變調使話語響亮悅耳，生動傳神，具有明顯的口語特點；反過來，這時候用原調讀就顯得語氣平淡、語體正式了。著名語言學家呂叔湘先生把這種情況稱為"形容詞生動形式"。以下從五個方面作一些介紹：

一 單音形容詞重疊

在口語裏，單音形容詞重疊（即A→AA）後，第二個A要讀第一聲，並"兒化"。

（1）本來就是第一聲的詞例：香的（xiāngde）→香香兒的（xiāngxiāngrde）。其他例字有：粗、糙、多、方、乾、高、乖、光、黑、尖、僵、焦、空、寬、悶、悄、青、輕、清、深、生、鬆、酸、稀、新、陰。

（2）本來是第二聲的詞例：紅的（hóngde）→紅紅兒的（hónghōngrde）。其他例字有：白、薄、長、稠、涼、潮、肥、活、藍、難、黏、平、全、熟、鹹、嚴、油、圓、勻。

（3）本來是第三聲的詞例：好的（hǎode）→好好兒的（hǎohāorde）。其他例字有：矮、飽、扁、草、短、粉、鼓、滿、美、猛、暖、淺、軟、傻、素、晚、穩、響、小、遠、早、窄、整。

（4）本來是第四聲的詞例：慢的（mànde）→慢慢兒的（mànmānrde）。其他例字有：暗、棒、顫、臭、脆、大、淡、厚、近、淨、靜、俊、快、辣、爛、亮、綠、亂、密、嫩、胖、熱、瘦、碎、燙、旺、細、硬、正、重（zhòng）、準。

可以看出，第一聲的單音形容詞重疊後，其音變只是多了"兒化"；但二聲、三聲、四聲的重疊以後，第二個音節要變讀為第一聲並"兒化"。

二　單音形容詞加重疊的單音詞尾

在口語裏，單音形容詞加上重疊的單音詞尾（即A→ABB）後，非第一聲的重疊詞尾BB都要讀第一聲。

（1）本來就是第一聲的詞尾及詞例：墩（dūn）→矮墩墩（ǎidūndūn）。其他例字及常用搭配如：白乎乎、白花花、病歪歪、顫悠悠、稠乎乎、臭烘烘、臭乎乎、喘吁吁、粗墩墩、大咧咧、瘋癲癲、乾巴巴、黑漆漆、黑黢黢、紅通通、滑溜溜、灰溜溜、活生生、靜悄悄、樂呵呵、樂悠悠、樂滋滋、淚汪汪、愣磕磕、氣沖沖、氣呼呼、甜絲絲。

（2）本來是第二聲的詞尾及詞例：茫（máng）→白茫茫（báimāngmāng）。其他例字及常用搭配有：白蒙蒙、碧油油、肥囊囊、孤零零、鼓囊囊、黑沉沉、黑糊糊、黑油油、紅彤彤、厚實實、灰蒙蒙、金煌煌、藍盈盈（藍瑩瑩）、懶洋洋、綠茸茸、綠瑩瑩、亂麻麻、亂蓬蓬、毛茸茸、密麻麻、暖洋洋、氣昂昂、清凌凌（清泠泠）、熱騰騰、軟綿綿、濕淋淋、水靈靈、烏油油、喜洋洋、笑吟吟、血糊糊、血淋淋、油囊囊。

（3）本來是第三聲的詞尾及詞例：晃（huǎng）→白晃晃（báihuānghuāng）。其他例字及常用搭配有：惡狠狠、光閃閃、急喘喘、金晃晃、懶散散、鬧嚷嚷、黑黝黝、平穩穩、平展展、氣鼓鼓、鬆垮垮、直挺挺。

（4）本來是第四聲的詞尾及詞例：燦（càn）→光燦燦（guāngcāncān）。其他例字及常用搭配有：沉甸甸、黑洞洞、紅艷艷、慌亂亂、黃澄澄、火辣辣、嬌嫩嫩、空蕩蕩、空落落、明亮亮、熱辣辣、濕漉漉、文縐縐、香馥馥、油膩膩。

（5）本來是輕聲的詞尾及詞例：亮堂（liàng·tang）→亮堂堂（liangtāngtāng）。又如：黏乎（nián·hu）→黏乎乎（niánhūhūr）。

可以看出，第一聲的詞尾重疊後，沒有發生音變；二聲、三聲、四聲及輕聲的詞尾重疊後，重疊部分都變讀為第一聲了。

三　雙音形容詞和雙音動詞重疊

在口語裏，多數雙音形容詞和某些雙音動詞重疊（即AB→AABB）後，第二個A要讀輕聲，非第一聲的BB要變讀為第一聲，有的還有兒化。

（1）原詞第二字本來就是第一聲的詞例：孤單（gūdān）→孤孤單單（gūgudāndānr）。其他詞例還有：伏伏帖帖（末字有兒化）、零零星星（末字有兒化）、簡簡單單、鬧鬧嚷嚷、平平安安、普普通通、四四方方。

（2）原詞第二字本來是第二聲的詞例：孤零（gūlíng）→孤孤零零（gūgulīnglīngr）。其他詞例還有：哭哭啼啼、樸樸實實、齊齊全全、完完全全、整整齊齊、枝枝節節。

（3）原詞第二字本來是第三聲的詞例：吵嚷（chǎorǎng）→吵吵嚷嚷（chāochaorāngrāng）。這樣的詞例不多，常見的有：憒憒懂懂、遮遮掩掩。

（4）原詞第二字本來是第四聲的詞例：安靜（ānjìng）→安安靜靜（ānanjīngjīngr）。其他詞例還有：肥肥大大、乾乾淨淨、快快樂樂（前三詞末字有兒化）、瑣瑣碎碎、猶猶豫豫、正正當當。

（5）原詞第二字本來是輕聲的詞例（末字無需兒化）：彆扭（bièniu）→彆彆扭扭（bièbieniūniū）。其他詞例還有：湊湊合合、粗粗拉拉、嘟嘟囔囔、富富泰泰、富富裕裕、疙疙瘩瘩、勾勾搭搭、規規矩矩、含含糊糊、和和氣氣、糊糊塗塗、慌慌張張、晃晃蕩蕩、晃晃悠悠、活活潑潑、結結巴巴、客客氣氣、老老實實、冷冷清清、囉囉嗦嗦、馬馬虎虎、毛毛糙糙、冒冒失失、迷迷糊糊、密密實實、勉勉強強、模模糊糊、摸摸索索、磨磨蹭蹭、磨磨咕咕、黏黏乎乎、暖暖和和、清清楚楚、熱熱和和、舒舒服服、踏踏實實、扎扎實實、支支吾吾、壯壯實實、自自然然。

（6）原詞第二字本來是輕聲的詞例（末字均需兒化）：白淨（báijing）→白白淨淨（báibaijīngjīngr）。其他詞例還有：顫顫悠悠、瓷瓷實實、粗粗實實、脆脆生生、搭搭訕訕、大大方方、地地道道、對對付付、墩墩實實、哆哆嗦嗦、肥肥實實、敷敷衍衍、光光溜溜、厚厚道道、厚厚實實、花花梢梢、歡歡實實、豁豁亮亮、機機靈靈、結結實實、精精神神、寬寬敞敞、寬寬綽綽、爛爛糊糊、牢牢靠靠、利利落落、利利索索、涼涼快快、亮亮堂堂、溜溜達達、麻麻利利、漂漂亮亮、平平靜靜、親親熱熱、勤勤快快、清清靜靜、清清涼涼、輕輕鬆鬆、熱熱乎乎、軟軟乎乎、熱熱鬧鬧、商商量量、順順當當、順順溜溜、鬆鬆快快、素素淨淨、太太平平、痛痛快快、妥妥當當、穩穩當當、嚴嚴實實、硬硬朗朗。

可以看出，原詞第二字本來是一聲的雙音詞重疊以後，其音變只是第二音節變讀為輕聲，個別詞的末字兼有兒化；但原詞第二字本來是二聲、三聲、四聲的雙音詞重疊以後，其音變除第二音節變讀為輕聲之外，第三及第四音節都變讀為一聲了，而且有些詞的末字還兼有兒化；原詞第二字本來是輕聲的雙音詞重疊以後，其音變主要是第三及第四音節都變讀為一聲，但相當數量的詞例末字同時兼有兒化。

四　嵌入輕聲的 "里" 或 "了"

第二字是輕聲的雙音形容詞嵌入輕聲的 "里"，並重疊第一音節（即AB→A里AB）後，在口語裏輕聲的B要變讀為第一聲。在很多詞例中，輕聲的 "里" 也可代之以輕聲的 "了"。

（1）原詞第二字本來就是第一聲的詞例：骯髒（āngzang）→骯里骯髒（āngli'āngzāng）。其他詞例還有：哆里哆嗦、疙里疙瘩、慌里慌張、囉里囉嗦、毛里毛糙、迷里迷瞪、黏里黏乎。

（2）原詞第二字本來是第二聲的語例：糊塗（hútu）→糊里糊塗（húlihútū）。其他詞例還有：墩里墩實、迷里迷糊、模里模糊。

（3）原詞第二字本來是第三聲的語例：馬虎（mǎhu）→馬里

馬虎（mǎlimǎhū）。其他詞例還有：彆里彆扭。

（4）原詞第二字本來是第四聲的詞例：逛蕩（guàngdang）
→逛里逛蕩（guàngliguàngdāng）。其他詞例還有：古里古怪、
晃里晃蕩、晃里晃悠、流里流氣、嬌里嬌氣、俗里俗氣。

五　口語變調有其習慣

以上口語變調很重要，因為人們在實際生活裏就是這樣
講、這樣用的，如果你不掌握、不習慣，就會影響與人家的溝
通。

上述口語變調往往是習慣性的，第一至第三部分的搭配較
多，也比較靈活，第四部分的搭配就比較少，比較固定。對本
地學員來說，主要應靠理解和模仿去加以掌握，與此同時，應
記住一些常用搭配，以便應用。

以上所舉詞例的最後一字（或最後兩字），在口語場合裏
都要讀作第一聲。不過，大部分詞例在非口語場合使用時是可
以讀原調的。如："好好地學習"這句話，平時說話時第二個
"好"字常變讀為第一聲，並兒化（hǎohǎo→hǎohāor），以顯
輕鬆隨便或親切熱情。但是在誦讀、演講、報告新聞等非口語
場合，就可仍讀第三聲（hǎohǎo→háohǎo），以顯正式或莊重
了。

註：本文內容參考了呂叔湘先生主編的《現代漢語八百詞》和《現代漢語
詞典》。為方便對比，無須變調的第一聲詞例也同時列出。

18 y和w的作用

　　y，w的發音與i，u差不多，只是短一些，有摩擦。它們用在i、u、ü開頭的韻母之前，作用是隔音，也就是使音節界限更清楚些，如："跳舞"寫作tiaowu就比tiaou清楚得多。又如："大衣"應作dayi，如果沒有了y，就會誤作"dai待"了。再如"欺侮"應寫作qiwu，如沒有了w，就變成了"qiu（秋）"了。

　　y，w的使用及教學有兩大方法，一是傳統的"加改法"，y，w算作開頭字母，或叫"隔音字母"，不算聲母，按拼寫規則處理。由於這種方法繁瑣、複雜，不利於初學者，特別是小孩子。故我們可採用"整讀及拼讀法"：把一部分難以分析和拼讀的音節（共10個）列為"整體認讀音節"，不解釋，不拼合，只求記住；餘下13個音節中，y，w當作聲母處理，可自由跟韻母拼合，詳情見下頁。

加改法	整讀法及拼讀法

加寫法：

(1) i 是唯一韻母時，+y

　　衣 i→yi、因 in→yin、英 ing→ying

(2) u 是唯一韻母時，+w

　　烏 u→wu

(3) 不管 ü 是否唯一韻母，都+y，ü 上
的兩點去掉

　　迂 ü→yu、約 üe→yue、冤 üan→
yuan、暈 ün→yun

改寫法：

(1) i 不是唯一韻母時，改 i 為 y

　　呀 ia→ya、耶 ie→ye、腰 iao→
yao、憂 iou→you、煙 ian→yan、
央 iang→yang、雍 iong→yong

(2) u 不是唯一韻母時，改 u 為 w

　　蛙 ua→wa、窩 uo→wo、歪 uai
→wai、威 uei→wei、彎 uan→
wan、溫 uen→wen、汪 uang→
wang、翁 ueng→weng

整讀法：

左列音節全部整讀，即為：

（1）衣 yi；（2）因 yin；

（3）英 ying；（4）烏 wu；

（5）迂 yu；（6）約 yue；

（7）冤 yuan；（8）暈 yun

另加（9）耶 ye、（10）煙
yan（實際為 iê、iên，因不
教 ê，故作整體認讀）

拼讀法：

左列（1）、（2）的音節除
"耶 ye"、"煙 yan" 外，均
可分析為聲母 y 或 w 與後面
韻母的拼合。

.... 詞彙語法編

19 甚麼時候用 "尾"

　　"尾"字的詞義在廣州話和普通話裏都差不多，但在用法上則大不相同。

　　對於動物或物體的尾部，廣州話總是說"尾"，但普通話要說"尾巴"：馬尾——馬尾巴；機尾——飛機尾巴，飛機尾部。不過，在複合詞裏，或表示"末端"，或用作量詞，普通話也只是用"尾"的：尾燈、尾聲、尾數（廣州話：數尾）、尾骨（廣州話：尾龍骨）、尾隨、掃尾（廣州話：埋尾）、一尾魚。另外，廣州話和普通話都可以說"雞尾酒"、"雞尾酒會"，這是從英文翻譯過來的。有意思的是，廣州話"雞尾"就不能直說了，因為這是"雞囉柚"的婉言，應說作"雞屁股"。

　　以下是更特別一點的說法：

　　廣州話有些"尾"要譯作"末"：第尾——第末*、最後（一名）；拉尾——末了兒（mòliǎor）；尾房——末了兒的房間；尾車——末（班）車；季尾——季末。

　　廣州話有些"尾"要譯作"底"：年尾——年底；月尾——月底；話到尾都係你唔啱——說到底還是你不對。

---

　　*為方便對比，本書各篇文章中，對比舉例的詞語，廣州話例詞以宋體標示，普通話例詞或對譯以楷體標示。下同。

有些"尾"要譯作"後"：頭尾幾日——前後幾天；後尾——後來；收尾——最後；坐車尾——坐在車的後面；包尾——（一）殿後（走在後面）；（二）包圓兒（全部承擔）；包尾大番——最後一個；後尾枕——後腦勺兒。例外的是，坐車"坐到尾"卻要相反地說為"坐到頭兒"。

此外還有很多口頭語是要靈活對譯的：貨尾——剩貨；吊尾——跟蹤；賣剩尾——賣剩下的（東西）；飲水尾——喝剩湯；跟尾狗——小尾巴（開玩笑用）、哈巴狗（hǎbagǒu）（罵人）；包醫斷尾——保證去根兒；冇尾飛鉈——斷綫風箏；起尾注——吃現成兒；扯貓尾——演雙簧。"口水尾"是"唾沫（星子）"，"執人口水尾"就要說成"吃人家的唾沫"，這裏的"吃"是"吸收、依靠"的意思。

"手尾"單用時，意為"餘下的工作"，但要靈活對譯：仲有啲手尾——還有點兒尾巴；仲有好多手尾要跟——還有很多麻煩事要做；手尾長嘞——麻煩事可多了；執手尾、跟手尾——收拾爛攤子、擦屁股、擇魚頭（或折魚頭）。這裏的"擦屁股"是口頭語，比喻給人家做善後工作；"擇魚頭（或折魚頭）（zhái yútóu）"出自《紅樓夢》（鳳姐說："……我反弄了魚頭來折"），意為處理困難的事。

"手尾"和"有"、"好"可構成固定用法，意為"使某事或某物恢復原來的完好狀態"。否定說法就是"冇手尾"。這時實難作出一個固定的對譯，要根據情況分別處理：

客觀情況	廣州話	普通話
用後放回或收拾好	你真係有	你真有條理
及時關燈或電視等	手尾	做得好；做得對
及時關、鎖門窗等	（好手尾）	你想得真周到
用後亂扔或不收拾		你怎麼不放回去啊；怎麼亂扔啊
不及時歸還所借物		怎麼還不還給人家啊？你忘性真大
找不着要用的東西	你真係冇手尾	你怎麼丟三落（là）四的
不及時關／鎖門窗	乜咁冇手尾㗎	你真馬大哈（即：粗心大意）
進來或出去以後忘記關門		戲謔：你尾巴怎麼那麼長啊

在上述分析中，廣州話的"尾"都是唸作〔mei⁵〕的，不過在某些詞語中，它卻要唸變調為〔mei¹⁻〕，如：尾二——倒數第二；第尾——第末，最後一個；手指尾——小拇指；腳趾尾——小趾頭、小腳趾。

20 甚麼時候用 "執"

　　廣州話和普通話都有"執"字，兩者在一些比較書卷氣的用法上是一致的，如：執筆、執教、執意、執行、執照、執着、收執等等。要注意的是，"執着"一詞廣州話很常用，但在普通話有些不同，因為它書卷氣很濃，如果指古板、執拗，通常多說"固執"，很少說"執着（zhuó）"，不過指對某事堅持不懈時，則可照用。另外，"執"字在廣州話口語裏還有很多特別的詞義和用法：

　　（1）**撿取**　執到枝筆——撿到一桿筆；執到寶——撿着便宜了；有得執咩——有甚麼便宜撿哪；執死雞——撿現成兒；冷手執個熱煎堆——冷鍋裏撿了個熱栗子；執條襪帶累身家——撿了便宜柴，燒了夾底鍋；執藥——抓藥；執籌——抓鬮兒，抽籤兒。

　　（2）**收拾整理**　執拾——收拾（東西）；執房——收拾房間；執頭執尾——收拾零碎兒；執漏——撿漏；執版（印刷用）——修版；執包袱（被辭退）——捲鋪蓋兒；執笠——關張、倒閉。

　　（3）**打扮**　執得好正——打扮得很像樣兒；執正啲先——打扮得像樣點兒。

　　（4）**掌握原則**　執正嚟做——按原則辦事；執到正——（辦事）公正、有原則性。

（5）**作量詞，用於毛髮**　一執毛——一撮兒（zuǒr）毛；一執鬍鬚——一撮兒鬍子。

（6）**俗語，要靈活對譯**　執輸——落後；執頭碼——搶頭功。至於"執手尾"的對譯，請參考上文。

21 "滾"的多義

　　"滾"字在廣州話和普通話裏有一些不同的詞義和用法:

　　(1)表示"滾動"、"翻轉"時,彼此基本用法一樣,如:"滾動"、"翻滾"、"滾瓜爛熟"。但是廣州話口語常用"轆"來代替"滾":轆個波過嚟——把球滾過來;轆地、轆地沙——(在地上)打滾兒;不過,"轆嚫腳"則要說"輾着腳了"。

　　(2)訓斥別人,要別人走開,彼此都可以說:"滾"、"滾開"、"滾蛋"。但廣州話口語則說:"躝"、"躝屍"、"躝屍趷路"。

　　(3)表示急速翻騰,彼此都可用"大江滾滾"、"滾滾黃沙"等。但廣州話"沙塵滾滾",普通話要說"塵土飛揚"。

　　(4)表示液體受熱沸騰,廣州話和普通話都可以說"滾水"、"水滾了"。不過普通話多習慣說成"開水"、"水開了"。廣州話"凍滾水"普通話說"涼開水",口語化一點就說"涼白開"。"滾瀉"要說成"潽(pū)了"。

　　另外要注意的是,廣州話"滾"字的詞義比普通話的更寬:

　　(1)指非常熱的溫度,普通話常說"燙":飲杯滾茶——喝杯燙的茶;個頭好滾,可能發燒——頭很燙,可能發燒;滾㗎吓——(一)(提醒)燙着呢;(二)(要人讓路)燙的來

了！滾熱辣——熱騰騰、滾燙、滾熱；滾水淥腳咁（俗語）
——火燒火燎（liǎo）的。

（2）用於烹調，普通話常說"汆（cuān）"，意為把食物放
到沸水裏稍煮：滾個湯——汆個湯、做個湯；滾個青瓜湯——
汆黃瓜片。

（3）固定用法：滾攪——打擾、麻煩；真係滾攪晒——太打
擾你了、太麻煩你了。

（4）用於俗語，表示"矇騙"：咪滾我嘞——別矇我了；
滾滾吓、沙沙〔sa⁴sa⁴〕滾——連矇帶騙；滾紅滾綠——矇神賺
（zuàn）鬼。另外，"出去滾女仔"應為"在外邊跟女孩子胡
混"。

22 "水"的多義

　　廣州話"水"的含義比普通話"水"廣泛得多,我們在使用時一定要注意:它可以指人或物,表示其能力或質量"低下",比方"你真係水汪(汪)",普通話說"你真不牢靠","水汪汪"一詞在普通話裏指的是眼睛"明亮而靈活",我們當然不能誤用了!又比方"乜你咁水皮㗎"要說成"你怎麼這麼柴呀"或"你怎麼這麼差勁哪"。平常我們說的"水嘢"就是"次貨"、"等外品"。

　　"水"或"水頭"在廣州話常常是"錢財"的代名詞:有冇水(頭)吖——有沒有錢哪(注意:普通話也有"水頭"一詞,但指的是"水的來勢")。所以"疊水"就是"趁錢";磅水、過水——給錢;撲水——奔(bèn)錢;回水——退錢;補水——補錢、津貼。打麻將時常說的"抽水",當然不是"用水泵抽水"了,普通話說"抽頭"或"給抽頭":抽幾多水吖——給多少抽頭哇。

　　廣州話"縮水"一詞意思很多,"銀紙縮水"應說"貨幣貶值",口語說"錢毛了"。如指做事,"縮水"應說作"偷工減料";如是衣物的"縮水",則常說"縮",但也可說"縮水"或"抽水"。

　　另外,廣州話的"(走)水客",普通話可說"單幫商人"。近年來常說的"水貨",大多是指"從外地、原產地經非正常渠道（如：沒有批文、報關證明等）輸入的貨品"，也指非由正式代理商出口或進口的貨品，或沒有保用證的貨品。普通話現在也用"水貨"了。

還有，很多帶"水"的廣州話詞語，說普通話是根本沒有"水"的：火水——煤油；（電器用）水綫——地綫；髹灰水——刷牆；色水——顏色。"水"在廣州話俗語用得很多，"睇水"就是"把風"；"整色（整）水"就是"裝門面"。做飯時的"煲水"就是"燒水"，但俗語裏的"煲水"卻是"無中生有"：你唔好煲水嘞——你別瞎編了；煲水新聞——瞎編的新聞。"口水佬"指能說會道或說得多做得少的人，普通話相應地可說為"嘴把勢"（"把勢（bǎshi）"也作"把式"，指專精某種技術的人）；"口水多過茶"則可譯為"大耍嘴皮子"。另外，"水洗唔清"若簡單地譯作"水洗也不乾淨"是會使人莫名其妙的，應該說"跳到黃河也洗不清"才對。"散水"如照譯照搬就會使人啼笑皆非了，因為普通話"散水（sàn·shuǐ）"指的是在房屋等建築物外牆的牆腳周圍，用磚石、混凝土鋪成的斜坡。寬度多在1米左右，作用是把雨水排離牆腳，以保護地基（見《現代漢語詞典》2005年第5版第1175頁）。廣州話"散水"應譯作"撒（sā）丫子"或"撒腿跑吧"；"豬籠入水"可譯作"八方來財"。

23 "頭"的比較

　　"頭"是個常用多義字，以下用法要留意：

　　(1)指人的頭，廣州話常說"頭殼"，普通話則說"腦袋"——一說"殼"，一說"袋"，惟妙惟肖！"額頭"雖然在普通話裏也可以用，但書卷氣十足，口語裏常說"腦門兒"、"腦門子"或"前額"。另外，有些詞語和搭配彼此也不同（楷體字為普通話詞彙，下同）：髆頭——肩膀；攬頭攬頸——摟摟抱抱；擰轉頭——回過頭；轉頭搵你——回頭找你。

　　(2)指人，普通話只有三幾個詞可用，丫頭（廣州話一樣）；頭兒或頭頭兒（廣州話：阿頭）。可是廣州話就靈活多了："伙頭"即普通話所說的"大師傅"或"伙夫"；判頭——包工；事頭——掌櫃的；事頭婆——內掌櫃的；大頭蝦——馬大哈；小鬼頭——小鬼；鬼頭仔——內奸。廣州話"死人頭"普通話則說"王八蛋"，兩者都可用於罵人或戲謔。

　　(3)作名詞後綴，廣州話的"頭"和普通話一樣，都可以接於名詞、動詞或形容詞的詞根，如：木頭、（沒甚麼）看頭、甜頭等。另外，廣州話有些用法卻是本身特有的，如：熱頭——太陽；日頭——"太陽"或"白天"；舖頭——舖子；畫頭——加片兒；疋頭——成件的衣料；廣字頭——廣字旁兒；冧弓頭——寶蓋兒。更特別的是，廣州話的"頭"可以用在量詞之後：三件頭——三件一套的（衣服、東西）。

（4）廣州話的"頭"主要指物體前部，普通話的"頭"主要指"物體頂端"，所以"山頭"、"船頭"彼此說法一樣，但很多時候有不同的說法：廣州話"車頭"，普通話應該說"車的前部"或"駕駛室"，不過也可以接受"車頭"。本地電車上的"名句"——請靠近車頭，應改作"上車後請往前走"才對。相反地，有些詞廣州話不用"頭"，普通話卻要用"頭"：箭嘴——箭頭；筆嘴——筆尖、筆頭兒。

（5）指次序居先，廣州話和普通話都可以說"頭"，如：頭車、頭羊等。但"頭房"要說成"（最）頭裏的房間"，因為北方人住的房子，其建築排列結構與南方人不同，所以沒有"頭房"、"二房"之類的說法（參見拙作《廣州話·普通話對比趣談》中"'房'不等於'屋'"一文）。

以下是廣州話"頭"的更靈活、更獨特的說法：

（6）"頭"可用作"家庭"的量詞：置返頭家——組織一個家庭。

（7）固定用法：頭先、求先——剛才；晚（頭）黑——夜裏；頭尾五日——前後五天；一頭半個月——十天半個月；呢頭食，嗰頭嘔——這邊吃，那邊吐；（好似）落雨咁頭（teu²）——好像要下雨了；扒頭——超車、超過；家頭細務——家務（事）。

（8）俗語：嗰頭近——翻白眼兒了；兩頭蛇——兩面派；一頭霧水——納悶兒、不摸頭（現在吸收"一頭霧水"了）；頭頭碰着黑——處處碰釘子；衰起上嚟有頭有路——一處倒霉就處處倒霉；一眼針有兩頭尖——甘蔗沒有兩頭甜；顧得頭嚟腳反筋——扶得東來西又倒；冇咁大個頭唔好戴咁大頂帽——沒有金鋼鑽，別攬瓷器活兒。

24 人也可以是 "貨"

　　"貨幣"、"貨物"中的"貨"字，其意義與用法在廣州話和普通話裏是一致的，不過在詞的搭配上，我們會發現一些不同的地方：來路貨──進口貨、洋貨；老鼠貨──黑貨、贓物；貨尾──剩貨；落貨──卸貨；落貨紙──卸貨單；淋貨──摞（luò）貨、把貨物碼起來；貨車──卡車、貨車；貨辦──樣品、貨樣。另外，有些廣州話詞語用了"貨"字，普通話是不用的：貨倉──倉庫；貨不對辦──貨不對樣兒、名實不符（轉義）；幾蚊貨仔──幾塊錢的玩意兒。

　　還有，廣州話的"行〔hɔŋ²〕貨"可譯為"正路貨"；與之相反的"水貨"就是"後門貨"，不過，人們慢慢地也接受"水貨"這個詞兒了。"行〔hɔŋ⁴〕貨"指敷衍蒙混的東西，可譯為"糊弄事兒（hùnongshìr）"。

　　"貨"又可用於罵人，但彼此搭配也有不同：廣州話"仆〔puk¹〕街貨"，普通話可說"混蛋"、"王八蛋"、"孫子"，不用"貨"；但"豬嘜"、"蠢才"就要譯作"笨蛋"、"笨貨"或"蠢貨"了。在這種用法上，普通話"貨"字的搭配更靈活，其他用例如"好吃懶做的貨"、"吃裏扒外的貨"等。

25 "喉"不是喉

　　"喉"是呼吸器官的一部分，又是發音器官。廣州話和普通話的"喉"都有這樣的詞義，兩者都可以使用喉嚨、喉頭、咽喉、歌喉、喉舌等詞語。有一點要注意的是：雖然"喉嚨"和"嗓子"的意思是一樣的①，但在普通話裏，"嗓子"更常用、更口語化。常說"嗓子疼"（"疼"比"痛"口語化），少說"喉嚨痛"，這種用法跟廣州話的習慣是相反的。

　　另外，廣州話"聲喉"一詞指的是"說話或唱歌的聲音"，應譯為"嗓子"②、"嗓門兒"或"嗓音"；"聲喉拆晒"就是"嗓子都披了"③或"嗓子都啞了"；"豆沙喉"就是"沙嗓子"。至於"喉核"或"喉欖"應說成"結喉"或"喉結"。

　　廣州話還把某些管狀物叫做"喉"，說普通話當然不能照搬。"膠喉"應譯作"膠管子"或"皮管子"④；水喉——水管（子）；喉鉗——管鉗子、管扳子；滅火喉——消防水龍。

　　廣州話的"喉"還可以轉義用於俗語，說普通話要靈活處理：喉急——心急；喉擒——着急、毛躁；唔夠喉——不解渴（指滿足不了需要）；到喉唔到肺——解不了渴。

―――――――――――

①② "嗓子"意為：（一）喉嚨；（二）嗓音。
③ "披"在此的意思為"裂開"。
④ "皮"在此的意思為"橡膠"。

26 遇 "氣" 要分析

　　"氣" 字很常用，首先我們要注意在廣州話和普通話裏，與 "氣" 字所搭配的詞有甚麼不同：熱氣（指病因）——上火；焗嗒氣——窩囊氣；陰聲細氣——低聲下氣；有神冇氣——有氣無力；嗲聲嗲氣——嬌里嬌氣；呻氣——歎氣；谷氣——憋氣；激氣——氣人；唔忿氣——不服氣；抖（或 "唞"〔tɐu²〕）啖氣——歇口氣（想休息）、吸口氣（游泳時）；做到氣咳——忙得透不過氣來。

　　很多廣州話詞語裏的 "氣" 字，說普通話是要轉譯的：勞氣——淘神、費神；憂氣——傷神、操心；索氣——吃力；真係嘥氣——真費勁；嘥氣喇、盞嘥氣——白搭、白費勁；費事同你嘥氣——懶得跟你費吐沫；呢個人好長氣㗎——這個人真能說（不表反感），這個人真絮叨（xùdao）（表示反感）；長氣袋——話兒口袋（不表反感）、絮叨鬼（表示反感）；䚻〔tsɐm³〕氣——磨叨（mòdao）；氣頂——窩火；漏氣（辦事遲緩）——拖拉、磨煩（mòfan）；發熱氣——上火（了）；唔通氣——不知趣；條氣唔順——心情不舒暢；條氣順晒——心情舒暢了；窒住條中氣——（讓人家）噎得不善。

　　另外，還有幾個詞要留意："晦氣" 是 "愛搭不理" 的意思：乜咁晦氣㗎——幹嗎愛搭不理的？但是，"搵佢晦氣" 卻應譯為 "找他的碴兒（chár）" 或 "找他算賬"。廣州話的

"口氣"比普通話意思更多：指口裏的臭味時，普通話說 "口臭"；"保持口氣清新"就要說成 "清除口臭"或 "保持口腔清潔"。廣州話常用 "過氣"來形容失去了知名度的人物，如 "過氣球星"等，普通話可說作 "昔日……"。

27 "心"之多

在廣州話和普通話裏，"心"字表示的意思都是一樣的，而與其相配的很多詞組的用法也一致，諸如心臟、心得、中心、開心等等。不過，在詞的搭配和修飾上，仍有很多不同，如：心態——心情，心理；心足——心滿意足，滿足；心息——死心；心多——多心；立心（做某事）——存心；合心水——合心意、可心；心水清——心秀，有心路；疊埋心水——塌下心來；心郁郁——動（了）心；心掛掛——掛着心；心思思——老想着、心心念念地；心都淡晒——心都涼了。

另外，有些廣州話詞語如果照說的話，就只是粵式普通話而已，而且常常會引起誤會的。比方"玩到心都散晒"應說成"心都玩野了"。回答人家問候的"你有心嘞"應說成"謝謝你的關心"，"你真係有我心"應說成"你對我真關心"。還有，"畀啲心機喇"可譯作"下點兒功夫吧"、"加把勁吧"；"畀心機……喇"就可譯作"好好兒……吧"。

最後，廣州話管最疼愛的子女叫"心肝蒂〔diŋ³〕"，普通話則說"心肝兒"或"心肝兒寶貝兒"。

28 "雞"的種種

　　雞是常見的家禽，雞蛋、雞肉以及借喻的雞眼、雞尾酒等很多詞語，在廣州話和普通話都是相同的。不過要留意的是，有關"雞"的搭配和用法，彼此有很突出的不同：

　　(1) 有關雞的種類：廣州話"雞公"，普通話說"公雞"；雞嫲——母雞；雞項〔hɔŋ²〕——沒下過蛋的母雞；騸〔sin⁵〕雞——閹過的雞；童子雞——筍雞；雞仔——小雞。

　　(2) 有關雞的身體部位："雞頭"、"雞胸"、"雞心"、"雞腸"是一樣的，但"雞頸"應說"雞脖子"；雞關——雞冠子；雞翼——雞翅膀；雞髀——雞腿；雞腳——雞爪子（少說"雞腳"）；雞尾——雞屁股；雞膶——雞肝兒；雞腎〔sɐn²〕——雞胗兒；雞扶翅——雞的內臟、雞雜兒；雞紅——雞血（豆腐）。

　　(3) 不是"雞"卻稱"雞"：銀雞——警笛、哨子；熱〔lat³〕雞——烙鐵；雞泡魚——河豚；一蚊雞、一雞士〔si²〕——一塊錢；雞腸（指外文）——天書（借喻）；二撇雞——八字鬚、小鬍子；睸〔mɐŋ¹〕雞眼，正寫"瞙朾眼"——疤瘌（la）眼兒；鬥雞眼——鬥眼、對眼。另外，對於妓女、暗娼，廣州話也稱之為"雞"。還有，打麻將時，沒有番的"小和（hú）"，廣州話慣稱為"雞和〔wu²〕"俗寫"雞糊"，普通話說"平和（hú）"。

（4）廣州話有很多用"雞"的俗語，但在普通話裏，相應地不是都用"雞"的：偷雞——偷懶、躲懶兒；走雞——錯過（機會）；根〔tsaŋ⁴〕雞——撒潑；根雞婆——潑婦；靜雞雞——悄悄地；執死雞——撿現成兒；雞咁腳——穿了兔子鞋似的；揸雞腳、捉痛腳——抓辮子；雞手鴨腳——毛手毛腳；雞啄〔dœŋ¹〕唔斷——沒完沒了（liǎo）；雞同鴨講——啞巴說聾子聽；發雞盲咩——瞎眼啦；死雞撐〔tsaŋ³〕飯蓋、死雞撐硬腳——鴨子雖死嘴還硬；雞碎（正字為"膆"）咁多——仨瓜倆棗的；雞乸咁大隻字——斗那麼大的字；搞到雞毛鴨血——弄得雞犬不寧；雞髀打人牙骹軟——吃了人家的嘴短；雞屙尿，少有——蠍子屎，獨份（毒糞）；雞食放光蟲〔tsuŋ²〕，心知肚明——斑鳩吃螢火蟲，肚兒裏明；墨魚肝肚雞泡心腸，黑夾毒——墨魚肚腸河豚肝，又黑又毒。

有趣的是，廣州話不用"雞"的，普通話倒要用"雞"：毛管戢——起雞皮疙瘩。不過，近年來廣州話也有說"起雞皮"的就是了。

29 "佬" 的種種

　　普通話裏的"佬"字，明顯地帶有貶意或輕蔑意味，使用面很窄，常用詞也只有：闊佬、美國佬、鄉巴佬（廣州話"大鄉里"或"鄉下佬"）等幾個。廣州話就大不相同，"佬"成了對成年男子的普通稱呼，隨便得很，到處可用。"……佬"的構成，往往是根據人的某些身心特點，或是職業、籍貫（國別）、愛好、能力等情況作出的，說普通話常常要用不同的詞尾代替：

　　(1) 表示身心特點，佬→子；個兒

　　土佬——土包子；肥佬——胖子；盲佬——瞎子；跛手佬——拽（zhuāi）子；跛腳佬——瘸子、跛子；豆皮佬——麻子；光頭佬——禿子；鬍鬚佬——大鬍子；駝背佬——羅鍋子、羅鍋兒、駝子；癲佬——瘋子；傻佬——傻子；高佬——高個子、高個兒；大隻佬——大個兒、大塊兒。

　　例外：啞佬——啞巴；漏口佬——結巴；崩嘴佬——豁嘴兒；單眼佬——獨眼龍；四眼佬——眼鏡兒先生、四眼兒（嘲笑）；黐綫佬——神經漢。

　　(2) 表示職業，佬→……的；匠；人

　　報紙佬——賣報的、新聞工作者；影相佬——照相的；收買佬——收舊貨的、賣破爛兒的；賣魚佬——賣魚的；飛髮佬——理髮的、推頭的；講古佬——說書的；睇相佬——相面

的、相面先生；巴士佬——開（公共）汽車的、汽車司機；喃
嘸佬——做法事的、法師；風水佬——看風水的、風水先生；
攞揸佬——撿破爛兒的、清潔工人。

鬥木佬——木匠；泥水佬——泥水匠；打鐵佬——打鐵
的、鐵匠；補鞋佬——補鞋的、鞋匠。

耕田佬——莊稼人；生意佬——做買賣的、買賣人
（"賣"要讀輕聲）。

從這部分的例子可以看出：表示職業時，廣州話的"佬"
很靈活，可以附於動詞或名詞之後；普通話則不一樣：動詞之
後要加"的"，名詞之後則加"匠"或"人"。

例外：差佬、差人——警察；街市佬——菜市小販；拐子
佬——拐子。

(3) 表示籍貫，佬→人

上海佬——上海人；外江佬——外省人；（番）鬼佬——
外國人、洋人、（洋）鬼子；旗下〔ha²〕佬——旗人。例外：
疍家佬——疍民。

(4) 表示愛好，佬→漢、鬼

懶佬——懶漢、懶鬼、懶蛋；醉酒佬——醉漢；爛酒佬
——醉鬼。

(5) 罵人，佬→鬼、蛋

死佬——死鬼；衰佬——壞蛋、混蛋；鹹濕佬——色鬼；
麻甩佬——缺德鬼。另外，"麻甩佬"可指男人，多作自稱或
自嘲，北京話說作"大老爺們兒"（意為成年男子；男子漢）。

(6) 表示能力、地位等，"佬"無固定對譯

土佬——土包子；財主佬——財主；大粒佬——大頭兒；口
水佬——嘴把式（shi）。

此外，特別一點的說法有：（一）"大佬"表示：a.哥哥或大哥；b.頭兒；c.作為泛稱，即"老兄"、"哥兒們"；（二）"細佬"表示：a.弟弟；b.作為泛稱，即"兄弟"、"大兄弟"或"小兄弟"（都含親切意）；（三）俗語"關佬懶理"即"事不關己，高高掛起"。

廣州話和普通話都有 "婆" 字,不過在五個基本義項上的用法和搭配都各有異同:

(1) 指年老的婦女,廣州話說的 "伯爺婆",普通話可以說 "老婆兒、老太婆、老婆婆、老奶奶"。廣州話 "亞婆" 如果是一般稱呼,普通話說成 "大媽、大娘",如果指 "外婆",則可說成 "姥姥" 或 "外婆"。廣州話 "婆婆〔pɔ⁴pɔ²〕" 在普通話應說成 "奶奶";"家婆〔pɔ²〕" 就應說成 "婆婆"。

(2) 指某些職業婦女:媒婆(廣州話多說成:媒人婆),收生婆、產婆等說法一樣。但是 "事頭婆" 就要說成 "內掌櫃的" 或 "老闆娘"。

(3) 指妻子:廣州話和普通話都可以說 "老婆";但要注意:普通話 "老婆兒" 指的是 "年老婦女(含親熱意)";"老婆子" 指的是 "年老婦女(含厭惡意)" 或用於年老的丈夫稱年老的妻子。我們不要弄錯了。

(4) 指丈夫的母親:"婆媳"、"婆(婆)家" 彼此相同。要注意的是廣州話說 "兩公婆",普通話則要說 "兩口子、兩夫婦";因為普通話 "公婆" 指的是 "公公和婆婆"。廣州話管丈夫的母親叫 "奶奶〔nai⁴nai²〕",普通話則說 "婆婆";因為普通話 "奶奶" 指的是 "自己父親的母親"。

（5）"你唔好咁婆媽喇〔la¹〕"，普通話說"你別這麼婆婆媽媽的了"。

特別需要指出的是：廣州話的"婆"大派用場，常常泛指婦女或具有某些特點的婦女，說普通話時要分別靈活處理：婆娬——女人、娘兒們、婦女；賣菜婆——賣菜的女人；寡（母）婆——寡婦；八（卦）婆——饒舌婦、包打聽；死八婆——臭娘兒們；諸事婆——長舌婦；契家婆——情婦、姘婦；老姑婆——老處女；返頭婆——後婚兒；富婆——闊太太。

廣州話的"婆"還可以指外地或外國女人，但要注意，因這種叫法有失體統，故不宜以此稱呼對方。如：上海婆——上海（籍）女人；鄉下婆——住在鄉下的女人、土里土氣的女人；（番）鬼婆——洋女人、外國女人；日本婆——日本女人。

31 "幾"的不同用法

　　廣州話的"幾"，跟普通話一樣，可以用來詢問不太大的數目，如：來了幾天？又可以表示大於一而少於十的不定數目，如：幾張紙、幾百人。但是廣州話口語的"幾"比普通話用法更多、更靈活：

　　（1）修飾形容詞，表示程度較高，用於肯定或疑問時，普通話說"挺"：幾好——挺好；幾好吖嗎〔a¹ma³〕——挺好的吧；都幾惡死嘅嘛——倒是挺兇的。用於否定時，普通話說"太"：唔係幾快——不太快；唔知幾好食——太好吃了。

　　（2）與形容詞一起構成疑問、詢問程度或用於感歎，普通話應說"多"：走得幾快吖〔a³〕？——能跑多快呀？你話幾（咁）靚呢——你說多（麼）漂亮啊！

　　（3）百位以上數字有零頭時，廣州話可用"幾"，普通話要用"多"：三百幾——三百多；十萬幾人——十萬多人、十萬來人。

　　（4）"數詞＋量詞＋幾"要說成"數詞＋量詞＋多／來"：五尺幾（長）——五尺多／來（長）；十分幾鐘——十分多／來鐘。

　　（5）固定詞語：

　　（一）幾多——a.用於疑問，是"幾"或"多少"：你有幾（多）本書吖——你有幾本書哇？香港有幾多人吖——香港有多少人哪？b.表示程度，普通話說"挺"或"太"（見本文用法1）。

（二）幾難——a.挺難的：呢條題目幾難㗎——這個問題挺難的呀；b.好（不）容易：幾難先至做完——好（不）容易才做完；c.一定要：想唔嚟都幾難——非來不可、一定要來。

（三）幾時——雖然普通話也可以照說"幾時"，但一般多說"甚麼時候"，口語則說"多會兒"。

（四）廣州話"幾時幾日"是詢問過去或將來的時間的，比"幾時"的語氣更重，普通話一般仍可說"甚麼時候"、"多會兒"，不過更口語化則說"哪會兒"：我幾時幾日呃過你吖——我哪會兒騙過你呀。

（五）"幾時得嚟吖〔a¹〕"意為"時間尚早"、"還輪不上"，普通話可說"還早着呢"，口語可說"且呢"。

(6) 俗語：

（一）表示意志堅決：幾大都要去——怎麼着（zhe）也要去；幾大都唔嚟——說甚麼／怎麼着也不幹；幾大就幾大喇——豁出去算了。

（二）表示機會難逢，常用於見面寒喧或請人赴會等：有幾何吖、冇乜幾何啫——不是常有這樣機會的、能有幾回呀。

順便說說，在上述俗語裏，廣州話的"大"要變調唸作〔dai²〕；"何"要變調唸作〔hɔ²〕。

32 "濕"的對比

"濕"是"乾"的反面,這一點在普通話和廣州話裏都是一樣的。譬如:濕度、濕漉漉(廣州話:濕納納)等。不過,有些詞語在廣州話中用"濕",卻在普通話裏是不用的,如:濕咗水——沾上水了;落雨絲濕——天雨路滑;乾濕褸——風雨衣。廣州話用"眼濕濕"來形容哭過或想哭的樣子,普通話可說"眼睛紅紅的";由此引申的俗語"頭耷耷眼濕濕"可譯作"垂頭喪氣沒精打采"。廣州話把"參與了某事"比喻為"洗濕咗頭",普通話可說成"下了水了"。還有把"通過某事得了便宜"比喻為"過水濕腳",相應地普通話說"經手三分肥"。

廣州話歇後語"濕水棉胎——冇得彈",表面上是說"濕了水的棉胎沒辦法再彈",實際意思卻是"沒有可以彈劾的地方,好極了",普通話也有類似的說法:帽子破了邊——頂好,表面上說"帽子邊兒破了,頂兒是好的",實際上就是說"頂好,好極了"。另一個廣州話歇後語"濕水欖核——兩頭標",意為"濕了水的橄欖核兒很滑,難以抓住",這句話比喻一個人模棱兩可的態度。普通話有差不多的說法,如:水裏的葫蘆——兩邊擺。

以上廣州話詞語中的"濕"及其用法是和"水"多少有點關係的。另外,有不少用了"濕"字的廣州話詞語,其實和"水"並沒有關係,說普通話當然要改譯了:"濕電"是"乾電"(普通話說"直流電")之反,普通話只能說"交流電"。港、穗中醫所說的"濕熱",普通話說"內熱"或"熱症","濕滯"就是"消化不良";由於便秘是這些病的症狀之一,所以廣州話"濕熱"、"濕滯"就轉義為"麻煩複雜,難以應付",如"呢單嘢真係濕熱(或濕滯)",普通話可譯為"這事真撓頭(或傷腦筋)"。

廣州話"濕"又可以表示"零星"、"不完整":濕星——零星;濕碎——零碎、瑣碎;濕濕碎碎——零零碎碎;碎濕濕——零七八碎。口頭語"濕濕碎啦"表示"不以為然"、"無所謂",普通話說"小意思罷了"。"濕"又可用作動詞,表示"一點一點地做某事",如:"濕濕吓真冇癮——零敲碎打地(搞)真沒意思"。廣州話的"濕"還可以表示"品質、行為不好":陰濕——陰險、蔫(niān)壞;鹹濕——淫穢、流氣、耍流氓;鹹濕鬼——色鬼、流氓。

33 "夠"的用法

"夠"字在普通話裏可以表示：（一）數量上滿足需要，如：錢夠了、時間不夠；（二）達到某一點或某種程度，如：夠格兒（廣州話：夠資格）、夠結實；（三）伸直胳膊或用長形的工具去接觸某物、取東西：跳起來，手才夠得着天花板。在這裏面，廣州話的"夠"字只有第一種和第二種用法；至於第三種用法，在廣州話中則說"擽〔ŋou¹〕"。

廣州話和普通話"夠"字在上述第二種情況的用法完全一樣。但是第一種用法就有些不同了，有時兩者的詞序是相反的，特別是廣州話說"夠＋單音節名詞"時更是這樣：夠錢嘞——錢夠了；夠唔夠錢——錢夠不夠。常用的"夠鐘嘞"一語，如果照說，就是粵式普通話，我們應該說"到時間了"或"時間到了"才成，因為這裏不是說"鐘"或"時間"滿足需要，所以不能用"夠"。還有，對廣州話"唔夠＋主謂結構"得靈活處理："唔夠佢快"應說作"沒有他那麼快"；"唔夠人打"就應說"打不過人家"（請參閱本書〈比較句〉和〈名詞的詞序〉兩文）。

廣州話常用"夠晒＋形容詞"表示程度之高，普通話要說成"夠＋形容詞＋的（了）"：天氣夠晒凍——天氣夠冷的（了）。廣州話又常用"動詞＋到夠"表示"滿意"、"滿足"，普通話的句型是"動詞＋個夠"：今日等你食到夠——

今天讓你吃個夠。至於"夠勁"、"夠晒勁"，要作特別處理，請參看下文。

　　與普通話相反，廣州話"夠"或"又夠"可以修飾動詞，表示"同樣"，是"也"的意思，常帶有"不以為然"的意味。如：好叻咩，我夠有咯——有甚麼了不起，我也有呢；我錯咗，你夠係喇——我錯了，你不也錯了嗎？（"你不也是嗎"乃粵式對譯）；呢度又夠養得魚喇——這兒不也是能（夠）養魚嗎？

34 不同的 "夠勁"

　　"勁"字作名詞用時，表示力氣、精神、神情及趣味；作形容詞用時，表示堅強有力。近年來，"衝勁"、"幹勁"、"勁頭"、"疾勁"、"輕勁"等詞語不但為粵語書面語所接受，而且口語上也用得很普遍。其中"疾勁"、"輕勁"指風勢，是本地發展的詞彙，眼下普通話還沒有這種說法，不過它既然符合構詞法，而且又有"強勁、剛勁"等詞彙作模式，看來是可以行得通的。還有，足球術語"勁射"已為內地報刊接受了。

　　不過，有些帶"勁"的本地詞語，說普通話時是不能照搬的。例如，常說的"好勁"、"超勁"、"夠晒勁"，以至"勁秋"等就是這樣，因為"好"、"超"、"夠"是不能與"勁"搭配的。應該說"帶勁"、"真帶勁"、"真來勁"、"真棒"、"棒極了"或"太棒了"。

　　值得留意的是，普通話也有"夠勁兒（gòujìnr）"一詞，但其詞義和用法與廣州話不盡相同，它表示：（一）擔負的分量極重，如："一個人幹這麼多的活兒，真夠勁兒"，這裏的"夠勁兒"相當於廣州話"冇得頂"、"頂唔順"；（二）程度極高，如："這辣椒可真夠勁兒"，意思是辣得太厲害。這時候，廣州話"夠勁"與普通話"夠勁兒"的意思倒是差不多，但廣州話"夠勁"是褒義的，普通話的"夠勁兒"卻是貶義的。

其實，廣州話常說的"勁"不過是"犀利"的同義語和時髦說法罷了："咁勁㗎"就是"咁犀利㗎"，普通話說作"這麼厲害呀"、"這麼棒啊"。

本地常有"勁歌"、"勁舞"之類，把"勁"加於名詞之前的口語說法和用法，普通話則只有"勁旅"、"勁敵"、"勁草"等書面化的用法（當然，廣州話也都有這些用法）以及近年來才吸收的"勁射"，前幾年還沒有"勁歌"、"勁舞"的說法。"勁歌"、"勁舞"的"勁"有如下意思：（一）充滿力量和活力；（二）節奏感強；（三）流行；（四）動聽、吸引人；（五）最好的、最棒的。看來比較概括性的普通話用詞恐怕是"棒"了，而且"棒"還是口語說法，這些都與廣州話"勁"字相仿。因此"勁歌"、"勁舞"可譯作"最棒的歌曲"、"最棒的舞蹈"。有人譯作"最帶勁的歌"，恐怕欠妥，因為"帶勁"的意思只是：（一）有勁頭；（二）能引起興趣，故難以與廣州話的"勁"相對應；而"棒"則能表示廣義的"好"和"強"。另外，"帶勁"只作謂語用，不作定語用，如可說"今天的電影很帶勁"，少說"我看了一個很帶勁的電影"；而"棒"則可以作謂語或定語，如：今天的電影很棒、我看了一場很棒的電影。

如今，"勁歌"、"勁歌金曲"、"勁舞"都已經被普通話吸收，大家可以放心使用了。

35 "慳" 有甚麼意思

　　"慳"，普通話音為qiān，讀如"千"，在廣州話裏讀han[1]；其主要意思是：（一）吝嗇：慳吝；（二）缺欠：緣慳一面。以上詞義和用法在廣州話和普通話是一樣的，不過都很書面化，不常用。表示"吝嗇"，廣州話口語說"孤寒"；普通話口語說"摳（kōu）門兒"、"摳搜（sou）"或簡單就說"摳"，如：這個人真摳。

　　除上述詞義和用法外，"慳"字在廣州話口語裏很常用，它是"（節）省"的代名詞，例如："慳儉"，普通話就得說"儉省"或"節儉"，"慳得過就慳"應該說"能省就省"。又如：慳慳哋喇——省一點吧；死慳死抵——省吃儉用；慳水慳力——省時省工；口頭語"慳返"應說成"省了事兒了"或"省了錢了"。不過，有時"慳"字又要換另一種說法，比方"知慳識儉"，就要改說：（會）精打細算；慳得過就咪去——盡量別去、能不去就不去。

36 "整"和"修"

　　"整修"是一個複合詞,有趣的是,單用時廣州話和普通話按其習慣"平分秋色"——廣州話往往說"整",普通話常常用"修",譬如:整吓架電視機——把電視機修修。另外,廣州話"整"字還可以泛指做某一樣事情,這時普通話往往說"弄",譬如:整損手——把手弄破了;整番幾味——弄(它)幾個菜。

　　廣州話"整"字還有其他意思,很多時候要換成不同的說法:整占做怪——裝神弄鬼;咪整蠱我——別作弄我、別算計我;咁大整蠱——把我作弄得夠餿;整定你衰喇——活該你倒霉。至於"整(色)整水"是比喻裝樣子、耍手段的,可根據上下文譯為"裝門面"、"裝模作樣"或"耍花招兒"。還有,歇後語"阿茂整餅——冇嗰樣整嗰樣",如果是譏諷人家獨出心裁,亂搞一氣的,可譯作"猴兒拿虱子——瞎掰"(猴兒不會抓虱子,亂抓一氣。"瞎掰"是亂搞一氣的意思)。如果是批評人家無是生非或傳播假消息,可譯作"護國寺賣駱駝——沒那事(市)"(因為以前賣駱駝的市集不在護國寺,故有此說法)。

37 "煲"和"鍋"

　　"煲"是廣州話方言字,雖然《新華字典》和《現代漢語詞典》都收進去了,但都註明是屬於方言詞,具方言用法。"煲"字在廣州話可讀陰平聲高平調bou¹或高降調bou¹,但是在普通話裏則只讀bāo。字典上對該字的詞義註為:(一)壁較陡直的鍋,如:瓦煲、沙煲、銅煲;(二)用煲煮或熬,如:煲飯、煲粥。需要指出的是:儘管字典裏也收進了"煲"字,但這只是從詞彙研究、字典編纂這方面考慮的,實際上北方人根本不用"煲"字;另外,"煲"在廣州話卻大派用場,特別是在俗語裏有很多生動的用法,這些都是普通話所不及的。

　　(1)"煲"用作名詞,讀高平調bou¹,調值55,表示:(一)泛指做飯做湯用的鍋,如:沙煲——沙鍋(不過"沙煲罌罉"是泛指廚房裏的器皿的,普通話應說"鍋碗瓢盆");鏣煲——鋼精鍋、鋁鍋;高速煲——高壓鍋、壓力鍋;電飯煲——電飯鍋。(二)用於菜名,如:豆腐煲——沙鍋豆腐;魚球煲——沙鍋(魚肉)丸子。

　　(2)"煲"用作量詞,也是讀高平調bou¹,如:一煲飯——一鍋飯;一煲湯——一鍋湯。但是"煲"用於轉義時,就不能譯作"鍋"了,如:"整煲嚟嘢畀佢嘆吓"就要說作"給他點屬害嚐嚐"或"給他點顏色看看"。

　　(3)"煲"用作動詞,讀作高降調bou¹,調值53,這時候相當於普通話"煮、燒"或"熬（áo）"：（一）時間短的就是"煮"或"燒"，如：煲飯、煲咖啡、煲水。不過，普通話的搭配，習慣上多說：煮飯、煮咖啡、燒水——容器內有固體物用"煮"，沒有固體物用"燒"；（二）時間長的"煲"就是"熬"了，如：熬粥、熬藥、熬湯（比較：普通話"燒個湯"是時間較短的，相當於廣州話"滾個湯"）。

（4）"煲"用於俗語，對譯則很靈活：掟煲——吹（台）了；掟煲費——（男女之間的）分手費；穿煲——兜底兒、露餡兒；爆煲——露餡兒；煲水——瞎編、無中生有；煲電話粥——打馬拉松電話、打電話聊大天；煲冇米粥——（說）沒影兒的事；煲冇米粥，水汪汪——三十晚上走夜路，沒影兒的事；缸瓦船打老虎，盡地一煲——沙鍋搗蒜，一錘子買賣。

從上面的分析可以看出，"煲"作名詞時，普通話常譯作"鍋"；但反過來，有時普通話用了"鍋"，廣州話卻是說"鑊〔wɔk⁶〕"的，如：鑊——炒菜鍋、煎鍋；平底鑊——平底鍋；一鑊熟——大鍋熬、連鍋端；孭〔mɛ¹〕鑊——背（bēi）黑鍋。

另外，有些俗語在廣州話是既不用"煲"也不用"鑊"的，相應於普通話卻要用"鍋"：揭盅——揭鍋；打爛沙盆璺到豚（篤）——打破沙鍋問到底；一口〔pɛt⁶〕嘢、七國咁亂——一鍋粥；冷手執個熱煎堆——冷鍋裏撿了個熱栗子；執條襪帶累身家——得了便宜柴，燒了夾底鍋；茶瓜餸飯，好人有限——沙鍋滾下山，沒好的；五行缺金，冇錢——羅鍋兒上山，錢（前）緊。

話又說回來，由於南來北往的不斷增多，"電飯煲"一詞的使用已超出粵語地區的範圍走向全國了。不過，它還不能算標準詞彙，通常都應說"電飯鍋"的。況且，廣州話用"煲"的詞當中，只有這炊具獨一無二地有此影響力！

38 "落"和"下"

表示從高處到低處，廣州話說"落"，普通話就得說"下"，比方廣州話"落嚟"，普通話要說"下來"；"食唔落"要說"吃不下"；不過"落樓"就得說"到樓下去"，不能直譯為"下樓"了。有意思的是，廣州話的"落"在普通話裏有的不說"下"，卻說"上"的，如：落船——上船；落街、去街——上街。有時不表示"從高處到低處"，但廣州話還用"落"，普通話則用"上"，如：落倉——上倉庫去、到倉庫去；落你個名——上你的名字。

表示從北方到南方，廣州話和普通話書面語都說"下"，或"南下"，如：下江南、南下廣州。廣州話口語繼承了書面語的習慣，可以說：落廣州、由廣州落香港；普通話口語則只能說"（從北方）到廣州去"、"從廣州到香港去"；又如："你幾時落嚟香港㗎"應說作"你甚麼時候（從內地）來香港的"？

廣州話"落"字用於動詞後面，有三層意思：（一）表示動作開始並繼續下去，如：睇落又幾好——看起來還不錯；食落就知好味道——吃起來就知道味道不錯；（二）由主體向對象：睇落就知好生意——看上去就知道生意很好；呢張床瞓落真係舒服——這張床睡上去真舒服；（三）表示認真地做某事並有所醒悟，如：諗落係自己唔啱——細想一下是自己不對；

找返啲錢數落少咗十蚊——把找回来的錢數（shǔ）了數發現少了十塊。

另外，在廣州話中，"落"字還有其他意思，說普通話時，要將它靈活處理，如：落貨——卸貨；落客——讓客人下車；樹葉落晒嘞——樹葉掉光了；落啲鹽——擱點鹽；落口供——留口供；受落——受歡迎。"落"字也可以用於俗語，普通話有類似說法，但卻不用"落"字，如：落晒形——沒模（mú）樣了；成個落晒形——瘦得沒模樣了；落我嘅面——要我出醜；落足嘴頭——費盡唇舌。

可以看出，"落"是個文言字詞，普通話書面語才多用，如：落筆、落成、落花流水、落井下石、落款等等。文言字詞在普通話口語裏是用得很少的，相反，廣州話口語裏用得很多。

順便說說，普通話的"落"字讀作là時，意為：（一）遺漏：這一行落了兩個字；（二）忘記拿：把書落在家裏了；（三）丟下：我們走得快，把弟弟落下了。廣州話的"落"字，口語音可讀作lai^6，同樣有這幾個意思和用法，馮田獵先生的《粵語同音字典》及李卓敏先生的《李氏中文字典》對此都有說明。不過，用於上述詞義時，人們都習慣寫成"賴"或"攋"就是了。

"食"和"吃"

很多人都知道廣州話的"食"字，在普通話裏一般說成"吃"，如：食飯——吃飯；食穀種——吃老本兒；食塞米——白吃飯了；食死貓——吃啞巴虧；坐食山崩——坐吃山空；揀飲擇食——挑吃揀喝；食唔安瞓唔落——吃不好睡不着；煮到埋嚟先食——吃現成兒（直義用），不到時候不着急（轉義用）；食碗面反碗底——吃裏爬外、恩將仇報（或只說"吃裏爬外"）。

廣州話"食"字的用法很靈活，說普通話也要有不同的對譯：廣州話"食粥"，普通話說"喝粥"或"吃稀飯"，但是"食過夜粥"就只是"練過武術"的代名詞；"搭食"要說作"搭伙"或"入伙"（廣州話"入伙"意為"遷入新居"）；"食煙（仔）"可以說"抽煙"（口語化）或"吸煙"；"食白粉"就要說"抽白麵兒"；"為食"是"（嘴）饞"；"為食鬼"就是"饞鬼"；"食花生餸酒"就要說"花生仁兒就酒"。

要注意，很多俗語的對譯差別更大，如：獨食——吃獨食兒（直義用）、獨吞（轉義用）；獨食難肥、獨食剃頭痛——吃獨食兒沒好報；食貓麵——捱呲兒（cīr）、捱罵；食屎食着豆——歪打正着（zháo）；食人隻車咩——想要人家老命啊；食生菜咁食——白玩兒；誓願當食生菜——起誓當白饒；食鹽仲多過你食米——過的橋比你走的路還多。

“食”也是一個文言字，單用時，在普通話中常說成“吃”，但用於書面語詞或複合詞裏，就用“食”了，如：食管、食譜、食品、飲食、肉食、絕食、食古不化、食言而肥等。

40 "似"和"像"

　　"似"和"像"都是"如同"的意思，在普通話裏"似"是文言詞，"像"是口語詞；廣州話卻相反：常用"似"，少用"像"。譬如廣州話說"似足……"普通話就是"非常像……"；似到十足——像極了。另外，廣州話"好似"一詞，在普通話有三個意思：（一）好像：好似唔喺度——好像不在這兒；（二）很像：生得好似你——長得很像你；（三）"……似的"：好似雪咁白——雪似的那麼白（或說：好像雪那麼白）。

　　以上是單用的情況，如果用在複合詞裏，"似"在廣州話和普通話裏的用法是一樣的，如：近似、相似、歸心似箭、似是而非、似懂非懂、似乎、似模似樣……。順便說說"似"在廣州話只讀tsi^5；但普通話卻有兩音："似的"讀作shìde，故又可寫作"是的"；其他時候則讀作sì。

41 "行" 和 "走"

　　廣州話 "行〔haŋ⁴〕" 字單用時，在普通話中一般說成 "走"，如：行路——走路；行路唔帶眼——走路不長眼睛；行埋啲——走近點兒；行頭——走在頭裏；運路行——繞道（走）；見步行步——走一步說一步；行衰運——走背運，等等。用於複合詞時，普通話也說 "行"，如：旅行、步行等。

　　要注意的是：廣州話的 "行" 字有很多轉義用法，要分別對待。譬如：本地人常常說 "行公司"，普通話要說 "逛商店"；行街——逛大街；行船——跑船；行雷——打雷；行畢業禮——舉行畢業禮；行得埋——合得來、常來往；行出行入——進進出出的；行東行西——東溜西逛；行行企企——無所事事；行差踏錯——一差二錯。

　　廣州話的 "行開！"，在普通話裏是 "走開！"；"行唔開" 是 "脫不開身"、"拔不開腿" 或 "走不開"。但 "行開一陣"、"行開咗" 是指暫時離開一會兒，可分別說 "出去一會兒"、"出去了"。

　　另外，廣州話的 "好行" 或 "好生行"（變讀為 "好聲行"、"好腥行"）是禮貌用語，普通話說 "慢走哇"；不過 "好行嘞你"、"好行夾唔送" 則是反話，普通話說 "去你的（吧）"。

42 "計"和"算"

"計算"是用同義單音詞構成的並列式複合詞,有趣的是,單獨使用時,廣州話往往用"計",而普通話卻習慣用"算",譬如:"計吓呢條數",普通話說"算算這筆賬";計唔掂——算不過來;拉勻計——平均算;計埋晒——全算上,等等。例外的是"計時炸彈"普通話說"定時炸彈"。還有,要注意廣州話"計"字的一些特殊用法。"計正唔會㗎",普通話是"按說不會的呀";照計啱㗎——照理說對的呀;冇計嘅——沒說的。

廣州話"計"字可作名詞,表示"計策",這時多變讀為 gei^2,如常說的"計仔",普通話則用"點子"或"主意";"諗計仔"應說"出點子";至於"屎計",普通話說"餿主意";"扭計"要說成"耍心眼"或"鬧彆扭"。社會上說的"扭計祖宗",普通話可說成"老滑頭"或"老油子",意為閱歷多,熟悉情況而狡猾多端的人。

廣州話有很多用"計"的俗語,普通話也有相應的說法,但卻不用"計"的:大話怕計數——大話怕兌現;矮仔多計——矮子矮,一肚兒怪;有計食計,冇計食泥——不耍心眼兒吃不開。

43 "肥" 和 "胖"

　　"肥"字在表示"肥瘦"時，廣州話用得很隨便，對人、對動物都可以信口開河；普通話就不同了，說動物才用"肥"，形容人一定得用"胖"（說人家"肥"是不禮貌的，有嘲笑意味）。譬如：廣州話"肥佬"，普通話說"胖子"；肥佬陳——陳胖子；肥仔——小胖子；肥嘟嘟——胖乎乎的；肥肥白白——白胖白胖的。不過，隨着南來北往的增加，廣州話慣用語"減肥"已為普通話吸收，"減胖"倒少說了。

　　廣州話有些詞的"肥"字，在普通話裏是要換另一種說法的，例如：肥膏——脂肪；肥屍大隻——肥頭大耳的；過咗個肥年——很豐盛地過了個年。另外，譯音詞"拖肥糖（英toffee）"跟肥瘦根本沒關係，普通話譯作"太妃糖"就動聽多了。

　　相反地，普通話的"肥"比廣州話多了一些意思：（一）佔了便宜，如：這回肥了他了（廣州話的意思是：呢勻益咗佢嘞）；（二）肥大寬鬆：這衣服的袖子太肥了（件衫衫袖太闊）。

44 "光"和"亮"

　　"光亮"是個複合詞，表示"明亮"的意思。單用或在口語詞裏使用時，往往是廣州話用"光"，普通話用"亮"的。例如：呢盞燈唔夠光——這盞燈不夠亮；光猛——豁亮；月光——月亮；天光——天亮；蒙蒙光——蒙蒙亮。

　　另外，表示"光綫"、露着身體的"光"，個別詞的搭配有些不同，如：光管——管兒燈、日光燈；大光燈——汽燈；光脫脫——光禿禿、光光的。廣州話和普通話都可以說"光頭"，但"光頭佬"要說成"禿子"。

　　還有，彼此在俗語上有些不同表達，如：眼光光——眼睜睜的；一天光晒——一天雲霧散、可鬆一口氣了；着得光鮮啲——穿得整潔漂亮點兒。

45 "話"和"說"

　　"說"和"話"是一對同義詞,在書面語方面,廣州話和普通話都有着同樣的用法,如:會話、話別、話劇;學說、說明、說教等。

　　廣州話和普通話都有"話"和"說話"這兩個詞,但彼此的詞性和詞義是相反的:在廣州話裏"話"字是動詞,相當於普通話的動詞"說"(在普通話裏"話"字單用時是名詞,不能作動詞用);在廣州話裏,"說話"是名詞,等於普通話裏的名詞"話兒"(普通話裏,"說話"只能作動詞)。所以,廣州話"你話咩嘢?"在普通話裏應作"你說甚麼?""話吓佢"就要譯為"說說他";"有乜嘢說話留低"要譯作"有甚麼話兒留下";"唔好講說話"就要譯作"不要講話"或"不要說話"。

　　"講話"一詞在廣州話裏只當名詞用,如:"總統昨天發表了講話"、《基本語法講話》(書名);而普通話"講話"一詞,除了可作名詞,與廣州話一樣有上述用法外,還可以當動詞,如:他講話很生動。廣州話書面語可說"佢講話好生動",但口語要說作"佢講說話好生動"。

　　如上所述,廣州話裏的"話"字,在普通話往往改為"說",同時在搭配上也可能有些不同,下面還有一些常見的例子:所以話……——所以說……;話唔定——說不定;話唔埋——很難說；話事——說了算、作主；係咁話啫——說是這麼說；一於係咁話喇——就這樣說定啦（口語說"就這麼着（zhe）"）；點話點好喇——怎麼說就怎麼是吧；話晒都係老友記——怎麼說也還是老朋友；開講有話——常言說（得好）。不過，"話"字作修飾語時，彼此就有相同的用法了，如：話柄、話題、話筒、話音還沒落（廣州話說成：話口未完）。

很多時候，對廣州話所用的"話"字要作不同處理：正話——剛才；話名係——說的是、應名兒（yīngmíngr）；好話嘞——對了，沒錯兒、好說；話畀你知、話畀你聽——告訴你；聽晒你話——全聽你的；話頭醒尾——聽了開頭猜到結尾；話咁快就返嚟——說話就回來；大家都咁話（套語）——同喜同喜、彼此彼此。可以看出，以上廣州話詞句裏的"話"字，如果照譯照搬，那就"不像話"了。

還有，廣州話的"講大話"一詞，普通話應作"說瞎話"、"說假話"或"說謊"，因為普通話"講大話"一詞意指"說虛誇的話"，相應於廣州話的"講得口響"。

順便說說，廣州話裏的"話"字，通常是唸作wa^{6}的，但是以下情況唸變調成wa^2：a.指口頭語言，如：廣州話、普通話、日本話；b.固定用法"乜話"、"咩（嘢）話"（兩者都是"甚麼"的意思）：你講乜話、你講咩嘢話——你說甚麼來着？

46 "講"和"說"

　　"講"和"說"也是一對同義詞,用於廣州話和普通話都有共同的含義(用話語表達意思),其在複合詞的用法是一樣的,如:講解、講價、講理;說服、說明、說笑等。

　　但是,單用的話,廣州話習慣用"講",少用"說";普通話則相反,如:講晒嘞——說完了;講咁易咩——說倒是容易;講得口響——說得好聽;調轉嚟講——反過來說;講古仔——說故事;講耶穌——說教、說廢話。當然,上述普通話對譯除"說教"外,雖然都可以用"講"代替"說"的,但就不夠口語化了。

　　另外,普通話有些詞是只用"說",不用"講"的,如:廣州話"講古",普通話只能譯為"說書"(直義,不能說"講書")、抬槓(轉義)。又如:有古講咯——說來話長了;講返轉頭——話說回來;聽聞講(話)⋯⋯——聽說⋯⋯;開講有話——常言說(得好);講粗口——說話帶髒字;有傾有講——有說有笑;得個講字——只說不做。

　　此外,有些廣州話詞語雖然用了"講",但普通話是既不用"講",也不用"說"的:講笑、講玩笑——開玩笑(普通話"說笑"意為"又說又笑",如:"開會時不能隨便說笑");講笑搵第樣——別拿我開玩笑;講緊電話——正在打電話;講嚟講去三幅被——車轆轆(gūlu)話來回轉。

"擔"和"挑"

"擔"者,用肩膀挑也;"挑"者,用肩膀"擔"也——兩者都有完全相同的意思。有趣的是,單獨使用時,廣州話只用"擔",絕少用"挑";而普通話雖然也可以用"擔",卻往往習慣用"挑"。譬如:廣州話說"擔嘢",普通話是"挑東西";一擔菜——一挑兒菜;擔綱——挑大樑。而普通話用"擔"不用"挑"的,只有"擔架"、"擔子"、"扁擔"(前兩者廣州話也一樣,後者則說成"擔〔dam³〕挑"——唯一用"挑"的詞)。

另外,廣州話"擔〔dam¹〕"字,除了"用肩挑"的意思外,還比普通話多了如下詞義:

(1) 往上托,如:"擔高頭"普通話說"抬起頭";"擔遮"應該說成"打傘"。

(2) 搬、扛,如:"擔張櫈嚟"普通話應該說"搬個櫈子來"。

(3) 用牙咬着:擔住煙斗——叼着煙斗;隻兔仔畀狼擔咗去——小兔叫狼叼走了。

(4) 廣州話俗語"一擔擔〔jɐt¹dam³dam¹〕":你同佢都係一擔擔嘅喇——你跟他一樣,都是半斤八兩(或"都是一路貨")。

48 "傾" 和 "談"

　　總的說來，廣州話的 "傾" 字，只是在書面語裏才與普通話的用法相同，例如：傾向、傾斜、傾倒、傾銷等等。經常用的詞語也只有 "傾家蕩產"，與普通話的用法一致。

　　廣州話 "傾" 字在普通話裏常要改為 "談" 或 "聊"（而 "聊" 又表示 "談"，更口語化）。比方廣州話 "傾吓"，普通話應為 "聊聊" 或 "談談"；傾偈——聊天兒、談天；傾開偈——閒聊天兒、閒談（近年來，北京人常說作 "侃大山" 或 "砍大山"）；傾得埋——談得來；有得傾——沒說頭兒，沒門兒；有傾有講——有說有笑；傾吓問吓——有問有答。

　　誠然，廣州話和普通話都有 "傾談" 一詞，意指 "真誠而暢快地交談"，但這個詞是很書卷氣的，平時很少用到。不過，單說時，廣州話用 "傾"，普通話用 "談"，合起來的 "傾談" 又可以共用，回味一下，真有意思！

49

"頸" 和 "脖子"

廣州話保留了很多文言字詞,用得很普遍的"頸"就是其中之一。"頸"字在普通話用得很少,常見的只有"長頸鹿"、"頸椎"、"頸項"等幾個不大口語化的詞。

頭和軀幹相連的部位,廣州話叫"頸",普通話通常叫"脖子";"頸梗膊痛"就要說成"脖子酸肩膀疼";"長頸鹿"在口語裏就說"長脖兒鹿";甲狀腺腫大的病,廣州話說"大頸泡〔pau¹〕",普通話說"氣累(lei)脖兒"或"大脖子病"。此外,與"頸"搭配的廣州話詞語,說普通話也是不用"頸"的有:"頸巾"普通話是"圍巾",北京話是"圍脖兒";"頸鏈"就要說"項鏈";"頸渴"就得說"口渴"。

廣州話的"頸"還有很多譬喻、轉義的用法,這跟普通話的說法很不一樣:比方"吊頸"就要說"上吊";"拗〔au³〕頸"則要說作"抬槓(gàng)";"硬頸"得說作"固執(zhi)"或"強(jiàng)"、"犟(jiàng)"。"頂頸"要說作"頂嘴"或"強嘴(犟嘴)(jiàngzuǐ)";"包頂頸"可說作"愛抬槓的人",口語一點是"槓頭"。還有,廣州話用"死牛一便頸"形容一個人非常固執,不會變通,普通話有相應的俗語:板板六十四("板"又作"版",是鑄錢模型。古代鑄錢,每板固定數目為六十四文,故有此說)。

50 "銀"和"錢"

　　比較"銀"字的用法時，會發現廣州話和普通話有一個很大的不同："銀"字在廣州話保留古義，可代表"錢"，在普通話只表示跟貨幣有關，廣州話說"銀"或"銀両"，普通話則應說"錢"。比方：銀包——錢包；搵銀——掙錢；撠〔wɛ²〕銀——摟（lōu）錢；幾萬銀——數萬塊（錢）；銀紙縮水——鈔票貶值、錢毛了；更特別一點兒的有：收銀員——收款員；銀仔——鏰子、鋼鏰兒；散銀——零鏰兒。

　　普通話裏也有"銀両"和"銀錢"這兩個詞，但很書面化，而且其意思和廣州話的並不一樣：普通話"銀両"表示做貨幣用的銀子（總稱）；"銀錢"則泛指錢財。所以，廣州話說"冇銀両冇交易"，普通話則說"沒有錢沒有交易"；另外，"一個銀錢"就要說"一塊錢"。

　　另外，與"銀"和"錢"都沒有關係的"銀雞"，普通話說"警笛兒"或"哨子"。

51 "粉" 和 "麵"

　　"麵"字的詞義和用法，在普通話裏比廣州話廣泛。廣州話的"麵"只相當於普通話的"麵條兒"，如：食飯定係食麵——吃米飯還是吃麵條兒。如果用在複合詞裏，彼此都只說"麵"就可以了，只不過有些叫法不同：炒麵、湯麵、拌麵（廣州話：撈麵）、切麵（廣州話：上海麵）、快熟麵或方便麵條（廣州話：公仔麵、即食麵）。

　　很多時候，廣州話說"粉"，普通話多說"麵"，特別是農作物磨成的粉末。比方"白麵"不是白麵條，而是小麥磨成的粉，就是廣州話的"麵粉"。又如"玉米麵"就是廣州話的"粟米粉"。至於"胡椒粉"、"藥粉"的"粉"，普通話習慣說成"麵兒"的。

　　不過，有兩種廣州話說的"粉"，普通話只能說"麵"的：（一）英語heroin是一種毒品的名稱，廣州話叫"海洛英"或"白粉"，普通話則說"海洛因"或"白麵兒"（注意："兒"很重要！）；（二）食物纖維少而柔軟，如："嗰番薯好粉"，普通話則說"這白薯很麵（糊）"。

　　當然，普通話也有"粉"，這和廣州話一樣，用於（一）粉末：花粉、藕粉、爽身粉、團粉（廣州話：生粉）；（二）食品：粉絲、涼粉、米粉等。

　　下面兩個詞的搭配是很有趣的：（一）不是"粉"，廣州話卻用"粉"，但普通話不用"粉"也不用"麵"：粉擦、粉刷──板刷兒；（二）雖然是粉，但廣州話和普通話都不叫"粉"，也不叫"麵"，如：粉筆灰──粉筆末兒。

52 "凍" 和 "冷"

在表示"受冷"的意思時，廣州話和普通話都一樣說"凍"，如：凍嘅——凍着了；矮瓜凍壞咗——茄子凍壞了。不過要注意，"凍"字在廣州話裏有更多的詞義和更靈活的搭配：

表示"感到溫度低"，廣州話說"凍"，但普通話常說"冷"，如：凍冰冰——冷冰冰；陰陰凍凍——陰冷陰冷的；你凍唔凍吖——你冷不冷啊。廣州話"凍嘅"，普通話雖然可以說"凍着（zháo）了"，但"着（zháo）涼了"更為常用，更口語化。

表示"溫度低"，廣州話仍然說"凍"，但普通話習慣說"冷"或"涼"："凍房"應說"冷藏庫"；"凍水"就是"冷水"或"涼水"；"凍滾水"可說"涼開水"或"冷開水"，更口語一點是"涼白開"。

"凍"字在廣州話有很多轉義用法："攤凍嚟食"表示穩當地做事，可譯作"穩紮（zhā）穩打"；"……凍過水"意為"恐怕……沒希望了"，但翻譯時要靈活處理，如：想去歐洲旅行都怕凍過水了——想去歐洲旅行恐怕沒（有）希望了；呢勻我啲錢凍過水嘞——這次我的錢恐怕收不回來。上述的"凍過水"也可譯為口頭語"泡（pào）湯了"。不過，"條命凍過水"就應說成"恐怕活不成了"。

話又說回來，“凍”、“冰”或“冰凍”在普通話裏可表示“降低魚、肉等的溫度以便保存”，廣州話就要用“雪”了。如：廣州話說“雪豬”（現在也說“凍肉”了），普通話要說“凍肉”或“凍豬肉”；廣州話說“雪住條魚”，普通話要說“把魚冰上”。

　　還有，普通話“凍兒”指的是湯汁等凝結成的半固體，如：肉凍兒、魚凍兒，廣州話可只說“凍”。但“果子凍兒”是英文jelly的意譯，廣州話則將之音譯為“啫喱”。

53 "雪"和"冰"

雪和冰本來就是兩個概念,只因廣東地處南國,無雪可見,以致本地人冰雪不分。長期以來,像類似情況,很多詞語都將錯就錯了。

廣州話裏與"雪"搭配的日常詞語,有些是合乎規範的,如:下雪(廣州話:落雪)、雪花、雪花膏、雪茄(煙)等,後者是英語cigar的譯音。

說普通話時,含"雪"字的廣州話詞語往往要改說"冰",如:雪水——冰水;雪條——冰棍;雪糕——冰激凌、冰淇淋;雪櫃——(電)冰箱;雪藏(食物)——冰鎮,冷藏。廣州話口語說的"將某人雪藏"可譯作"把某人打入冷宮"或"叫某人坐冷板櫈",口語化一點,可以說"把某人冷凍"。另外,"雪屐"就要說"旱冰鞋";踩雪屐就說"滑旱冰"。

要注意,有些廣州話叫"雪"的東西,普通話也不一定叫"冰"的,如:雪耳——銀耳;雪梨——鴨兒梨;雪豬——凍(豬)肉等就是這樣的例子。

不過,詞彙是會互相影響的,隨着南來北往的不斷增加,廣州話詞語"雪糕"、"雪梨"已開始為北方人熟悉,普通話裏也有加以接受的趨勢——報刊上和口語裏都出現了。

　　"屐"字是個文言字，普通話讀作 jī，意為：木頭鞋，如：木屐；泛指鞋，如：屐履。"屐"在普通話口語裏是根本不用的，廣州話口語裏也只有第一個用法："屐"或"木屐"，普通話則說"木板鞋"或"木頭鞋"，口語化些則說成"趿拉板兒（tālabǎnr）"或"呱嗒板兒（guādabǎnr）"，"趿拉"是形容穿鞋只套上腳尖；"呱嗒"則是形容穿木板鞋走路的聲音。不過，中國人已經很少用這種鞋了，倒是日本人還常用。所以，"屐"和"木屐"實際上在廣州話裏或普通話裏都不怎麼用的了。

　　但是"雪屐"就不同了，這是廣州話特有的詞，指的是有四個輪子的冰鞋，故本地粵語的書面語把它叫做"滾軸（溜）冰鞋"，"踩〔jai²〕雪屐"就叫做"滾軸溜冰"。這種玩意以前在北方並不流行，不過近年來北方人也喜歡這種運動了，廣州話"滾軸（溜）冰鞋"、"滾軸溜冰"或"踩雪屐"他們分別叫做"旱冰鞋"、"滑旱冰"；"溜冰場"就叫"旱冰場"。

　　誠然，"踩雪屐"說作"溜冰"也是可以接受的，《現代漢語詞典》《修訂版》就收有這個詞，並註明：（一）滑冰；（二）【方】穿着帶四個小輪子的鞋在光滑堅硬的地面上溜──也就是廣州話"踩雪屐"了。其實，"滑冰"、"滑旱冰"、"冰鞋"、"旱冰鞋"、"滑冰場"、"旱冰場"這幾個詞詞義清楚、使用方便，比起本地粵語"真雪溜冰"、"滾軸溜冰"、"溜冰場"等等說法好得多，應該推廣。

廣東人"跐雪屐"又常常在房前屋後進行，這時候說"滑旱冰"、"溜冰"就太誇張了；說實在一點，可說作"滑着玩兒"或"溜着玩兒"。

55 "住"的對譯

說到"住",我們就會聯想到"住宿"、"住手"、"記住"等詞語,這些用法在廣州話和普通話裏都是一致的。

但廣州話的"住"還可以作虛詞(用在動詞後面),這是普通話的"住"所不能的:(一)表示狀態的持續,普通話往往對譯為"着",例如:揸住件衫——拿着(一件)衣服;踩住人隻腳——踩着人家的腳了;(二)加強命令或囑咐的語氣,普通話也對譯為"着":聽住——聽着;你睇住嚟啦——你瞧着吧;(三)表示暫時做某事,這時往往以"先"結尾,說普通話可以對譯為"暫時",例如:同我畀住錢先喇——(暫時)先替我把錢給了吧(言下之意是過後把錢還給這個人的)。又如:而家打住排球先——現在(暫時)先打排球(言下之意是等會兒可能打別的球);(四)在否定句裏表示暫時不能做某事,這時說普通話可對譯為"先"或"還",例如:唔去住——先不去;咪講住——先別說;未得住——還不行;未食得住——還不能吃。但是,"咪住"或"咪住先"要譯作"慢着(zhe)"或"先等等兒"。

廣州話的"住"還可以和別的詞搭配,構成獨有的方言用法,這時說普通話就要靈活處理了:同屋住〔dzy²〕——同住的、同屋(的);一住行,一住傾——一邊走,一邊聊;因住時間——可着時間;你因住吓——你小心(着)點兒;驚住佢唔嚟——（恐）怕他不來；呢排枕住食藥——這些天不停地吃藥；日日枕住食咁多——天天老是吃這麼多。

56 "得"的妙用

"得"的用法，在很多方面廣州話和普通話都是一致的，書面性的詞語更是這樣，如：得到、得益、得天獨厚、得寸進尺等等。不過，有很多不同的用法是值得注意的。

一 粵普的不同用法

廣州話"得"字，很多時候相當於普通話的"行"或"成"。比方"唔得"就是"不行"或"不成"；"你係得嘅"——你真行。此外，以下用法要加以注意：

(1) "剩得、得返"或"得"＋動詞→剩下。如：呢度得佢一個人咋〔dza³〕——這兒只剩下他一個人了。

(2) 動詞＋"得"，表示"允許"或"能夠"→可以，能。如：入得去——可以進去；架車開得——車子能開（了）。

(3) 動詞＋"得"，表示"善於"→能。如：佢好打得——他很能打架；呢個人幾做得——這個人挺能幹；食得瞓得——能吃能睡。

(4) 動詞＋"得過"，表示"值得"。普通話裏也有同樣用法（"過"要唸guòr），如：買得過；去得過。

(5) 動詞＋"得吓"，表示：該動作的價值或效果打了折扣→倒可以。如：呢套戲睇得吓——這部電影倒可以看看。

(6) "先得"＋名詞→才得到。如：一日先得十蚊——一天才得到十塊錢。

（7）動詞＋"先得"→該……（才好）呢。如：去買啲餸先得——該去買點兒菜才好呢。

（8）"有得"＋動詞→有＋動詞＋的。如：邊度有得賣吖——哪兒有賣的啊。若直譯為"有得賣"則是粵式普通話了。

（9）唔＋動詞＋得→動詞＋不＋得。如：唔捨得——捨不得；唔去得——去不得。直譯為"不捨得"就是粵式普通話了。

（10）形容詞＋得多→形容詞＋多了。如：好得多——好多了；好睇得多——好看多了。

（11）"好在得……"→還好有……。如：好在得佢喺度——還好有他在這兒。

（12）"多得"→多虧。如：真係多得你——真多虧了你。但是，反話"真係多得你唔少"，普通話應說作"你太好了，你"。

二　對譯的不同選詞

有些廣州話口語詞在對譯時要特別留意，因為有時要用"得"，有時不用：得米——得手了；咁仲得掂嘅——這還了得；宜得……——巴不得……；得把口——就會耍嘴皮子、就是嘴皮子能耐；得敕——神氣；得敕喇你——有什麼可神氣的；讕得敕（音"懶得戚"）——揚揚得意、狂氣；因加得減——弄巧成拙；由得你——隨你便；由（得）佢喇——隨他便吧（直義）、算了吧（轉義）。

此外，有兩個同形異義詞要小心使用：廣州話"得意"常用於小孩、玩具等，是普通話"好玩兒"、"真逗"的意思，

·165·

如："呢個啤啤仔好得意"，要說作"這個小孩挺好玩兒的（或'真逗'）"（有可愛之意），因為普通話"得意"一詞指的是"驕傲自滿"，如：得意忘形、自鳴得意。還有，廣州話"得嘞"的意思是"應允"、"準備好"，如：得嘞，即刻就嚟，普通話應該說：行了，馬上就來。"得嘞"不能譯作"得了"，因為普通話的"得了"表示"不耐煩"或"禁止"，如：得了，別說了。

三 "得"字在普通話的口語用法

"得"字在廣州話只有一種讀法：dɐk¹；可是在普通話有三種讀法：dé，děi，de。以上所作的分析和對比中，普通話的"得"都是唸dé或de的。

另一方面，"得"字在普通話口語裏也有些特殊的用法，這是廣州話所沒有的。我們也應該加以學習，以便豐富我們的語彙：

（1）讀作dé，用於情況變壞時，表示無可奈何。如：得，又輸了。這時相當於廣州話"死唔死吖〔a¹〕"、"死嘞"。

（2）讀作děi

（一）表示"需要"。如：從這兒到那兒得三個鐘頭。

（二）表示"有必要"。如：我得走了；你得多用點兒功。

（三）表示"必然"。如：不快點兒就得遲到了。

（四）北京話裏表示"滿意"、"不錯"（前邊常有"挺"、"真"等修飾語）。如：才三塊錢，真得（或"可得了"）。這時相當於廣州話"着數"。

57 "仔"是方言詞

一 廣州話的"仔"字多義

　　普通話"仔"字使用面很窄。唸作zǐ時，常用詞也只有"仔細"、"仔密"等三兩個，唸作zī時只有"仔肩"一個文言詞而已。廣州話的"仔"除了有上述用法外，比普通話的"仔"活躍得多，常常用作詞尾，有時還表示人、動物或東西之"小"（指年齡、個頭兒、體積、面積等），普通話沒有這樣的用法。

　　廣州話說的"……仔"，普通話相應說"小……子"，"……子"，譬如：肥仔——小胖子；欖仔——小欖子；矮仔——矮子；刀仔——刀子；張仔——小張；雞仔——小雞；如此等等要分別處理。不過廣州話"車仔"，既可以指"小車"，還可以指"洋車"（即人力車）。

　　另外，有些詞是上述格式的例外：耳仔——耳朵；薯仔——土豆兒；啞仔——啞巴；賊仔——小偷兒；公仔——小人兒、洋娃娃。還有俗語"揇騾仔"應該說成"做牛馬"。"馬仔"一是"薩其馬"的簡稱；二是指馬匹的"馬"、"小馬"；三是"手下"或"嘍囉"的代名詞。

二 "仔"與"子"

廣州話的"仔"或"仔女"表示親屬關係時，普通話要相應譯為：

(1) "子"，如：孖仔——雙胞胎、雙生子；姪仔——姪子；孫仔——孫子。

(2) "小……子"，如：啤啤仔〔bi⁴bi¹dzɐi²〕——小小子兒；舅仔——小舅子；姨仔——小姨子。

(3) "兒子"，如：佢係我個仔——他是我（的）兒子；孻仔——老兒子（"老"即排行最小）、最小的兒子；大仔——大兒子、大孩子、老大。

(4) "孩子"，如：男仔——男孩子；女仔——女孩子；有三個仔女——有三個孩子、有三個兒女。

三 "仔"可指小孩或青年

如果"仔"指人但又不論及親屬關係時，往往是指"具有某些特點的小孩子或青年"。

(1) 指小孩子，如：古惑仔——小滑頭；星君仔——小胡鬧；百厭仔——淘氣鬼，等等。

(2) 指小孩或青年均可，如：叻仔——好樣兒的；飛仔——阿飛；爛仔——二流子、小流氓；衰仔——混小子、小壞蛋；"靚〔lɛŋ³〕仔"作名詞時，即"漂亮的男孩子"、"漂亮的小伙子"、"俊小子"口語說"帥哥""小帥哥"、"靚仔"；作形容詞則是"漂亮"，如：佢（生得）好靚仔——他（長得）很漂亮。但是"靚〔lɛŋ¹⁻〕仔"或"花靚"就是"毛孩子"、"臭小子"。

（3）指青年，如：世界仔——精明能幹的小伙子；佢真係世界仔——他可精明能幹了。

在不論及親屬關係時，"仔"還可以表示"從事某項工作的年青人"，這時普通話也會有不同的說法，例如：侍仔——服務員；散仔——散工；學師仔——學徒（工）；打工仔——（小）工人（這個"小"字不是指年齡而言，意指"地位不高"）；如此等等。

廣州話的"仔"字還可以泛指年齡段，說普通話要靈活處理，比方廣州話"細個仔嗰陣"，普通話是"小時候（那會兒）"；你都大個仔喇——你已經長大了呀；咁大個仔嘞——長這麼大啦。

如上所述，普通話很少用到廣州話的"仔"字，不過，與"仔"異體的"崽"字倒是有時用得着：（一）"崽兒"指幼小的動物；（二）"崽子"用於罵人，相當於廣州話"衰仔"、"衰人"，如：揍你這（兔）崽子。"崽"字在廣州話是用不着的。

"靚" 是方言詞

　　廣州話 "靚" 字，基本意思是 "漂亮"，讀作lɛŋ³。《現代漢語詞典》也收入了這個字，注音是liàng，並註明這是方言詞，可見普通話是不用這個字的。這是要留意的第一點。

　　其次，廣州話 "靚" 字的詞義、詞性和用法非常靈活，往往不是 "漂亮"、"好看" 所能代替的，我們要適當對譯才行。試看以下例子：

靚仔——帥哥、俊小子

靚女——漂亮的女孩子、俊閨女、俊妞兒

靚嘢——（質量）好的東西、上等貨

靚歌——好聽的歌曲

彩色好靚——彩色很漂亮、彩色真美

生得好靚——長得很漂亮、長得很俊（專指人）

茶葉好靚——（這）茶葉很好、（這）茶葉真棒

天氣好靚——（今天）天氣很好、（今天）天氣真棒

心情好靚——心情很好、心情不錯

貪靚——愛美、愛漂亮

扮靚——打扮

沖個靚涼——痛痛快快地洗個澡、洗個痛快澡

瞓個靚覺——舒舒服服地睡一覺、睡個舒服覺

又平又靚——又便宜又好

平嘢唔靚——便宜沒好貨

靚嘢唔平——好貨不便宜

值得一提的是，近年來，粵語詞語對普通話的影響太大了，"靚仔"、"靚女"已被內地人廣泛使用於口語和書面語。不過，內地幾部權威詞典目前還將粵語詞語列為方言詞語就是了。

第三，"靚"有變調 lɛŋ¹⁻ 的常見讀法，形容無知、不老練的青少年，帶有厭惡的感情，對譯時也要靈活處理：靚仔——毛孩子、小子（含輕蔑意）；花靚—— 臭小子；靚女—— 黃毛丫頭。

59 "遊河"能照說嗎?

　　"遊"字的其中一個意項,是指"在各處從容地行走"或"閒逛","遊"字在廣州話和普通話裏都有這個意思,因此很多詞語的說法和用法都是一樣的。比方:遊覽、遊歷、遊園、遊玩、遊人、遊客、旅遊、遊藝會、遊園會(即廣州話說的"園遊會"、"嘉年華會")等。廣州話說的"遊艇",普通話也可以照說,不過常說作"遊船"。

　　"遊車河"和"遊船河"是廣州話特有的詞彙,這裏的"河"是一定變調,讀成hɔ²而不是hɔ⁴的,而且"遊船河"常簡說為"遊河",以上詞語我們說普通話時當然不能逐字照搬。

　　對於"遊車河",可供選擇的對譯有:(一)"坐車遊覽",這是比較正式的說法;(二)"坐車玩"或"開車逛逛",這是比較口語一些的;(三)"(坐車)兜風"。這個詞,過去被一些詞典認為是個方言詞,《現代漢語詞典》第5版已經為它正名了。這是比較貼切的對譯。

　　"遊船河"或"遊河"亦然,可以說:(一)"坐船遊覽";(二)"坐船玩"或"坐船逛逛";(三)"(坐船)兜風"。不過"遊河"這個詞有些特別之處:既然我們可以說"遊山玩水"、"遊昆明湖"等,那麼,"遊河"是不是可以照說呢!這是值得研究的。

　　此外,香港人還有"遊軚河"的戲謔("軚"是英語lift的音譯，唸作lip¹，過去有人寫作"獵"），這恐怕只能說成"坐電梯玩兒"或"玩兒電梯"了。

近年來，隨着旅遊活動的大力開展，"水上遊"亦應運而生，比方北京就有什剎海水上遊。所以"遊河"可以說作"水上遊"。

60 "飲茶"還是"喝茶"?

一 "飲茶"不全是"喝茶"

"飲茶"是很有特色的廣州話詞彙,除了一般的"喝口茶"、"喝杯茶"的意思之外,更主要的是指"在粵式茶樓,又喝茶,又吃點心,又聊天",還可以指"在粵式茶樓吃小菜、吃午飯"。北方人是沒有這個習慣的,那麼,上述後兩種意思的"飲茶",在普通話裏應該怎麼說呢?這是頗費心思,也是頗有爭論的問題。本文就是專談這個"飲茶"的。

有人把"飲茶"譯作"下館子"、"吃館子",無疑這是地道的普通話。但可惜只表示了"吃飯"、"吃小菜",並未包括廣州話"飲茶"的特色。看來這樣說並不全面。

有人提議說成"上茶樓",此語之弊病在於不明確:上茶樓做甚麼?如果說成"上茶樓喝茶"呢,似乎好得多,但還仍有問題:一是太長,用起來不方便;二是難以靈活使用,如"請飲茶",難道就說成"請上茶樓喝茶"嗎?"飲茶錢"就說成"上茶樓喝茶的錢"嗎?

近來也聽到有人提倡直說"飲茶",不說"喝茶",理由就是"飲茶"和"喝茶"不同,和"下館子"也不同。最好的辦法就是,說普通話也接受"飲茶",入鄉隨俗嘛。這樣的說法是有道理的,也是一個簡單易行,直截了當的辦法。不過,如果從現代漢語詞彙的運用和溝通交際的效果上來看，就會有些問題了。

二 "飲"對譯為"喝"

首先，廣州話慣用文言字詞，而普通話慣用白話字詞，這是兩者詞彙根本不同點之一，"飲"正如"行"、"食"、"着"等文言字詞一樣，在廣州話裏常單用、單說，可是在普通話就只用於複合詞或成語裏，單用、單說都得改為"喝"、"走"、"吃"、"穿"的。比方"飲"字，單用應改說"喝"，只有複合詞或成語才用"飲"，如：飲料（口語則說：喝的東西）、飲食（口語則說：吃喝兒）、冷飲、飲用水、飲水思源、飲鴆止渴等。"飲茶"是兩個詞，平常用是應該說作"喝茶"的，只是在書面性的場合才可照說，如：飲茶有益（口語則說：喝茶有好處）。

其次，如果強調入鄉隨俗，照說"飲茶"，那麼在粵語區，還有台灣某些地區，大概還行得通，因為那裏有這樣的生活實踐。這樣說，我們的學員會感到很親切，在粵語區住得久了的北方人也還能接受。可是，一旦離開了粵語區，或是與一些沒有"飲茶"經驗的北方人交流，那就大有問題了，正如上面所說，在詞語搭配和使用習慣上，他們肯定不習慣，因為說到"茶"都是用"喝"的，"飲（yǐn）"這個聲音，與"茶"並沒有固定性的結合，難以引起聯想，因此就會妨礙彼此溝通。另外，"飲"在普通話可唸作 yìn，意為給牲畜水喝，如："飲馬"；"飲場（yìnchǎng）"則指戲曲演員在台上喝水潤嗓子。可想而知，"飲"的聲調唸錯了，也就引起誤會了。

再說，廣州話"飲茶"一詞現在也包括了"飲西式茶"

了，人們到茶餐廳喝奶茶、檸檬茶、喝汽水，甚至吃西點、吃冰淇淋都泛稱之為"飲茶"、"飲下午茶"。因此，說普通話時，用"喝茶"也是順理成章的。

三 "飲茶"可譯"喝茶"

看來，在普通話裏如何說好廣州話的"飲茶"，要考慮三個因素：一廣州話原意；二普通話的用詞習慣；三便於靈活使用。

筆者認為，"飲茶"是可以說成"喝茶"的，這既符合普通話的用詞習慣，也便於靈活使用，這是很明顯的。至於說到是否符合廣州話原意，當然，目前普通話"喝茶"的基本意思只是"喝杯茶"。但是，要知道，語言是發展的。在其語音、語彙、語法這三大要素中，語彙的變化最敏感、最迅速。也就是說，隨着南來北往的增加，語義是會有所擴大的。慢慢地，使用"喝茶"一詞的人，也會知道其中一個內涵，就是廣東人的"飲茶〔jɐm²tsa⁴〕"了。

在詞彙中，詞義擴大的例子是屢見不鮮的，如普通話"強人"一詞，本意只是"強盜"，現在已增加了本地粵語所指的"能人"一意。又如"明星"一詞，過去用得很少，現在也常用了，甚至還吸收了本地粵語的"巨星"、"童星"、"球星"、"新星"等詞語。再如"炒"字，一直都僅用於烹調，近年來也吸收了廣州話"炒買炒賣"、"炒賣外幣"，甚至"炒魷魚"（解僱）等詞彙。

所以，關鍵的問題在於，說話的人是否了解廣東人"飲茶"的內涵，如果了解的話，用"喝茶"或"飲茶"都能互相溝通，但如果不了解其內涵的話，就是用"飲茶"，也是難免有所誤會的，基於這樣的原因，只說"喝茶"，就更省事，也更符合普通話用詞習慣，並方便了靈活使用。

再者，如果怕"喝茶"意猶未盡，我們不妨說"喝個茶"，"請你喝個茶"，這時的"茶"就不是一杯，也不是光"喝"，而會聯想到"茶點"了。廣州話除了說"飲茶"之外，不是也說"飲餐茶"嗎！

不過，語言最大的規律就是約定俗成，所以應該允許"飲茶"、"喝茶"、"喝個茶"等詞語同時並存，同時使用。日後的發展會決定取捨：是三合一呢，還是勢均力敵，像"醫生——大夫"、"生意——買賣"那樣，成為南北使用習慣各異，但同時又都合乎規範的標準詞彙。

"上茶樓飲茶"是粵語特有詞語，源於粵地特有的生活習慣。雖然飲茶文化也逐漸傳播到內地，但遠沒有普及。近幾年，人們通常說"喝茶"、"喝廣東茶"、"喝粵式早茶"、"吃早茶"（大陸的"飲茶"常常只有早市），也有直接說"飲茶"的。順便一提，內地北方的茶館與廣東地區的"茶樓"不同。茶客在那裏可以談天說地，但茶館提供的食物，往往只是茶水糕點、花生瓜子而已，我們可以從《茶館》這齣話劇或電影裏略知一二。當今北京著名的"老舍茶館"也是這樣，人們在那裏可以一邊品茗，吃糕點、花生瓜子，一邊欣賞雜技、相聲、小品等表演。

61 普通話口語詞彙

一　一般説法和口語説法不同

　　語言裏存在着很多詞義相同，但功能作用和感情色彩各異的語言材料（字、詞、詞組等）。這當中基本上可以分為兩大類：一般說法（包括書面語體和通用語體）和口語說法（談話體），以下以普通話詞語為例，試比較不同說法：

一般説法	口語説法	一般説法	口語説法
雞蛋	雞子兒	拖延	泡蘑菇（pào mógu）
工廠	廠子	爭辯	抬槓
主意	點子	不了解	不摸頭
車輪	（車）軲轆	稱（重量）	約（yāo）
番茄	西紅柿	買汽車票	打票
本領	能耐	半個	半拉（bànlǎ）
癢	刺癢（cìyang）	兩個、不多	倆（liǎ）
笑	樂（lè）	很好	挺好
看看	瞧瞧	最後	末了兒（mòliǎor）
做作	裝腔	根本、從來	壓根兒（yàgēnr）

　　總的說來，一般說法顯得正式、莊重；而口語說法就顯

得通俗、隨便，所以人們在言談話語中常常採用。我們目前的教材和教學在這方面是做得很不夠的，上述那些很普通的口語詞，就是高班學員也不懂，甚至沒聽說過。正是由於學員缺乏生動、活潑的口語詞彙，所以他們的語言是乾巴巴、文縐縐的，只能限於跟人家寒暄幾句，作一般的交往，難以進行深入的溝通和交流。這實在是今後要着力改進的。

二 書面語與口語不同

一般說來，書面語也可以用在言談話語當中，只是不如用口語說法那麼通俗和隨便罷了。而且有的書面語如果用在言談話語裏會給人一種文縐縐的感覺。而口語詞彙則多見於言談話語、小說、曲藝、話劇以及文章的對話當中；正式文件、論說文、抒情文、記敘文、歷史劇等就用得較少。試比較以下詞例：

一般說法	口語說法	一般說法	口語說法
好看	漂亮	搖動	晃
能力強	棒	算了	拉倒
英俊	帥	消滅	收拾（shōushi）
……等等	……甚麼的	遺漏	落（là）
吝嗇	摳門兒	打、罵	剋（kēi）
吝嗇鬼	老摳兒	打（人）	揍
馬鈴薯	土豆兒	這裏	這兒
祖母	奶奶	非常好	呱呱叫
外祖母	姥姥	和、同	跟
眼球	眼珠子	跛	瘸（qué）

以上舉例只是普通話口語詞彙的部分例子，本地學員，特別是中班以上學員應該加以重視和學習。書面語詞彙是來自文言的，從上述例子可以看出廣州話口語裏保留了很多文言說法（大部分與普通話一般說法相同），而文言說法在普通話口語裏是很少用到的。香港人講普通話時要特別留意。

62 普通話口語詞彙的功用

一個人天天都得說話，說話是人們用以交際的主要手段。在現代社會裏，口語的使用頻率比書面語高得多，因為使用口語來得直接、快當，易見功效。另外，口語又是書面語的基礎，普通話口語表達能力較好的人，往往書面表達能力較強，寫東西也文從字順。因此，學習普通話的人一定要注意口語詞彙的學習。口語詞彙至少有以下功用，從這裏我們也可以看出口語的重要性。

一　省字省音，好唸好記

口語交際要求直接、快當，因此詞語多是簡短精悍的，試比較（本文例詞口語說法在前，一般說法在後）：廠子——工廠；小伙子——青年男子；槍子兒——子彈、槍彈；叔、叔叔——叔父，忘——忘記；丟——丟失、遺失；幫——幫忙、幫助；多會兒——甚麼時候。

二　發音清晰，減少誤會

為了減少近音、同音造成的誤會，口語說法會選取發音清晰、響亮的詞彙，試比較：小拇指——小指；跟——和、同、與、及；馬上——立刻、立即；鐘頭——小時；拉倒——算了、作罷。又如：常用 "一塊兒"，少用 "一起"，因為後者跟

"一齊"、"義氣"近音;多用"一輩子",少用"一生",因為後者與"醫生"同音;口語又常說"出生"代替"出世",因為它和"出事"是同音的。

三 用詞淺近,通俗易懂

(1) 少用文言成分

書面語有很多文言成分,口語則用得很少。比方"臉色"和"面色"的詞義是一樣的,但"面"是文言成分,"面色"在口語裏就用得少了。又如:結巴——口吃;鬍子——鬍鬚;吃喝兒——飲食;今天——今日;一頓(飯)——一餐(飯);停、停靠——停泊。

從上述例子也可以看出:廣州話口語是習慣用文言成分的,這一點與普通話相反,本地學員尤其要留意。

(2) 少用名詞術語

名詞術語通常用於正式場合或書面語裏,在口語常有相應的說法加以代替,如:二百二、紅藥水——紅汞;紫藥水——龍膽紫;腳氣、香港腳——腳癬;白麵兒——海洛因;拉稀、拉肚子——腹瀉;土豆兒——馬鈴薯;玉米——玉蜀黍;管兒燈、日光燈——熒光燈;爺爺——祖父;奶奶——祖母;偏口魚——比目魚。

四 用詞形象,生動具體

口語詞彙生動活潑,能把抽象的概念表示得形象具體,還能通過比喻把不太形象的事物描寫得更形象。試比較:橫挑鼻子豎挑眼——挑剔、挑三揀四;喝西北風——沒有吃的了;車軲轆話來回轉——說來說去都是重複的話;走了眼——看錯了；海說——漫無邊際地說；煙捲兒——香煙；土豆兒——馬鈴薯；夾肢（gāzhi）窩——腋部（廣州話：胳肋底）。

五 概括性強，一詞多義

口語詞彙往往簡短概括，一詞多義，這是符合經濟、直接、快當的原則的。比方說："棒"既可以表示"體力強"、"能力高"，還可以表示"成績好"。當我們說"他真棒"的時候，我們要表達的概念就是"他很不錯"，這就以第一時間達到了交際的目的；而且說話總不是孤立的，根據上文下理，對方也能知道他在哪方面"棒"了；再說，也還可以說成"體力棒"、"能力棒"或是"成績棒"，那就更清楚了。又如"漂亮"可以表示"好看"、"美觀"或"出色"；"帥"可以表示"英俊"、"瀟灑"、"漂亮"；"德行（xing）"可以譏諷別人的儀容、舉止、作風。

誠然，概括性強，一詞多義有時也是個缺點：過於粗略，不夠明確。在這種情況下為了避免誤會，我們就要細加說明或換用別的詞語了。

六 輕鬆隨便，喜惡分明

使用口語詞彙常常能營造輕鬆隨便的氣氛，因此特別適用於聊天、說笑等非正式場合。試比較：哭鼻子——哭；抬槓——爭辯；吹牛——誇口；摳門兒——吝嗇；倍兒新——特別新等等。

有很多口語詞彙或用法本身就有親熱、喜愛的感情，當然為人們所樂用了。試比較：大伙兒、大家伙兒——大家；哥兒們——弟兄們，朋友們；老人家——老人；咱（zán）——我；咱們——我們，大家；老陳——阿陳、陳先生；小張、小紅——阿張、阿紅等等。

另外，也有很多口語詞彙或用法本身就帶有厭惡、鄙視的感情，人們常在不高興、不滿意時加以使用。試比較：糊塗蟲——不明事理的人（戲謔或罵人用）；渾蛋——不明事理的人（罵人用）；廢物——無用的人；傢伙——指人（輕蔑義）；破鞋——亂搞男女關係的女人。又如"臭"，可以把它加在有褒義的形容詞或動詞之前，使之變為貶義詞："臭美"意為"刻意打扮"或"自鳴得意"；"臭顯"就是"賣弄"；"臭"又可以加在帶貶義的動詞之前，使其動作的程度加深，如"臭吹"就有"吹得天花亂墜"之意；"臭罵"就是"狠狠地罵"。

63 對譯略談

有人以為“翻譯”只是指中文和外文之間的互相表達。其實，所謂翻譯，按照《現代漢語詞典》（第5版）的解釋，就是“把一種語言文字的意義用另一種語言文字表達出來（也指方言與民族共同語、方言與方言、古代語與現代語之間一種用另一種表達）”。（見第374頁）因此“把廣州話（口語詞語）對譯為普通話”這個概念是正確的。這裏的“對譯”就是“對比並翻譯”的意思。

據統計，不能直說而要對譯的廣州話口語詞語為數過萬，而且越是生活性的詞語就越需要對譯。如果是彼此都有的事物（或生活習慣），對譯起來，是比較簡單、容易的，如：矮瓜——茄子；街市——菜市場；抰吓張被——把被子抖（摟）一下。但是此有彼無的，對譯起來就比較複雜、困難了；這當中，熟語（慣用語、歇後語）的對譯就更費心思。

經驗證明，要想對譯得好，有兩個基本原則和八個特別要求是一定要留意和講究的。

一 兩個基本原則

（1）**字義要確切** 這是對譯的首要目的和要求，如果這一條做不到，我們的工作就是失敗的了。比方廣州話“香港地”，如果認為這個詞可以照搬照用，用不着對譯，那當然是錯的；

但如果譯為"香港地方"或"香港的地方",那也是詞不達意、不倫不類的。正確的對譯應該是"香港這地方"或"香港這個地方"。以下還有類似例子:

廣州話	錯譯	正譯
貴利	貴利息	閻王賬、高利貸
手指尾	小手指	小(拇)指
落倉	下倉	上倉庫去、到倉庫去
算數(喇)	算賬	算了吧
睇住嚓吖〔a¹〕	看住啦	(你)瞧着吧、走着瞧

(2) **對譯要全面** 一般說來,廣州話詞語的詞義比較寬、詞性比較活,因此,廣州話對譯為普通話常常不是一對一,而是一對多的,我們要盡量提供全面的對譯才好。比方廣州話中的"嘢"字,在普通話可能是"東西"、"貨"、"事情",或是要靈活對譯的:靚嘢——好東西;正嘢——上等貨;有嘢話你知——有事告訴你;乜嘢——甚麼;爛鬼嘢——破玩意兒。再看以下比較:

廣州話	對譯不全面	對譯較全面
掣	開關	開關;(水、電)門;電閘;……器
爛	破	破;爛;嗜……,貪……
肉酸	難看	難看;難聽;肉麻
唔該	謝謝	謝謝;勞駕;請……
度〔dɔk⁶〕	量(liáng)	量(liáng);借(錢);琢磨(zuómo)

總的說來，如果能符合上述兩項基本原則，就算是正確的對譯了，它起碼能達到互相溝通的目的。但是，實際語言是複雜的，常常由於多種因素的影響，使我們有不同的選擇，為了精益求精，以下八個特別要求就是必須考慮的了。

二 八個特別要求

（1）**答案要便於活用**　學語言的最終目的是要活用，所以，我們的對譯除了要求在該詞語單獨使用的時候準確、合適以外，更重要的還要考慮它在不同情況下使用時，也能準確、合適，也就是說，要提供可活用的對譯。比方廣州話"着〔dzœk⁶〕數"一詞，看上去像是名詞或形容詞，可以對譯為"便宜"或"甜頭"，但這樣的對譯並不適合於活用，譯為"佔便宜"是更好的。

廣州話	合適的對譯	可活用的對譯
着數	便宜、甜頭	佔便宜
有你着數	有你的便宜	你有便宜可佔
有乜嘢着數畀我	有甚麼便宜給我	有甚麼便宜給我佔
搵我着數	找我便宜	佔我便宜
你真係着數	（不能直接用"便宜"）	你真佔便宜
你以為咁着數咩	（不能直接用"便宜"）	你以為有便宜可佔哪

從上述分析可以看出：最理想是找到一個可供活用的對譯，以便舉一反三，方便使用。當然，這只是我們的目標，但是同樣的詞語在不同的上下文裏，常常有不同的詞義，往往難以找到一個可活用的對譯；另一方面，在某些情況下，也許還

有比"可活用的對譯"更好的另一個譯法。如"你真係着數"一句就是這樣,若說成"你真得(děi)"就更口語化,這時的"得"可以表示"滿意"、"合適"、"舒適"、"划得來"等意思。

答案要便於活用,讀者可以從本書的有關部分尋找更多的例詞作參考,特別是參考"唔"、"靚"、"雪展"、"遊河"等詞的對譯。

(2) **用字要斟酌** 由於詞義的細微差別,以及語體和感情的色彩的不同,我們在對譯時的用字要盡量斟酌。比方"蛇王"作名詞時可譯為"懶人"、作動詞時可譯為"偷懶"。但廣州話也常說"懶人"和"偷懶(或偷雞)"的,因此上述對譯就顯得沒有特色。如果我們分別對譯為"懶蛋"或"懶蟲"、"躲懶兒('躲'與作動詞用的'蛇'相仿)"或"磨(mó)洋工",在語體和感情色彩上都可能好得多。

又如"細路仔"可譯為"小孩子",但"細路哥"則可譯作"小孩兒"。因為"仔"和"子"是一般化的詞,"哥"和"兒"則含有"親切"、"喜愛"的感情,這樣一對譯就更貼切了。又如:

廣州話	合適的對譯	較好的對譯
走寶	沒得到便宜	錯過好處
搭錯綫	弄錯了、打錯了	串綫了
睇得化	看得開(粵式錯譯)	看得透、想得開
搵世界	謀生、掙錢	找生活、找飯碗兒
賊仔	小偷	小偷兒
手指公	拇指	大拇指

（3）**說法要地道**　有一些廣州話詞語與普通話是差別不大的，看上去也能使人明白，我們還要不要對譯呢？答案是肯定的。譬如廣州話"隻手遮天"，普通話應說"一手遮天"，類似這樣差別不大的詞語，往往是彼此語體不同或用詞習慣不同造成的，如果不加以對譯，充其量只是粵式普通話而已，加以對譯就顯得更地道了。試再比較以下例子：

廣州話	粵式普通話	地道普通話
急不及待	急不及待	迫不急待
唔經唔覺	不經不覺	不知不覺
開天索〔sak³〕價	開天討價	漫天要價
一物治一物	一物治一物	一物降一物
貼錢買難〔nan⁶〕受	貼錢買難受	花錢買氣

（4）**表達要口語化**　本地人的中文底子有很多文言成分（由於母語廣州話的影響以及學校中文教育和社會傳播媒介所用中文的影響等造成），再加上西方語言的影響，他們常常說出和使用文縐縐的、半文不白或半中半西的"中文"。比方廣州話"畀錢"，我們平常說"給錢"就可以了，但不少人總是說"付錢"。他們不知道"給錢"是口語用的，"付錢"則正式得多，類似這樣的詞語，用在口語場合的話，就顯得很呆板、很不協調了。這是本地人學習普通話時要特別留意的（請參考本書第178頁〈普通話口語詞彙〉一文）。試再比較以下例子：

廣州話	非口語對譯	口語對譯
薯仔	馬鈴薯	土豆兒
阿嬤	祖母	奶奶
傾偈	談天、談談	聊天兒、聊聊
撳吓	搖一下	晃（huàng）一下
穿煲	揭露	揭底兒；露底

（5）**對譯要傳神** 對於熟語的翻譯，應該盡量做到生動傳神，當然這是不容易的，但我們應該爭取。比方"手指拗入唔拗出"對譯為"自己人向着自己人"已經很不錯了，但如果對譯為"胳膊肘兒往裏不往外"的話，豈不結構和神韻都更勝一籌！試再比較以下例子：

廣州話	合適的對譯	傳神的對譯
托手睜	推三阻四	攔胳膊（gēbo）
雞同鴨講	誰也不懂誰的	啞巴說聾子聽
盤滿鉢滿	滿滿當當	大囤滿小囤流
口水多過茶	能說會道	大耍嘴皮子
講嚟講去三幅被	說話囉囉嗦嗦	車軲轆（gūlu）話來回轉

（6）**結構要相當** 對譯時如果能做到語法結構相當，就能保持原文的韻味。比方把廣州話"雞碎咁多"對譯為"很少"、"不多"、"只有一點兒"，意思上也是對的，但就很乏味了。這裏一方面是因為上述說法太一般化了；另方面在結構上也相差太遠。如果改譯為"仨（sā）瓜倆（liǎ）棗的"就好多了。試再比較以下例子：

廣州話	合適的對譯	較好的對譯
打尖	排隊不守秩序	加塞兒（sāir）
飛咗佢	把他開除了	把他刷了
甩皮甩骨	散了頁	缺胳膊少腿
好食爭崩頭	甜頭人人爭	見便宜就搶
抵冷貪瀟湘	貪美願捱凍	捱凍圖臭美

（7）**字數要對應** 在滿足上述要求的基礎上，如果還能講究字數的對應的話，那就再好也沒有了。不過，要做到這一點是要經過認真思考和斟酌的。例如"唔夠喉"可以譯為"解不了渴"或"不解渴"，但考慮再三，就會覺得對譯為"不解渴"意思也很貼切，字數又對應，是更好的。對於字數對應的要求，如果對譯能跟原文一致，那當然好；但不應片面追求對應，相反地，有需要時還應該加字或減字呢！試再比較以下例子：

廣州話	合適的對譯	較好的對譯
後生仔	青年男子	小伙子
時間掣	時間控制器	定時器
矮仔多計	矮子計謀多	矮子矮一肚兒怪
人細鬼大	年少老成	人小心眼兒多
有辣有唔辣	有好有不好	有利有弊

（8）**標準要有高低** 我們的學員（讀者）來自不同階層，他們可能有不同的需要：有人希望學得更地道、更深入些；但也有人只要求一般的交際。因此，我們也應該採用高低兩

級標準。低標準就是只要求符合兩個原則：（一）字義確切；（二）對譯全面。高標準則應多加上述八項要求。我們在前邊已經舉出了很多例句，其中“合適的對譯”就是低標準的要求，“較好的對譯”則是高標準的要求。

以上總共從十個方面扼要地分析了把廣州話口語詞語對譯為普通話時要注意的問題。那麼怎樣才能提高自己的對譯能力呢？首先，也是最根本的，就是要提高中文（白話文）水平，從詞彙學和語法學方面多加學習。其次，要多深入兩種語言的實際，從而多比較，多收集和積累口語詞彙。這樣對譯起來就能有所選擇、得心應手了；第三，要多閱讀有關廣州話跟普通話對比及研究的文章和書籍，以便從中吸取經驗和啟示。

64 客套話

一 客套話的學問

初學普通話的朋友，總是覺得要感謝人家時，沒有太多詞語可用。往往只是按照廣州話一句"唔該"的習慣，說一聲"謝謝"。於是，一旦遇上人家送你東西、給你買了東西、等你一塊兒上電梯……，全都說"謝謝"，那真是太乏味了。

其實，我們可以根據不同情況使用不同的套語，如：謝謝、多謝、感謝、感激、麻煩、煩勞（廣州話：勞煩）等。不過，這裏有些用法要注意：（一）除了謝謝、多謝之外，其他詞兒不能單獨使用，一般要加上"您了"，或"你了"，才完整，如："麻煩您了。"（二）要加強語氣的話，可以說"太……了"或"真……"，如："太謝謝你了，真感激您"；（三）"麻煩（你）"、"煩勞（你）"既可用於請別人幫忙，又可用於答謝人家（這時句末要加"了"）；但"謝謝"、"多謝"、"感謝"、"感激"是只用於答謝的。

另外，口語常說"費心了"、"辛苦了"、"您受累了"或"勞您駕了"來表示煩勞人家以後的感激。這時候，廣州話往往只是說"唔該晒"、"辛苦晒嘞"。

二　客套話的妙用

　　廣州話和普通話有很多共用的套語，如：請問、失敬、有勞、屈就、包涵、領教、指教、恭候、恭敬不如從命等等。不過，有幾種表達客氣的套語，彼此是各不相同的。

　　請人讓路時，廣州話往往說"借過"、"借借""借咽（啲）"，普通話就要說"借光"或"勞駕"。

　　廣州話口語很少用"勞駕"，普通話卻用得很多，它可用於請別人幫忙、讓路或感謝別人的幫忙。廣州話"唔該買張飛"，普通話可說"勞駕，買張票"；"唔該借過"就可說"勞駕"，或"勞駕，借借光"；"唔該晒"就可說成"勞您駕了"。

　　"叨（tāo）"字在廣州話也用得很少，普通話則用在"叨光"、"叨教"、"叨擾"三個詞裏，表示"受到人家的好處而表示感謝"，口語化一點常分別說作"沾光"、"領教"、"打攪"或"打擾"。

　　廣州話是沒有用"偏"字表示客套的；但請人幫忙時，普通話就可以用"偏勞"一詞，如："請你偏勞吧，我實在做不了。"還有"偏過了"一語，也是客套的說法，用來表示先用或已用過茶飯等。所以廣州話裏回答"食咗飯未"的"唔該先"，說成普通話套語就是"偏過了"或"先偏了"。當然這是比較客氣、有點陳舊的說法，一般可以說："吃過了"。

　　還有，廣州話口語常用"恭喜"，少用"祝賀"，過年過節或對人家的喜事都是如此。普通話則有些不同：過年過節一般可用"恭喜"，但正式一點就要說"祝賀"了；對於個人或家庭的喜事可用"恭喜"，但對於個人或集體取得的成就則多說"祝賀"。

65 "你"、"您"

在普通話裏，"你"和"您"都很常用。"你"是一般稱呼，用於同輩的熟人或比自己年輕的人；"您"則是尊敬的、禮貌的稱呼，對長輩、上司或不大熟悉的中年人，都應該用"您"，而不用"你"。為了加強尊敬或禮貌的程度，還可以在"您"之前，說出人家的姓氏和頭銜，如："李先生您……"，"黃經理您……"之類。

廣州話是"你"和"您"是不分的，一來它們的讀音完全一樣；二來"你"特別常用，"您"很少用，而且口語裏根本不用。為了表示敬意，口語裏常以"閣下"代替"您"，或在"你"之前，說出人家的姓氏或頭銜，如"李先生你……"或"黃經理你……"之類。應該指出，這兩種用法都不符合普通話的習慣：（一）"閣下"只是從前書信中常用，現在則用於外交場合；（二）"你"是普通用語，而姓氏和頭銜是正式用語，所以"李先生你……"之類的說法，在語義上和感情上都是不大協調的。操廣州話的人大部分懂得"你"和"您"的分別，但是因為受了廣州話的影響，他們很不習慣用這個字。看來通過學習普通話是可以變得習慣的，至少在書面表達上可以變得有禮貌些。

另外要注意的是，傳統上"您"用於多數時，是不能跟"你"一樣，加個"們"字的。有關這一點《辭海》上有明確的註明。對不同的多數，可以分別說成"您倆，您兩位"、"您仨，您三位"、"您五位"、"您幾位"等等。這樣的說法帶有敬意，而且很口頭化，如果用"你們"去代替，那就很一般化了。

不能忽視的是：不少人在言談話語、書信來往中也常常使用"您們"，也有某些作家在自己的作品裏用過"您們"的。《語言文字周報》（2008年4月23日）"王老師信箱"說得好：社會生活中既然存在使用複數第二人稱敬稱的要求，"您們"的使用就是順理成章的事情了。又說：《新華多功能字典》（商務印書館2005）指出：現在書面上也常有寫"您們"的。文章還說：最近上網搜了一下，發現三百多萬用例。

66 "咱們"、"我們"

"咱們"和"我們"都可以表示"幾個人",可是,因為廣州話不用"咱們"這個詞,本地人也很少接觸到它,所以總是搞不清楚它和"我們"的分別。

我們平常說話總有兩種情況:一是包括聽你說話的人在內,這叫"包括式";二是不包括聽你說話的人在內,這叫"排除式"。說話中用到"咱們"時,一定是包括式的,如:"雖然我是廣州人,你是上海人,他是北京人;但咱們都是中國人"(我、你、他都包括了)。又如口頭語常說"咱們走吧",這就是包括所有聽你說話的人的。

"我們"一詞則有些不同,它既可以是包括式,也可以是排除式,所以上述例句可以說成"但我們都是中國人"和"我們走吧"。至於"我們"是包括式還是排除式的,就要取決於當時情況或上下文了。再看另一個例子:"說曹操,曹操就到,我們正講你呢!"這時候的"我們"就是排除式,是不包括"你"在內的,如果說成"咱們"就不對了。換句話說,"我們"可以當"咱們"用(可是不如"咱們"口語化);但"咱們"就不能當"我們"來用。

特別一點兒的是:在口語裏,"咱們"(或只用"咱")還可以借指"我"或"你"。例如:"咱們可不懂那麼多規矩"("咱們"指說話者本人)。又如:"咱別哭,媽一會兒就回來"（對小孩兒說的話，"咱"指自己的孩子；比用"你"更親切）。

　　小結："咱們"是口語用詞，包括聽話者在內時使用；或借指"我本人"或"你自己"時使用；還要留意："咱"應唸作zán，若唸成zǎn或zǎ是錯的。"我們"則是一般用詞，包括聽話者在內或不包括聽話者在內的場合都可以使用。

67 "二"、"兩"、"倆"

作為數詞或數量詞，"二"、"兩"和"倆（liǎ）"都含"一加一後所得數目"的意思。它們除了讀音有所不同之外，用法上也很不一樣。

一 只能用"二"（不能用"兩"）

（1）單純作數字：一，二，三；二乘一等於二；某數的二次方。

（2）用於序數、小數和分數：第二；第二天；二樓；二年級；二點八；零點二；二分之一；三分之二。

（3）用於多位數裏的十位、個位：十二；二十；……百零二（如：五百零二）。

（4）與"十"連用：二十；……千……百二十（如：五千六百二十）。

（5）與量詞"兩"連用：二兩酒；二兩銀子。

（6）與量詞"時"連用：二時正（不能說兩時）。

（7）表示"兩樣"：不二價；不二法門；二話不說。

（8）用於專業用語：二極管；二胡；二元論。

二 只能用"兩"（不能用"二"）

（1）與一般量詞連用（斤兩的"兩"和"時"除外）：

兩個；兩邊；兩天；兩夜；兩週（兩星期）；兩年；兩塊
（錢）；兩點（鐘）。注意：不能說二塊錢；二點鐘；十兩塊
錢；十兩點鐘；但是可以說十二塊錢，十二點鐘；理由見上述
第一部分。

(2) 與新興的度量衡量詞連用：兩噸；兩公里；兩英尺；兩
米（只有"米"也可以用"二"）。

(3) 與"半兒"連用：劈成兩半兒。

(4) 指某些成對的親屬：兩兄弟；兩夫婦。

(5) 表示"雙方"：兩方；兩全其美；兩兩相對。

三 "二"和"兩"都可以用

(1) 與"百、千、萬、億"連用：a. 不是多位數時，
"兩"比"二"更口語化：兩百；兩千；b. 在多位數裏"二"
比"兩"更常用：二萬二千二百。

(2) 與"元、角、分"或"毛"連用，用"二"顯得正式
（賬目、鈔票上都用"二"！），用"兩"顯得口語化：兩
元；兩毛（錢）；兩分（錢）。

(3) 與傳統的度量衡量詞連用（斤兩的"兩"除外），
"兩"比"二"更口語化：兩畝；兩尺。

(4) 與量詞"位"連用，使用稍有不同。"二位"多為當面
稱呼，比較客氣，如："謝謝你們二位"；"兩位"計數的味兒
較濃，如："他們只有兩位吧？"

四 "倆"是口語說法，由"兩個"的合音變來

要注意，"倆"的後邊是不再用量詞的。它的意思是：

(1) "兩個"：咱倆（我們兩個人）；夫妻倆（夫妻兩

人）；“一共五個包子，我吃了倆，他吃了仨”。

（2）不多、幾個：就來了倆人（≈幾個人）；仨瓜倆棗（比喻小事、小東西；相當於廣州話的“雞碎咁多”）。

以上談的，是“二、兩、倆”表示“一加一後所得的數目”時，用法上的不同。另外，“兩”還可以表示：二至九之間的不定數目，相當於“幾”，如：過兩天再說；你真有兩下子。這種用法在廣州話也是一樣的。還有，“倆”可以讀作 liǎng，用於“伎倆”一詞中。以上是它們的其他用法，本不屬於本文討論的範圍，為了完整起見，也在這裏順便提一提。

68 "有"的用法

一 粵普用法大同小異

作為動詞，"有"在普通話和廣州話裏的詞義和用法是大同小異的。從詞義上說，普通話的"有"和廣州話的"有"都包含如下詞義：（一）表示領屬、具有，如：有書、沒有興趣、有可能嗎？（二）表示存在，如：有風、有人說話、刻有花紋；（三）表示性質、數量達到某種程度：他有我那麼高了；你走了有沒有三天？

從用法上看，"有"的否定式是"沒有"或"沒"；"沒"比"沒有"更口語化，但不能用問句的末尾（廣州話用"冇"）。疑問式是"有……嗎？"、"有沒有……？"或"有……沒有？"（廣州話用"有……嗎？"、"有冇……？"或"有……冇？"）"無"也是"有"的否定，但只用於文言和成語，本文不討論。從上述分析和例詞、例句可以看出："有"與名詞連用，或通過指示代詞與形容詞連用時，在普通話和廣州話裏的詞義和用法（肯定、否定、疑問）都是一樣的。

二 "我有來"是錯的

但是，"有"與動詞或形容詞連用時，在普通話和廣州話裏的詞義和用法就有時（在否定句中）相同，有時（在肯定句和疑問句中）不相同了：

在否定句裏，普通話“沒”或“沒有”（廣州話用“冇”）可與動詞或形容詞連用，否定動作或狀態已經發生，如：沒有去（廣州話：冇去）、衣服沒有乾（廣州話：件衫冇乾到）。

在肯定句裏，普通話的“有”不能與形容詞連用，與動詞連用也很少，只用於“有勞”、“有請”等套語或“有說有笑”、“有吃有穿”（單用就要說“有吃的，有穿的”）等固定格式裏。廣州話的“有”也不能和形容詞連用，但除了跟普通話一樣有上述用法外，還可以隨便與動詞連用，如：我有嚟、佢有留意、我哋都有瞓覺等等，這時的“有”表示“動作完成”，是廣州話、閩南話、閩北話特有的用法。據說台灣和新加坡也是這樣用的，普通話就只能分別作“我來過”、“他留意過”、“我們也睡覺了”。另外，本地廣告字眼常見的“當天有取”、“書局有售”都是不標準的說法，應分別作“可取”、“發售”。

在疑問句裏，普通話常用“……了沒有？”或“沒（有）……嗎？”對過去的動作（動詞）或目前的狀態（動詞、形容詞）進行提問。前者用於單純提問，不作推測，如：“來了沒有？”“水涼了沒有？”後者則表示懷疑或驚訝，要求證實，如：“你沒去嗎？”“衣服還沒乾嗎？”相應地，在廣州話，則使用“……咗未？”或“未／冇……咩？”的句型。

三　“你有沒有吃飯”是對的

此外，廣州話常用“有冇＋動詞”或“有冇＋形容詞＋

到"的疑問句型，用來詢問事情發生了沒有，或狀況改變了沒有，如："你有冇食飯呀？件衫有冇乾到呀？"——這又是廣州話、福建話特有的用法。據說台灣和新加坡也是這樣用的。相應地，普通話使用的句型是"……了嗎？"、"……了沒有？"或"……沒……？"。上述例句的傳統說法是：（一）"你吃飯了嗎？""你吃飯了沒有？"或"你吃（飯）沒吃飯？"（二）"衣服乾了嗎？""衣服乾了沒有？"或"衣服乾沒乾？"

對於"有冇（有沒有）＋動詞"這種句型，普通話是否能接受或吸收，筆者在多年前曾請教過國內三位知名的語言學家、大學教授，兩位持否定意見，一位說這種南方語法的列車正在往北開，不過目前只開到武漢（大意如此）。可能是我們身在粵語區的關係，說起、用起普通話都不免受到方言影響。出乎意料的是，這種南方語法的列車，竟越開越快，現在北方人對這樣的說法都習以為常了。因此，"你有沒吃飯？"、"衣服有沒有乾？"都可以接受。

另外，廣州話裏某些表示能力的動詞常可與"冇"連用，表示反問，普通話則得說成"動詞＋不"或"動詞＋嗎"的疑問句。如："好貴㗎，知冇？"——"貴着呢，知道嗎／知道不？"又如："呢啲係瑞典文嚟㗎，識冇？"——"這是瑞典文哪，會嗎／會不？認識嗎？／認識不？"

69 北京話新詞語

　　學習普通話也要同時留意一下常用的北京詞語，因為：
（一）普通話的詞彙是以北方方言（主要是北京話）為基礎
的，兩者的界限難以絕對劃定。而且，普通話也要不斷從方言
裏吸收富於表現力的，或是自己缺乏的詞語來充實自己，這當
中，北京話常用詞語更有優先被吸收的可能；（二）常用的北
京話詞語多是一些表現力強的口語說法（或俗語說法），這些
說法是否屬於方言土語也是難以絕對界定的；（三）大部分學
員都希望去北京旅行並體驗生活，他們一定有機會接觸到常用
的北京話詞語。因此，北上以前多少了解一些是大有好處的。

　　北京話詞語的數量很多，包括的範圍也很廣。《北京話
詞語‧增訂本》收錄了九千多條，《北京土語辭典》收錄了一
萬餘條。按筆者的意見，有志學好普通話的人掌握其中一百幾
十條常用的也就夠了，應該分出更大的精力掌握《現代漢語詞
典》裏的口語詞語。

　　由於社會生活的需要，新詞、新義不斷產生是必然的，而
青少年模仿力強、刻意求新、富於想像和創造，因此他們常常
創造新詞，使用新詞（或者說是“時髦的字眼”）。這種情況
在本地粵語裏也是屢見不鮮的。比方“托大腳”已經過時，說
“擦鞋”就顯得時髦；“丟架”發展到第二代是“冇面”，發
展到第三代就是“好瘀”。北京話也有這種趨勢，下面介紹一

些常用的、《現代漢語詞典》沒有收入的北京話新詞語（青少年流行詞語）：

碑兒、倍兒（實際發音：bèr）　極其：～棒｜～高。

憋鏡頭　形容人長得難看，不上相：照相我就免了，～！

柴　（一）低能：這人真～；（二）差：這皮鞋太～了。

沖、衝（chòng）　精彩，出色：那場球賽～極了。

磁　關係特別好，有義氣：我們倆夠～的。加強語氣可說"特磁"、"巨磁"。"～哥兒們"相當於廣州話"死黨"。

次　差，欠佳：這戲演得～｜人頭兒～｜這人真～｜～透了。

份兒（實際讀音：fèr）　（一）神氣，有派頭：瞧他多～｜打扮得夠～的；（二）精彩，熟練：演得可～了；（三）臉面：太丟～啦。

蓋　（一）超乎尋常地好：這字寫得可～了。加強語氣就說：蓋了帽兒了；（二）能力上或技術上超過：打球？我白～你。

港、港氣　有香港色彩；時髦：穿得真～｜樣式太～了。

官　肯定：唱得～蓋（肯定最棒）｜我～能贏他。

絕　（一）說話俏皮，相當於廣州話"縮骨"：他說的真～；（二）引人發笑：小丑的打扮真～；（三）好極了：真～｜～透了。

侃（kǎn）　愛吹牛：他可真能～｜～主兒｜～爺（牛皮大王）。

開涮（kāi shuàn）　開玩笑或耍弄人，相當於廣州話"撳化"：別拿我～了｜成心開他的涮。

狂　（一）出色，漂亮：這兩手兒要得挺～；（二）狂妄：你別那麼～！　新版後記：這幾年多說"牛"了。

派　時髦，有派頭：這人的打扮真～｜滿夠～的經理。

氣管炎（諧音，實為"妻管嚴"，戲謔用）　指丈夫怕老婆，也指怕老婆的人：你連酒都不敢喝，是不是～哪。

颯（sà）　有風度，漂亮：王先生真～｜絕～。

鐵、特鐵　與"磁"相同。

鎮　（一）贏：昨天可～了他們了；（二）使震驚，炫示：露一手兒～～他。"白鎮"的意思和用法同"鎮"，有"肯定"、"毫無疑問"的語氣。

　　從以上舉例可以看出：青少年流行詞語多是描寫人的外貌、能力和品質以及人際關係的，這反映了青少年刻意求新、富於創造的特點。雖然這些詞語有時間性（一時流行某些詞語，一時又流行別的詞語）、地域性（某些詞語不一定在整個北京都流行）和實用性（某些詞語只有特定年齡、性別或階層的人士使用）等局限，但是，可以肯定：青少年流行詞語是很有影響力的，其中有生命力、形象生動而又符合漢語構詞法的一定會被普通話吸收。

　　新版後記：詞彙對社會生活的反映最敏感、最及時（香港人對此地出現的新詞語不也是目瞪口呆嗎！）。近年來，大陸出現了大量新詞語，普通話新詞語也越來越多。其中有的是創新詞語，有的是從港台吸收或改造的詞語。前者如"練攤兒、很火、城管、大款、給力、秒殺"。後者如"按揭、首付、秀恩愛（粵語：曬恩愛）、搞定、買單、當電燈泡"。……本書實在無法一一列舉。讀者可參看各種新詞語詞典。更重要的是多看大陸的報刊、電視。最好就是去大陸旅行，跟當地人交朋友。這樣，你一定會沉浸在多姿多彩的新詞海洋裏大長見識。

70 "唔"等於"不"嗎？

"唔"字在普通話裏沒甚麼大用，一是用在"咿唔"一詞中，形容讀書的聲音，讀作wú；二是表示疑問，這時又可寫作"嗯"，讀作ńg或ń，如："唔，你說甚麼？"

可是，"唔"字在廣州話裏卻大派用場，是最常用、最活躍的字之一。一般人都知道，"唔"往往表示否定，相當於普通話的"不"，如：唔快——不快；唔知——不知道；唔記得——記不得了、忘了；唔聲唔盛——不聲不響地……。不過，以下情況是一般人留意得不夠的：

（1）要對譯為"不了"，如："死唔去"不能說成"死不去"，而要說"死不了"；"告佢唔入"不能說成"告他不進"，而要說"告不了他"。又如：唔受得——受不了；行唔到路——走不了路；吹佢唔漲——奈何不了他……，等等。

（2）廣州話常用"形容詞＋唔＋形容詞＋啲吖"來表示否定，這時兼有反問意味，普通話則常說"可太＋形容詞＋了＋不是"：少唔少啲吖——可太少了不是？你嚟得遲唔遲啲吖——你來得可太晚了不是？

（3）要對譯為"沒（有）"，如：唔生性——沒出息；唔覺眼——沒注意；唔覺意——沒留意、不小心；仙都唔仙吓——一個子兒也沒有。

（4）要對譯為"非"：唔湯唔水——非驢非馬。

（5）要對譯為"或"：唔多唔少（都）……──或多或少（也）……，如：唔多唔少都識啲人──或多或少也認識一些人。如果直譯為"不多不少都……"就是粵式普通話了。

（6）廣州話常用"唔＋動詞＋都＋動詞＋咗嘞"來表示自我安慰，普通話則說"反正＋也已經＋動詞＋了"：唔做都做咗嘞──反正也已經做了；唔嚟都嚟咗嘞──反正也已經來了。

（7）要靈活對譯，如："你唔啱"就是"你不對"；但是"唔啱你嚟喇"卻是"不然你來吧"。又如：a. 唔係我──不是我；唔係嘅話──不然的話、否則；去唔係去囉──去就去唄。b. 讀得唔好──讀得不好；唔好讀得咁快──別讀得那麼快。c. 隻藥唔使得──這種藥不管用；唔使得晒咁多錢──花不了那麼多錢。

（8）要改譯其他意思：在固定的口語用法裏，"唔"往往沒有否定意義，這樣的例子是很多的，如：唔通——難道；唔通氣（指人）──不知趣、不懂事；唔化（指人）──渾；耐唔中──隔一段時間；唔話得──夠交情；……（到）唔使恨──……得夠戲、……透了；大唔透──孩子氣。

另外，要特別注意"唔該"一詞的對譯：a. 用於請別人為自己做事時，可說成"勞駕"、"請……"、"麻煩您……"；b. 用於感謝別人可說成"勞駕了"、"謝謝"、"麻煩您了"、"受累了"等；c. "唔該先（嘞）"一般是"先謝謝（你）了"的意思，但如果作為"食咗飯未吖？──吃飯了沒有"的答語，就要說"先偏了"、"偏過了"或簡單說"吃過了"。

話又說回來，廣州話也並非處處用"唔"，而不用"不"的。首先，在一些固定的口語用法裏常常用"不"而不用

"唔"，如：郁不得其正——動也不能動；耐不耐——隔一段時間；老而不——老不死；點不知——哪兒知道。另外，在一些比較書面化的詞語、成語或術語裏就更是非用"不"不可的，如：不朽，不祥，不速之客，不亦樂乎，不景氣，不銹鋼等等都是。

71 "唔"和"不"的詞序

　　廣州話的"唔"對譯為普通話的"不"時，其詞序有相同也有不相同的，情況如下。

一　詞序相同

　　(1) 唔……→不……，如：唔食——不吃；唔高——不高；唔快——不快。

　　(2) 唔……唔……→不……不……，如：唔三唔四——不三不四；唔經唔覺——不知不覺；唔瞅唔睬——不搭不理的。

　　(3) 動詞＋唔＋其他→動詞＋不＋其他，如：食唔晒——吃不完；嚟唔切——來不及；坐唔落——坐不下。

　　(4) 動詞＋唔到＋賓語→動詞＋不了＋賓語（強調主觀能力達不到），如：（手痛）寫唔到字——寫不了字；（沒錢）買唔到衫——買不了衣服。

　　(5) 動詞＋唔到＋賓語→動詞＋不着／不到＋賓語（強調客觀效果），如：（沒有合適的）買唔到衫——買不着／買不到衣服；搵唔到佢——找不着／找不到他。

二　詞序不同

　　(1) 唔＋"得"結尾的動詞→動詞＋不＋"得"或其他，如：唔捨得——捨不得；唔怪得——怪不得；唔及得——比不上。

（2）唔＋動詞＋得（表示禁止）→動詞＋得，如：唔食得嘅
——吃不得的；唔去得㗎——去不得的呀；唔郁得㗎——動不
得的呀。

（3）唔＋動詞＋得（表示不可能）→動詞＋不了，如：唔行
得——走不了；唔郁得——動不了；唔食得咁多——吃不了那
麼多。

（4）動詞＋指人賓語＋唔＋其他→動詞＋不＋其他＋指人賓
語，如：講佢唔服——說不服他；打佢唔死——打不死他；贏
佢唔到——贏不了他。

三　可同可不同

以下幾種情況裏，普通話也可以用廣州話的詞序，但嚴格
說來，使用不同於廣州話詞序的另一種說法就顯得更地道些：

（1）**是非疑問句**　構成是非疑問句一般有三種方式：（一）
在陳述句後面加上疑問詞，如：你是學生嗎？（二）句子的謂
語部分作肯定與否定相疊，如：你是不是學生？（三）單純用
語調表示，如：你是學生？廣州話通常多用第二種方式，而普
通話則多用第一種方式。

（2）**動賓結構**　在動賓結構中廣州話習慣把賓語提前，如
“食魚唔食”，“打佢唔死”中的“魚”和“佢”，這只是
習慣說法並非特別強調。普通話一般說“吃不吃魚呀／吃魚
嗎”，“打不死他”；如果為了強調賓語，則可說成“吃魚不
吃呀”，“沒把他打死”。

（3）**“好唔好＋動詞”的結構**　這種結構常用來詢問滿意
與否，如：好唔好食吖？普通話則習慣用“好＋動詞＋不好”

或"好＋動詞＋嗎"的結構，說成：好吃不好吃（呀）／好吃嗎？

（4）**"好唔好＋動詞或小句"的結構**　這種結構常用來徵求別人的意見，如：好唔好去游水吖？普通話則用"動詞或小句＋好不好"或"動詞或小句＋好嗎"的結構，說成：去游泳好不好（呀）／去游泳好嗎？

72 "吃多"與"多吃"

　　"多"就是"少"的反面，這項詞義在廣州話和普通話裏都一樣。不過，要注意"多"作狀語時的詞序——廣州話"多"往往用在動詞之後，如："食多啲"；普通話的"多"卻放在動詞之前，說"多吃點兒"。又如："計多咗"——多算了。

　　此外，"多"和"少"與名詞連用時，在廣州話和普通話裏的詞序也很不相同：

　　（1）**多＋名詞→名詞＋多**，如：多人好過少人——人多比人少好；太多人嘞——人太多了。

　　（2）**單音詞＋多多→多……多……**，如：口多多——多嘴多舌；手多多——多手多腳。

　　（3）**雙音詞＋多多→……特（別）多**，如：顧慮多多——顧慮特多；計仔多多——點子特多。

　　（4）**動詞＋多少＋名詞→……多少＋動詞＋名詞＋（一）點兒**，如：買多少糖——多少買點兒糖；落多少定——多少給點兒定錢。

　　不過，如果"多"用在動詞和"得"之後作補語時，彼此的詞序就一樣了，如：食得多唔好㗎——吃得多不好的（或更地道一點，說"吃多了不好的"）。又如：食垃雜嘢（食得）多會病㗎——吃亂七八糟的東西（吃得）多會病的。

73 比較句

　　比較句有"相等式"和"不等式"兩種。相等式的結構在廣州話和普通話裏都是一樣的，比方：我同佢（一樣）咁高——我跟他（一樣）那麼高；老豆同仔都食咁多——爸爸和兒子都吃那麼多。從上述例子可以看出，在構造上，主要是介詞不同：廣州話用"同"，普通話用"跟"或"和"，少用"同"，因為"同"是書面語用法。

　　不等式的比較句，彼此的結構有相同的，也有不同的，情況如下（除第1項和第6項的第一點外，都不相同）：

　　⑴**冇＋A＋咁＋B→沒（有）＋A＋那麼＋B**

　　冇你咁肥——沒（有）你那麼胖

　　邊個都冇佢咁多錢——誰也沒（有）他那麼多錢

　　⑵**A唔同B→A跟B不同，或A跟B不一樣**

　　我唔同你嘅——我跟你不同的（多說：我跟你不一樣的）

　　今時唔同往日——現在跟以前不同，或：現在跟以前不一樣

　　⑶**A＋形容詞＋過＋B→A＋比＋B＋形容詞**

　　馬大過狗——馬比狗大

　　今日天氣好過琴日——今天天氣比昨天好

　　註一：有時會聽到：一浪高過一浪、一代勝過一代之類的說法。這是文言式的，多用於書面語，少見於口語。

註二：如果A和B都是指人，而且句末又帶有程度狀語時，廣州話的說法往往省去"過"，但普通話的句型則照舊，只是句末加上程度狀語：

佢肥（過）我好多——他比我胖很多／胖得多

你矮小明啲啲啫——你只不過比小明矮一點點兒罷了

個仔重個女五磅——兒子比女兒重五磅

註三：上述句型的否定形式，廣州話往往用"唔＋形容詞＋得＋過"（"過"有時可省去），普通話常說成"形容詞＋不了"（有時又要靈活對譯）：

佢唔肥得（過）我好多——他比我胖不了很多

小明唔快得（過）你幾多——小明快不了你多少

小明比你快不了太多

個仔唔重得過個女五磅——兒子的體重比女兒多不了五磅

今日天氣唔好得過琴日——今天天氣沒有昨天好

今天天氣比不上昨天好

⑷ A＋形容詞＋得過＋B→A＋會比＋B（更）＋形容詞

佢早得過你——他會比你（更）早

邊個叻得過我？——誰會比我（更）棒？

⑸ A＋仲＋動詞＋得過＋B→A＋比＋B＋更能＋動詞

我仲瞓得過你——我比你更能睡

個仔仲行得過個老豆——兒子比爸爸更能走

⑹ ⋯⋯得多

廣州話和普通話都可以用"⋯⋯得多"來表示比較，不過用法上各有異同：

（一）形容詞或副詞＋"得多"時，彼此用法、結構一樣，如：這樣好得多；你懂的多得多；火車走得快得多。

（二）廣州話用動詞或小句＋"得多"時，普通話要用"更"，而且詞序相反：

入腦得多──更入腦

咁樣好做得多──這樣更好做

咁又唔同得多──這樣就更不一樣

(7) 唔夠＋主謂結構

廣州話可以用"唔夠＋主謂結構"來表示比較，普通話沒有這種用法，要靈活對譯：

唔夠你多──沒（有）你那麼多

唔夠佢打──打不過他

唔夠人哋食得快──沒（有）人家吃得（那麼）快

74 名詞的詞序

名詞的主要用途是作主語、賓語和定語，在某些情況下可作謂語——這些分析對廣州話和普通話都是適用的。不同的是，有時候，同樣一個名詞在廣州話和普通話句子裏所處的詞序可能不同，因此其結構和作用也不同了，與"多"、"少"、"夠"、"好"、"真係"、"越……越……"等詞連用時，尤為突出：

（1）**"多"或"少"＋名詞（＋動詞）→名詞＋"多"或"少"（＋動詞）**

多人仲好喇——人多還更好呢

多人少人都得——人多人少都行

邊度多嘢食吖——哪兒吃的東西多啊

（2）**多唔多＋名詞（＋動詞）→（動詞＋的＋）名詞＋多不多**

你屋企多唔多書吖——你家裏的書多不多啊

多唔多人嚟吖——來的人多不多啊

註："少唔少……"的用法也一樣。

（3）**太多＋名詞（＋動詞）→（動詞＋的＋）名詞＋太多**

沙灘太多人——海灘人太多

太多人游水嘞——游泳的人太多了

註："太少……"的用法也一樣。

(4) **動詞＋最多＋名詞→名詞＋動詞＋最多，或動詞＋的＋名詞＋最多**

攞到最多獎金——獎金拿得最多，或：拿到的獎金最多

賺得最多錢——錢賺得最多，或：賺到的錢最多

註："動詞＋最少＋名詞"的用法也一樣。

(5) **多多＋名詞＋小句→名詞＋再多＋小句**

多多人都係少——人再多也還是少

多多錢一樣使晒——錢再多也一樣花光（它）

(6) **夠＋名詞＋動詞→動詞＋的＋名詞＋夠**

夠錢食飯——吃飯的錢夠了

夠唔夠衫着吖——穿的衣服夠不夠啊

唔夠條件入大學——進大學的條件不夠

註：以上對譯是地道的講法。有時會聽到"夠錢吃飯"、"夠不夠衣服穿啊"、"不夠條件進大學"之類的直譯，只是粵式普通話而已。有關"夠"的用法，請參考本書"夠勁"一文。

(7) **好＋名詞→名詞＋好**

好生意吖嗎——生意好吧

今日真好餸——今天的菜真好

(8) **（真係＋）名詞＋形容詞→名詞（＋真）＋形容詞**

乜咁齊人吖——怎麼人這麼齊啊

今日真係運滯——今天運氣真壞

(9) **越＋形容詞₁＋越＋形容詞₂＋名詞→越＋形容詞₁＋名詞＋越＋形容詞₂**

揸車越快越多意外——開車越快意外越多

越遲越好婚姻——（進行得）越遲婚姻越好

（10）**形容詞或動詞＋名詞＋唡→形容詞或動詞＋點兒＋名詞**

大聲唡——大點兒聲

細力唡——小點兒勁

出力唡——使點兒勁

註：能這樣使用的形容詞、動詞很少。

75 賓語的位置

賓語的位置一般是在動詞後邊，這個總原則對廣州話和普通話都是適用的，如："看見我"、"看見你在讀報"等等。但是進一步分析的話，彼此還有很多不一致的地方：

(1) 與"畀（給）"連用時，指物賓語和指人賓語的位置，彼此相反

（一）畀＋物（＋過）＋人→給＋人＋物

畀錢我──給我錢

畀三本書過你──給你三本書

（二）小句＋畀（過）＋人→給＋人＋小句

帶封信畀老師──給老師帶封信

打個電話畀過佢──給他打個電話

註：常常聽到"打個電話給我"之類的句子，這是不標準的。

（三）"話"或"講"＋事（＋畀過）＋人＋"知"或"聽"→告訴＋事＋人

話啲嘢你知──告訴你一些事（一點兒事）

話個消息畀爸爸知──告訴爸爸一個消息

講段新聞畀過朋友聽──告訴朋友一段新聞

註：常有人直譯為"說某事給某人聽"，這是粵式普通話。

⑵ **動詞＋動量賓語"（一）下"＋指人賓語→動詞＋指人賓語＋動量賓語"一下（兒）"**

打（一）下佢——打他一下，或：打打他

唔該問（一）聲你——勞駕、問你一聲，或：問問你

註：a. 廣州話的動量賓語可省去"一"，但普通話不能；b. 近年來廣州話受了普通話影響，也有說成"問你一聲"的；c. 如果動量賓語不是"一（下）"，那麼廣州話的詞序也跟普通話一樣，如：打佢兩下——打他兩下；打佢一拳——打他一拳。

⑶ **指物賓語的詞序和處理不同**

動詞＋指物賓語（＋佢）→把＋指物賓語＋動詞

着好件衫——把衣服穿好

食咗碗飯（佢）——把這碗飯吃了（吧）

整返好佢——把它（這個）弄好

註：普通話口語習慣用"把"字使賓語提前；雖然廣州話也可以用"將"把賓語提前，如：將件衫着好佢……；但是這樣的結構不口語化。

⑷ **指人賓語的位置有時不同**

A＋人＋唔＋B→A＋不＋B＋人

信我唔過——信不過我　　比較：信唔過——信不過

對你唔住——對不起你　　對唔住——對不起

搵佢唔到——找不着他　　搵唔到——找不着

註：關於某些表示否定結果的動詞的使用，廣州話往往把指人賓語嵌在動詞和否定詞中間；普通話裏則把指人賓語放在整個動詞之後。不過，近年廣州話受普通話影響，也有採用普通話的結構的，如："信唔過我"、"對唔住你"等。

76 後置詞語

　　廣州話"多、少、先、添、埋、住、翻、晒、過頭、乜滯、得滯"等作狀語用的形容詞、副詞往往放在所修飾的動詞或形容詞的後面，有時甚至會出現在句末，所以又叫"後置詞語"。在普通話裏這些詞語一般都是放在所修飾的動詞或形容詞前邊的，其用法對比及例句如下：

被修飾詞語＋形容詞、副詞→形容詞、副詞＋被修飾詞語

食多啲——多吃點兒　　　　　買少兩件喇——少買兩件吧

我行先——我先走　　　　　　畀五蚊添——再給五塊錢

你去埋喇——你也去吧　　　　包埋飲食——吃喝兒全包

嚟晒未吖——全來了嗎　　　　高過頭嘞——太高了

唔中意乜滯——不怎麼喜歡　　快得滯——太快了

　　另外，廣州話表示動作正在進行的助詞"緊"是一定要用在動詞後面的，普通話則可以有幾種對譯：

討論緊——正討論着、正在討論、正在討論着

食緊飯——吃着飯、正吃着飯、正在吃飯、正在吃着飯

方法竅門編

77 普通話速成

　　很多以廣州話為母語的人士都希望盡快學好普通話，特別是盡快提高有關聽和說的能力。要達到這個目的，首先就要集中精力掌握好語音基本功，這些基本功主要有發音、聲調和變調三個方面。

　　首先，發音最重要。一定要學好每一個音，否則就講不成標準的普通話了。與此同時，也一定要學好聲調，因為聲調不同，字詞的意思也就不一樣。譬如：ma這個很簡單的拼音，由於聲調不同，就會分別表達"媽、麻、馬、罵"四個不同的字，如果你讀錯了聲調，豈不是會鬧笑話嗎。

　　還有，在發音和聲調學得差不多之後，就要學習一些基本的變調。所謂變調，就是字詞相連時，由於氣流強弱、聲音高低以及發音習慣的不同而改變了固有的聲調，主要有：三聲變讀為二聲或半三聲，"一"和"不"的變調以及輕聲和兒化韻（主要應掌握能區別詞義或詞性的輕聲和兒化）。掌握這些基礎的知識，就可以應付一般需要了。如果還想進一步提高的話，就要不斷完善發音、聲調、變調和語調這四方面的技巧，並同時注意詞彙和語法方面的學習。

　　為了取得更好的效果，學員在學習的時候，一定要抓住重點和難點，同時還要講究學習方法。我們提供以下的經驗供大家參考：

漢字是以音節為單位的，成千上萬的漢字都可以歸結到幾百個音節裏，如果集中力量唸準、唸好其中的常用音節，我們說普通話就比較有把握了。

筆者看到陳明遠先生寫的一個資料，二十世紀七十年代他們在國內用電腦對於普通話音節的出現率進行了統計和分析，得到了不標調的音節共四百個，他們按照這些音節的出現率，由大到小進行了排列，從中選出了109個常用音節。

這109個音節已經佔了普通話音節總出現率的74.9％，差不多四分之三了。也就是說，這109個音節的發音弄正確了，普通話的發音就有了四分之三的準確性了。看來，掌握這109個常用音節是搞好語音基本功的捷徑，現把資料抄列如下（括號內的數字表示位次；漢字是該音節的代表字，某些代表字筆者有所更動）：

第一組——共14個音節，佔總出現率的25.9％

（1）de—的（4.674％）；（2）shi—是；（3）yi—一；（4）bu—不；（5）you—有；（6）zhi—知；（7）le—了；（8）ji—基；（9）zhe—這；（10）wo—我；（11）ren—人；（12）li—裏；（13）ta—他；（14）dao—到（1.002％）。

第二組——共33個音節，佔總出現率的24.3％

（15）zhong—中（0.992％）；（16）zi—子；（17）guo—國；（18）shang—上；（19）ge—個；（20）men—門；（21）he—和；（22）wei—為；（23）ye—也；（24）da—大；（25）gong—工；（26）jiu—九；（27）jian—間；（28）xiang—向；（29）zhu—主；（30）lai—來；（31）sheng—生；（32）di—地；（33）zai—在；（34）ni—你；（35）xiao—小；（36）ke—可；（37）yao—要；（38）wu—

五；（39）yu—魚；（40）jie—節；（41）jin—金；（42）chan—產；（43）zuo—作；（44）jia—家；（45）xian—先；（46）quan—全；（47）shuo—說（0.555％）。

第三組——共62個音節，佔總出現率24.7％

（48）qu—去（0.554％）；（49）chu—出；（50）er—兒；（51）xing—行；（52）hui—會；（53）zheng—正；（54）xi—西；（55）dun—頓；（56）fu—夫；（57）jing—經；（58）na—拿；（59）fang—方；（60）ba—八；（61）fa—法；（62）yuan—元；（63）mo—末；（64）dong—東；（65）tong—同；（66）shu—書；（67）jiao—交；（68）mei—美；（69）yang—洋；（70）hua—花；（71）yan—言；（72）hao—好；（73）guan—官；（74）hou—侯；（75）cheng—成；（76）xia—下；（77）bian—邊；（78）ti—提；（79）zhao—招；（80）dang—當；（81）wen—文；（82）chang—常；（83）du—督；（84）nian—年；（85）shen—身；（86）ming—明；（87）huo—活；（88）xin—新；（89）bi—比；（90）duo—多；（91）hai—海；（92）dui—對；（93）shou—手；（94）xie—寫；（95）min—民；（96）mian—面；（97）she—捨；（98）xue—學；（99）yin—因；（100）si—思；（101）yong—永；（102）qing—青；（103）neng—能；（104）qian—千；（105）tian—天；（106）kan—看；（107）liang—良；（108）lao—老；（109）ru—如（0.303％）。

上面介紹了109個常用普通話音節，怎麼樣把它們唸準確呢？可參考以下步驟：（一）單練發音：用第一聲練習這些音節，力求唸準發音；（二）用第一至第四聲和輕聲分別練習這些音節，力求掌握這些音節的四種聲調及其輕聲；（三）用這些音節的第三聲搭配組詞，以練習三聲變調；（四）用"一"

和“不”與這些音節的四種聲調搭配，以練習其變調；（五）通過練習盡量多記住這些音節的同音字，以便舉一反三。

二　記住常用同音字

初學者往往受廣州話影響，而把字音讀錯。譬如知道“是”讀shì去聲，但遇到“適”、“世”、“室”又讀錯了，其實這幾個字讀音完全一樣。所以遇到讀不準或記不住的字時，就可以註上一個同音字來幫助記憶，以便舉一反三，事半功倍。還可以在學到某一個常用字時，花幾分鐘從字典裏找出其同音字，這樣就可以一下子掌握幾個字的讀法了。

與此同時，還可以對比一下，這些普通話同音字如果用廣州話讀，哪些同音，哪些不同音，從而把重點放在記憶不同音的那些字上。比方，在廣州話裏，“是、士、仕、示、氏、視、事、侍”是同音的；“市、柿、式、試、拭、勢、似（～的）、恃、飾、適、室、逝、誓、釋、噬、嗜”就不同音了；可是上面所有的字在普通話裏都一律讀作shì，這樣，我們重點記住後一組就可以事半功倍了。

三　掌握常用多音多義字

同樣一個字，很多時候因為讀音不同，詞義也就不同，例如：“肚”就有兩種讀法：（一）用作食物的動物的胃，讀dǔ：羊肚子、拌肚絲ｅ；（二）腹部或肚狀物，讀dù：肚子、肚臍、腿肚子。讀錯了就會產生誤會的。所以對於多音多義字，一定要同時掌握其所有讀音和意義，以便運用自如。普通話常用多音多義字有四百多個，在字典、詞典上都標注得清清楚楚，市面上也有很多種大同小異的多音多義字手冊可供參考。

掌握多音多義字的辦法，最好是組成詞例，記住其不同的詞義（或詞性）所具有的不同讀音。還可以把它的不同讀音編造成有意思的句子，以方便記憶。與此同時，拿普通話的多音多義字和廣州話的多音多義字比較一下，重點記住那些在普通話多義多音，但在廣州話是多義一音的字。本書已準備好這方面的材料，請參閱〈多音多義字對比〉一文。

四　掌握普通話詞彙

　　掌握普通話詞彙的重要性是顯而易見的，否則就會產生粵式普通話，輕者使人感到你說的普通話不標準、不地道；重者還會造成誤會，使人啼笑皆非。對於上述情況，較高班級的學員就體會得更深了。

　　關於普通話詞彙的學習內容，包括以下四個方面：

　　（1）**絕對共同詞彙**　這是指跟廣州話書面語完全相同的詞彙，小的如"筆"、"紙"、"錶"，大的如"經濟"、"教育"、"宇宙"等等都是。這樣的詞彙是最大量的，在語體上是非口語性的或純書面性的。對於這些詞彙，所需要學習的只是讀音罷了；更大量的工作是記憶——記住它們的讀音，記住它們既是廣州話標準詞彙，也是普通話標準詞彙，從而運用自如。

　　（2）**相對共同詞彙**　這些詞彙在廣州話和普通話裏有着共同的詞根，只是使用時構詞方法不同：在某些情況下（如：文言用法、書面用法、帶修飾語等）彼此的形式、用法則完全一樣；但在一般情況下（主要是單獨使用時）廣州話的詞彙要加上詞頭或詞尾才可以在普通話裏使用。例如"耳"字，廣州話和普通話都可以說"耳提面命（文言用法）"、"耳機（書面用法）"、"肥頭大耳（帶修飾語）"等；但在一般情況下或單用時就不一樣了：廣州話說"耳"或"耳仔"，普通話就得說"耳朵"，"擰耳（仔）"——揪耳朵，"冇耳性"——忘性大，不長（zhǎng）記性（xing）。

這樣的相對共同詞彙，是數以千計的，不過，因為規律性較強，學員所要學習的主要也就是它們的讀音，更大量的工作不是學，只是記憶——記住哪些詞是這樣的相對共同詞彙。為了方便學員和讀者，筆者已經整理出這樣的資料了，詳情請參閱拙作《廣州話·普通話的對比與教學》一書裏的短文〈"子"尾和"兒"尾〉、〈廣州話詞彙特點〉及拙作《廣州話·普通話口語詞對譯手冊》。

（3）**普通話口語詞彙**　詞彙的語體可以分成口語體（談話體）、書面語體（文章體）和通用語體三種。同樣一個事物，可能只屬其一，也可能兼屬其二。比方：江、河、湖、海；前、後、左、右，這些都是通用語詞彙，口語裏用它，書面語裏也用它。但是，有些詞就不同了：馬鈴薯、本領、這裏、如果，這四個詞既是書面語詞彙又是通用語詞彙，它們的口語詞彙則分別是：土豆兒、能耐、這兒、要是。又比方：攝影、吝嗇、跋、番茄，這些都是書面語詞彙，它們的口語說法則分別是：照相、摳門兒、瘸、西紅柿。

這三種不同語體的詞彙其功能和特點都是互不相同的，我們應區別環境、場合、對象、目的來選取某一適當語體的詞彙。本地學員的不足是：往往只知道書面語詞彙和通用語詞彙（因為這些說法常常和廣州話說法是一樣的），對於普通話口語詞彙則不懂或很生疏（因為廣州話往往沒有這些說法）。詞彙的語體用錯了，一般說來，倒不會影響彼此溝通，但肯定會影響談話時的氣氛和情緒的，嚴重的話還會造成彼此的誤會。

我們可以分別對象，實行不同的要求：對於較低班級的學員，重點是打好語音基礎，模仿說話，因此，口語詞彙可要求掌握少些（但要求了解多些）；對於較高班級的學員，為了使他們更恰當地掌握語體，更容易、更親切地跟北方人溝通，學習和掌握一些常用的口語詞彙是很必要的。

（4）**獨特詞彙** 這裏指的是：（一）廣州話口語詞彙和慣用語的普通話對譯；（二）普通話口語詞彙和慣用語。

首先，廣州話的口語詞彙和慣用語說成普通話是要轉譯和對譯的，根本不能照搬。比方，廣州話的"靚"，普通話說"漂亮"；同樣，恤衫——襯衫；眼瞓——（發）睏；甴曱——蟑螂；拗手瓜——掰腕子；雞同鴨講——啞巴說聾子聽，等等。可以看出：兩者有的是部分相同，有的則是完全不同的。這樣的詞語數以萬計，學員一定要留心學習，用心記憶。

與此同時，有很多普通話口語詞和慣用語是本地人不懂或難以理解的。例如："泡湯"比喻（事情）落空，相當於廣州話"凍過水"或"冇晒"；"翅膀硬了"比喻有了獨立生活或工作的本事，相當於廣州話的"有毛有翼嘞"；"敲邊鼓"比喻從旁幫腔或協助；"坐蠟"或"坐洋蠟"比喻陷入為難境地。可以看出：第一，有的普通話慣用語可以從字面上了解其意思，有的則很費解；第二，有的慣用語是有對應的廣州話慣用說法的，有的則是普通話所特有的。

對於獨特詞彙的學習，也應分別對象，分別要求：較低班級的學員可適當掌握一些，以應付基本需要；較高班級的學員則應盡量多掌握一些，以便暢所欲言，並更容易，更親切地跟北方人溝通。

學習詞彙需要一個一個地記憶和積累，因為它不像語音和語法那樣有明顯的規律性。在學習的時候應參考有關構詞法和詞彙對比等方面的書籍。

五　勤學好問，對比學習

做學問，一定要又學又問，勤學好問，學習普通話也不例外。要放開膽子，會的就說，就用；不會的就學，就問，這樣才能進步得更快。正所謂"師傅領進門，學藝在個人"，學得快或慢就取決於你自己的努力了。

另外，本地人的母語大多是廣州話，這對於他們學習普通話既有利也有弊。好處就是兩種語言在語音、詞彙和語法方面有着不少基本的共同點，對他們學普通話是很有利的；不過這兩種語言無論在語音、詞彙和語法上都有一些彼此不同的地方，廣州話對學員（特別是成年人）有極其頑固的習慣影響，他們往往用廣州話來代替普通話或製造出一些"粵式普通話"來。所以，對比地學習是本地人應該特別着重的：彼此一樣的，就可以共用或替代，彼有此無或彼此不同的，就要自覺避免或自覺改換了。通過對比找出異同，才能夠抓住重點和難點，從而更快學會地道的普通話，本書的目的也正是希望提供一些對比學習的門徑。

六　多說多練，大量實踐

無論學甚麼東西，大量實踐是最需要的，學語言（包括普通話）更是這樣。許多學普通話的朋友，常常抱怨沒有語言環境，沒有人跟他練習，所以進步很小，以致時間一長都忘光了。

當然，有人和你練習，或是有機會去一些講普通話的地方旅行，那是最好不過了。但是不能說，除此之外就沒有別的辦法了。比方：

（1）**多說** 和懂得普通話的人交談時，就不講廣州話，要爭取更多機會練習普通話。想做到這一點，就要大膽些，不要有顧慮，不要怕別人笑（其實人家的笑也沒有甚麼惡意的）。

（2）**多讀** 沒有人跟你會話，可以找些合適材料自我朗讀：由慢到快，由沒有感情到有感情，讀的時候還可以錄下音來，自己聽或找人指正。舌頭練靈活了，跟人家說話就能運用自如了。

（3）**多聽** 多聆聽錄有普通話示範的光碟和電台普通話廣播，特別是收聽內地廣播，可以學到標準的普通話。

（4）**多看** 這裏包括閱讀和觀看，多讀有關普通話知識的書籍和用白話文寫的好文章；觀看內地電影、電視劇；收看電視台的普通話節目。

（5）**多積累，多比較** 留意多積累一些語言材料，特別是廣州話與普通話詞語對比的材料；然後多進行比較，以求避免粵式普通話，盡量學得地道些。

（6）**用普通話思維** 就是強迫自己習慣普通話的語音、詞彙和語法，製造學以致用的機會，主動排除廣州話的干擾。這樣做是非常難的，但這卻是最有用的辦法。

（7）**參加普通話的旅行或其他普通話活動** 香港有不少推廣普通話的機構常常組織學員旅行或舉行普通話專題活動，多參加既可增進友誼，活躍身心，又可練習普通話。

以上方法都是行之有效的，關鍵在於你是否有決心和恆心。

78 語音學習竅門

　　香港人學習普通話，首先遇到的困難是在讀音方面。他們看到詞語往往不知道普通話怎麼唸，又或是受到廣州話的讀音影響而唸錯；還有就是分不清與該詞語相近的其他詞語。結果似是而非，使人啼笑皆非或摸不着頭腦。常見的表現有：

　　（1）用廣州話讀音錯誤類推。如："餌"、"悴"、"導"、"豹"、"泌"、"郝"，在廣州話唸nei，sœy，dou，pau，bei，kwɔk，就錯誤以為普通話要唸nì，suì，dòu，pàu，bèi，kuò。又如：把"鉛筆"唸成"完畢"。

　　（2）因形近而錯誤類推。如：把"祛"唸成"去"、"揣"唸成"喘"、"燥"唸成"操"、"胚"唸成"丕"、"璀"唸成"崔"、"踝"唸成"裸"。

　　（3）因音同或音近，錯誤類推套用。如：廣州話中的"冒"、"慕"；"肛"、"江"；"嘉獎"、"家長"的讀音相同，於是就錯誤套用，例如："我是冒名而來聽您演講的"、"明天要到肛門出差"、"我常常得到老師的家長"等。又如：因廣州話音近而把"編輯"說成"騙子"、"很棒"說成"很胖"、"外資"說成"愛滋"。

　　（4）不了解多音字，因而錯誤套用。如：廣州話中的"橫"、"薄"和"盛"只有一音，但在普通話是多音字。把"橫財"、"薄荷"和"盛飯"說成héngcái，bóhé， shèngfàn，那就錯了。

（5）聲調或聲母、韻母發音不準確而讀錯。例如把“衰弱”、“政治”、“西遊記”、“莫斯科”，錯唸成“雛悅”、“經濟”、“私有制”、“墨西哥”。

（6）不會讀就瞎猜亂讀。如：“幹”唸成wà、“襪”唸成mà、“襲”唸成zá、“叱吒”唸成qīchà、“覷覬”唸成héiyú、“饕餮”唸成háozhěn。

（7）不了解輕聲字、兒化字而錯讀。如：把“先生”唸成xiānshēng、“能耐”唸成néngnài、“一點兒”唸成yìdiǎn’ér、“小孩兒”唸成xiǎohái’ér。廣州話沒有輕聲、兒化，學員要積累並掌握常用的必讀輕聲字、兒化字，使自己的普通話說得更地道。

（8）不習慣普通話三聲變調而讀錯。如：所（suǒ）、以（yǐ）、廣（guǎng）、場（chǎng），單獨唸沒有錯，但是連起來常唸成suǒyì、guǎngchàng。

筆者從多年教學經驗中體會到，要克服讀音方面的困難，除了逐字糾音之外，還需找出一些得心應手、舉一反三的竅門。這當中，（一）對比常用同音詞（在普通話聲母韻母聲調皆相同；但在廣州話往往不同）；（二）對比容易混淆的近音詞（聲母韻母相同，聲調不同；聲母韻母聲調相近）；（三）對比常用字讀音的正誤，都是行之有效、事半功倍的好辦法。以下是筆者從多年教學經驗中收集積累的三份練習材料，為坊間少見，可供學員和老師參考。

一 普通話常用同音詞及其近音詞（265組）

　　普通話只有四百多個音節，因此同音字很多（這些字在廣州話往往並不同音），學員抓住同音字就可以舉一反三，事半功倍。比方yì這個音節，就有：意、薏、癔、臆、懿、宜、誼、議、義、易、異、肄、益、縊、嗌、抑、億、翼、亦、奕、弈、譯、驛、役、疫、蜴、溢、逸、軼、弋、翊、吃、殪、佚、翌、羿、毅、藝、囈、詣、邑、悒、熠、裔、屹等常用字四十多個，掌握同音字的好處顯而易見。不過，單純提供同音字會過於單調，也不夠實用。而且坊間已有多種字典、參考書可供查閱，所以本文也就不再抄錄了。這裏作為竅門提供的是常用的同音詞及其近音詞，這樣的資料更為實用。

　　註：（一）如有近音詞（聲母韻母相同，聲調不同）則隨後列出；（二）輕聲不標調號，如：bǐshi比試；一般輕讀間或重讀的字，注音上標出調號，並在注音前加圓點，如：bào‧fù報復。

a

（1）ànjiàn 案件、暗箭、按鍵
【近音詞】ānjiǎn 安檢

b

（1）báishǒu 白首、bǎishǒu 擺手
【近音詞】bàishòu 拜壽

（2）bàidú 拜讀、敗毒
【近音詞】bǎidù 擺渡

（3）bàofù 抱負、暴富；bào‧fù 報復
【近音詞】bāofu 包袱

（4）bàolì 暴力、暴戾、暴利

（5）bèibù 背部、被捕
【近音詞】běibù 北部

（6）bèimiàn 背面、被面
【近音詞】běimiàn 北面

（7）bǐshì 筆試、鄙視、筆勢
【近音詞】bǐshi 比試

（8）bìyù 碧玉、璧玉
【近音詞】bǐyù 比喻、bìyǔ 避雨

（9）biǎnyì 貶義、貶抑
【近音詞】biānyì 編譯、biànyī
便衣

（10）biànyì 變異、變易、辨義

（11）bīngshì 兵士、冰釋、冰室
【近音詞】bìngshǐ 病史；加下條
 ·bìngshì 病勢、病逝、病
 室

（12）bìnglì 病例、病歷、並立
【近音詞】bīnglì 兵力、bìnglǐ
病理

（13）bōlí 剝離、bōli 玻璃
【近音詞】bólǐ 薄禮、bólì 薄利

（14）bùfá 步伐、不乏
【近音詞】bǔfā 補發

（15）bùxíng 步行、不行
【近音詞】búxìng 不幸

c

（1）cuòshī 措施、錯失
【近音詞】cuòshí 錯時、cuòshì
錯事

（2）chángshí 常識、常時
【近音詞】chángshī 長詩；
chàngshī 唱詩；加下條
 ·chángshì 嘗試、常事、
 長逝

（3）chéngjì 成績、承繼
【近音詞】chéngjī 乘機

（4）chéngchuán 乘船、承傳
【近音詞】chēngchuán 撐船

（5）chéngshì 城市、乘勢、程式、成事
【近音詞】chéngshí 誠實

（6）chūshēng 出生、出聲、初生、初升
【近音詞】chùsheng 畜生、畜牲

（7）chūshì 出事、初試、出市、出仕、出示
【近音詞】chūshī 出師；加以下四條
 • chūshí 初十、初時；chūshí 初識
 • chūshǐ 出使、初始
 • chúshī 廚師、chúshī 除濕
 • chǔshì 處事、處世

d

（1）dānjià 擔架、單價
【近音詞】dànjiā 彈夾、diànjī 奠基、電機、電擊
【近音詞】diǎnjī 點擊、diǎnjí 典籍、diànjí 電極、diànjì 惦記

（2）dàoshì 倒是、道士
【近音詞】dǎoshī 導師、dàoshí 到時

e

（1）èyì 惡意、遏抑

（2）èzhì 扼制、遏制
【近音詞】èzhǐ 遏止

（3）étóu 額頭、鵝頭

f

（1）fēnglì 風力、鋒利
【近音詞】fēnglǐ 封裏、fènglí 鳳梨

（2）fùhé 復合、覆核
【近音詞】fùhè 負荷、附和

（3）fùshù 負數、富庶、複述、複數
【近音詞】fúshū 服輸、fúshǔ 伏暑、fùshǔ 附屬

（4）fùyì 賦役、復議、附議、副
翼
【近音詞】fūyì 伏役、fúyì 服役

g

（1）gōngjī 攻擊、公雞
【近音詞】gōngjǐ 供給、gòngjì
共計；加下條
 ·gōngjì 公祭、功績

（2）gōngjiān 攻堅、攻殲、工間
【近音詞】gòngjiàn 共建；加下
條
 ·gōngjiàn 弓箭、工件

（3）gōngkè 功課、公克、攻克
【近音詞】gōngkē 工科、
gōngkè 功課

（4）gōngshì 公式、公事、攻
勢、工事、宮室
【近音詞】gōngshí 工時、
gòngshí 共識、gòngshì 共事；
加下條
 ·gōngshǐ 公使、弓矢

（5）gōngyì 工藝、公益、公意、
公議
【近音詞】gōngyǐ 工蟻、
gòngyì 共議

（6）gōngyuán 公園、公元、公援
【近音詞】gōngyuàn 宮苑、
gòngyuàn 貢院

（7）gūjì 估計、孤寂
【近音詞】gǔjí 古籍、gǔjì 古
跡、gùjí 顧及；加下條
 ·gùjì 顧忌、故技

（8）gǔjià 股價、骨架
【近音詞】gūjiā 孤家、gūjià 估
價、gùjiā 顧家

（9）guànzhù 灌注、貫注
【近音詞】guānzhù 關注

（10）guīhuà 規劃、歸化
【近音詞】guìhuā 桂花、guǐhuà
鬼話

（11）guǐjì 軌跡、詭計、鬼計

h

（1）héshí 何時、核實、合時、
合十
【近音詞】hèshī 和詩；加下條
・héshì 合適、核試；hé
shì 何事

（2）hòujì 後繼、後記
【近音詞】hòujī 候機

（3）húkǒu 餬口、hǔkǒu 虎口
【近音詞】hùkǒu 戶口

（4）huìhuà 會話、繪畫
【近音詞】huíhuà 回話

（5）huǒ·shí 伙食、huǒshí 火石
【近音詞】huǒshì 火勢；加下條
・huòshì 獲釋、或是、禍
事

j

（1）jīdòng 機動、激動
【近音詞】jìdòng 悸動

（2）jīguān 機關、雞冠
【近音詞】jíguàn 籍貫

（3）jījù 積聚、機具
【近音詞】jǐjù 幾句、jìjū 寄
居；加下條
・jíjù 急劇、極具

（4）jīliú 激流、羈留
【近音詞】jíliú 急流

（5）jīròu 肌肉、雞肉

（6）jīshí 基石、積食
【近音詞】jīshī 機師、jíshǐ 即
使、jìshī 技師；加以下六條
・jíshí 及時、吉時、即
時、即食
・jíshǐ 即使、疾駛
・jíshì 急事、集市
・jǐshí 幾十、幾時
・jìshí 計時、紀實、忌食
・jìshì 濟世、濟事、記
事、紀事、既是、繼室、
技士

(7) jīxiào 譏笑、績效
【近音詞】jíxiǎo 極小、jìxiào 技校

(8) jīyā 積壓、jīyā 雞鴨

(9) jīyù 機遇、積鬱
【近音詞】jīyú 基於、jīyǔ 積雨、jíyú 急於；加以下四條
　　・jǐyǔ 給予、給與、急雨
　　・jìyú 鯽魚、覷覦
　　・jìyǔ 寄語、寄予
　　・jìyù 際遇、寄寓

(10) jíjìn 急進、極盡
【近音詞】jījīn 基金、jījīn 饑饉、jǐjìn 擠進

(11) jílì 極力、吉利
【近音詞】jīlì 激勵、jílì 蒺藜、jìlì 祭禮；加下條
　　・jīlǐ 機理、肌理

(12) jísù 急速、疾速
【近音詞】jīsù 激素、jìsù 寄宿

(13) jìyì 技藝、記憶、計議
【近音詞】jīyí 機宜、jīyì 機翼、jíyì 極意、jìyí 祭儀

(14) jìhuì 際會、jì·huì 忌諱
【近音詞】jīhuǐ 擊毀、jī·huì 機會、jíhuì 集會

(15) jìmò 寂寞、季末

(16) jìxù 繼續、記敘
【近音詞】jīxù 積蓄、jíxū 急需（亟需）、jǐxǔ 幾許

(17) jiācháng 家常、jiācháng 加長
【近音詞】jiǎchàng 假唱

(18) jiārén 家人、佳人
【近音詞】jiàrén 嫁人

(19) jiāngù 堅固、兼顧
【近音詞】jiǎngǔ 簡古

(20) jiānrèn 堅韌、兼任
【近音詞】jiānrén 奸人、jiānrěn

堅忍；加下條

　　• jiànrèn 鑒認、薦任

(21) jiǎnsuō 簡縮、減縮

【近音詞】jiǎnsuǒ 檢索

(22) jiǎnzì 檢字、簡字

【近音詞】jiānzi 尖子、jiǎnzi 剪
子、jiànzi 毽子

(23) jiǎnyì 簡易、檢疫

【近音詞】jiānyì 堅毅、jiànyì
建議

(24) jiàndào 見到、劍道

【近音詞】jiāndāo 尖刀、
jiǎndāo 剪刀

(25) jiāohuì 交匯、教會

【近音詞】jiāohuī 交輝、jiāohuí
交回；加下條

　　• jiàohuì 教會、教誨

(26) jiāoshuǐ 澆水、膠水

【近音詞】jiāoshuì 交稅、
jiǎoshuì 繳稅

(27) jiàoshì 教室、教士

【近音詞】jiāoshí 礁石、jiàoshī
教師

(28) jiàozuò 叫做、叫作、叫座

(29) jiēdào 街道、接到

【近音詞】jièdāo 借刀；加下條

　　• jiédào 劫盜、jiédàor 劫
道兒

(30) jiēshì 揭示、街市

【近音詞】jiēshi 結實、jiěshì 解
釋、jièshí 屆時；加下條

　　• jiéshí 結識、結石、節食

(31) jiéhé 結合、結核

【近音詞】jiēhé 接合、jièhé 界
河

(32) jiéjī 劫機、截擊

【近音詞】jiējī 接機、jiējí 階
級、jiējì 接濟、jiéjí 結集、jièjī
借機、jièjì 戒忌

(33) jiéjiǎn 節儉、節減

•244•

【近音詞】jiējiàn 接見、jièjiàn 借鑑

(34) jīnshì 金飾、今世

(35) jìnjì 禁忌、浸劑
【近音詞】jīnjī 金雞、jǐnjí 緊急、jìnjī 進擊、jìnjí 晉級

(36) jìnshí 禁食、進食

(37) jìnlì 盡力、近利、禁例

(38) jìnshī 盡失、浸濕
【近音詞】jīnshí 金石、jīnshì 金飾;加以下兩條
　・jìnshí 禁食、進食
　・jìnshi 近視、近世、進士、盡是

(39) jīngjì 經濟、經紀、驚悸
【近音詞】jīngjí 荊棘;加下條
　・jìngjì 競技、靜寂

(40) jīngjù 京劇、驚懼
【近音詞】jǐngjù 警句

(41) jīnglì 精力、經歷
【近音詞】jīnglǐ 經理、jǐnglì 警力、jìnglǐ 敬禮、jìnglì 淨利

(42) jīngqí 驚奇、經期、旌旗
【近音詞】jǐngqì 景氣、jìngqǐ 敬啟

(43) jīngxī 驚悉、京西
【近音詞】jīngxǐ 驚喜、jìngxī 靜息;加下條
　・jīngxì 精細、京戲

(44) jīngyíng 經營、晶瑩
【近音詞】jīngyīng 精英、jǐngyíng 警營

(45) jīngyú 精於、鯨魚
【近音詞】jǐngyǔ 警語、jìngyǔ 敬語、jìngyú 淨餘、jìngyù 境遇

(46) jīngzhì 精緻、精製
【近音詞】jǐngzhì 景致、jìngzhǐ 靜止、jìngzhì 竟至;加下條
　・jìngzhí 淨值、徑直

(47) jǐngguān 景觀、警官

(48) jīngjí 荊棘、經籍
【近音詞】jīngjì 經濟、經紀、
驚悸

(49) jìngtóu 鏡頭、競投
【近音詞】jìntóu 盡頭、jìntóur
勁頭兒

(50) jìngzhòng 敬重、淨重
【近音詞】jīngzhōng 精忠、
jǐngzhōng 警鐘

(51) jiùshì 就是、就事、就勢、
舊世、舊式、救世
【近音詞】jiùshī 舊詩、jiùshí
舊時、jiùshí 就食、jiǔshí 酒食

(52) jūlǐ 拘禮、jūlǐ 居里（人
名）
【近音詞】jǔlì 舉例、jùlí 距
離、jùlǐ 據理

(53) jǔxíng 舉行、矩形
【近音詞】jùxīng 巨星；加下條

• jùxíng 巨形、句型

(54) jùshí 據實、巨石
【近音詞】júshì 局勢、jǔshì 舉
世、jùshì 句式；加以下兩條
• jūshì 居室、居士
• jǔshì 舉事、舉世

(55) jūnshì 軍事、均勢、軍士
【近音詞】jūnshī 軍師、jūnshǐ
軍史

k

(1) kèshí 課時、刻石
【近音詞】kēshì 科室、kěshì
可是、kèshì 課室

(2) kǒubēi 口碑、口杯
【近音詞】kǒuběi 口北

(3) kǔxíng 苦行、苦刑
【近音詞】kùxíng 酷刑

(4) kuāndài 寬帶、寬待
【近音詞】kuǎndài 款待

(5) kuānhóng 寬宏、寬洪

l

(1) lǐqì 禮器、理氣
【近音詞】líqí 離奇、líqì 離棄；加下條
　　·lìqi 力氣、lìqì 利器

(2) lìzhèng 例證、立正、力證
【近音詞】lízhèng 釐正、lìzhēng 力爭

(3) lìzhì 立志、勵志、麗質
【近音詞】lízhí 離職、lǐzhì 理智、lìzhī 荔枝

(4) liánjiē 連接、聯接
【近音詞】liánjié 廉潔、連結、聯結

(5) liàn'ài 戀愛、練愛
【近音詞】lián'ài 憐愛、luàn'ài 亂愛

(6) liànglì 亮麗、量力

【近音詞】liǎnglì 兩利

(7) lǚxíng 履行、旅行

(8) màomíng 冒名、Màomíng 茂名
【近音詞】mùmíng 慕名

m

(1) mìshí 覓食、密實
【近音詞】míshī 迷失、mǐshì 米市；加以下兩條
　　·mìshì 密室、秘事
　　·mìshǐ 秘史、密使

(2) miàoyǔ 廟宇、妙語
【近音詞】Miáoyǔ 苗語

(3) mólì 磨礪、魔力
【近音詞】mò·li 茉莉

(4) mùdì 目的、墓地、牧地

(5) nánshì 難事、男士、男式、南式

【近音詞】nánshī 男屍

n

(1) nèidì 內地、內弟

(2) píngpàn 評判、平叛
【近音詞】pīngpāng 乒乓

P

(1) piānzi 片子、篇子
【近音詞】piànzi 騙子

q

(1) qīxī 棲息、七夕
【近音詞】qīxǐ 七喜、qìxī 氣息

(2) qíyì 奇異、棋藝、歧義、歧異
【近音詞】qīyī 七一、qíyī 其一、qǐyí 起疑、qīyí 戚誼；加下條
　· qǐyì 起義、起意

(3) qǐlì 綺麗、起立
【近音詞】qīlì 淒厲、qílì 齊力、qìlì 氣力

(4) qǐmǎ 起碼、騎馬

(5) qiánbì 錢幣、前臂
【近音詞】qiānbǐ 鉛筆

(6) qiánchéng 虔誠、前程
【近音詞】qiānchēng 謙稱、qiānchéng 謙誠

(7) qiánlì 潛力、前例
【近音詞】qiānlǐ 千里

(8) qīngjié 清潔、輕捷、清結
【近音詞】qíngjié 情結、情節

(9) qīnglián 清廉、青蓮、青聯

(10) qīngxīn 清新、清心、清馨、傾心、輕心
【近音詞】qīngxìn 輕信

(11) qīngdǎo 傾倒、Qīngdǎo

青島

【近音詞】qīngdào 清道

(12) qùshì 去世、去勢、趣事

【近音詞】qūshí 趨時、qūshǐ 驅使、qūshì 趨勢

(13) quánshì 權勢、詮釋、全市

【近音詞】quánshī 拳師、quánshí 全食

r

(1) rènmìng 任命、認命

【近音詞】rénmíng 人名、rénmìng 人命、rènmíng 認明

s

(1) sìshí 四十、四時、巳時

【近音詞】sīshí 斯時、sīshì 私事、sīshī 死屍

sh

(1) shèjì 設計、社稷

【近音詞】shèjī 射擊、shèjí 涉及

(2) shēnshì 身世、紳士

【近音詞】shěnshì 審視

(3) shēngshì 聲勢、生事、升勢

【近音詞】shěngshí 省時、xǐngshì 省視、shèngshī 聖詩；加以下兩條

　　‧shěngshì 省市、省事

　　‧shèngshì 盛事、盛世

(4) shēngyù 聲譽、生育

【近音詞】：shēngyú 生於；加以下兩條

　　‧shèngyú 剩餘、勝於

　　‧shèngyù 盛譽、聖諭

(5) shěnglì 省立、省力

【近音詞】shēnglǐ 生理、shènglì 勝利

(6) shīdì 失地、師弟

【近音詞】shídī 石堤、shídì 實地

‧249‧

(7) shīshēng 師生、失聲

【近音詞】shīshèng 詩聖

(8) shīshì 失事、師事

【近音詞】shíshí 時時、shǐshī 史詩、shǐshí 史實、shìshī 誓師；加以下四條

　・shíshī 實施、石獅

　・shíshì 時事、時勢、石室

　・shìshí 適時、事實

　・shìshì 逝世、世事、事事、試試

(9) shīwù 失誤、失物

【近音詞】shíwū 石屋、shíwǔ 十五；加以下兩條

　・shíwù 食物、實物、實務、時務

　・shìwù 事物、飾物、事務、世務

(10) shíqī 十七、時期

【近音詞】shīqì 濕氣、shíqì 石器、shìqì 士氣

(11) shīyì 詩意、失意

【近音詞】shīyí 失宜、shíyī 十一、shìyī 世醫、shìyì 世誼；加以下四條

　・shíyí 拾遺、時宜

　・shíyì 實益、實意、十億、時疫

　・shìyí 適宜、事宜、釋疑

　・shìyì 示意、釋義、適意

(12) shīzhěn 濕疹、施診

【近音詞】shīzhēn 失真、shízhēn 時針、shìzhèn 市鎮

(13) shíjì 實際、實績

【近音詞】shījí 詩集、shíjī 時機、shíjí 拾級、shíjǐ 十幾、shìjí 市集；加以下兩條

　・shǐjì 史記、shǐjì 史跡

　・shìjì 世紀、事跡、試劑

(14) shíjiān 時間、時艱

【近音詞】shījiǎn 屍檢、shìjiān 世間、shìjiàn 事件；加下條

　・shíjiàn 實踐、識見、時見

(15) shílì 實力、實例

【近音詞】shīlǐ 失禮、shīlì 失利；加以下兩條

　　·shìlǐ 事理、市里

　　·shìlì 視力、勢力、勢利、事例、市立

(16) shíxiàng 石像、識相、食相、實像

【近音詞】shìxiǎng 試想；加下條

　　·shìxiàng 事項、視像

(17) shíxīn 實心、時新、時薪

【近音詞】shīxìn 失信

(18) shíyòng 實用、食用

【近音詞】shǐyòng 使用；加下條

　　·shìyòng 試用、適用

(19) shìzhòng 試種、示眾

【近音詞】shīzhòng 失重、shízhōng 時鐘、shǐzhōng 始終、shìzhōng 適中

(20) shōushì 收市、收視

【近音詞】shōushi 收拾；加下條

　　·shǒushì 守勢、手勢、shǒu·shì 首飾

(21) shōuhuò 收穫、收貨

【近音詞】shòuhuò 售貨

(22) shǒujì 手跡、手記、手技、守紀

【近音詞】shōují 收集、shǒujī 手機、shǒují 首級、shòují 瘦瘠

(23) shǒuyǔ 手語、shóyǔ 熟語（shúyǔ 的口語音）

【近音詞】shǒuyù 手諭、shòuyù 獸慾；加下條

　　·shòuyǔ 授予、售予

(24) shòuhuì 受賄、受惠

【近音詞】shōuhuí 收回、shōuhuì 收匯

(25) shūlǐ 梳理、疏理、輪理

【近音詞】shǔlǐ 署理、shùlǐ 數

理；加下條

　·shùlì 樹立、豎立

(26) shùmù 樹木、數目

【近音詞】shūmǔ 叔母、shūmù
書目、shǔmù 鼠目

(27) shūdiàn 輸電、書店

【近音詞】shǔdiǎn 數典（忘
祖）

t

(1) tèshè 特設、特赦

(2) tèzhì 特製、特質

【近音詞】tèzhǐ 特指

(3) tǒngzhì 統治、統制

【近音詞】tōngzhī 通知、
tóngzhì 同志

(4) tóngxíng 同行、同形、同型

【近音詞】tōngxíng 通行、
tóngxīng 童星、tóngxìng 同姓

注意："同行"另讀tónghàng

(5) tuōxié 拖鞋、脫鞋

【近音詞】tuōxiè 脫卸、tuǒxié
妥協

w

(1) wánjù 玩具、完聚

【近音詞】wǎnjù 婉拒

(2) wángguó 王國、亡國

(3) wàngjì 忘記、旺季

(4) wēijī 危機、微機

【近音詞】wéijī 圍擊、wéijì 違
紀、wěijì 偉績；加以下兩條

　·wēijí 危及、危急

　·wèijí 未及、慰藉

(5) wēilì 威力、微粒、微利

【近音詞】wéilì 違例、為例

(6) wěixiè 猥褻、萎謝

【近音詞】wēixié 威脅

(7) wèijīng 味精、未經

【近音詞】wéijǐng 違警；加下條

　　・wèijìng 未竟、胃鏡

(8) wǔguān 五官、武官
【近音詞】wúguān 無關、wǔguǎn 武館

(9) wúxiàn 無限、無綫
【近音詞】wūxiàn 誣陷

X

(1) xīhàn 西漢、xīhan 稀罕（希罕）

(2) xīlì 吸力、犀利、淅瀝、悉力、惜力、西曆
【近音詞】xǐlǐ 洗禮

(3) xīshì 西式、稀世（希世）、稀釋
【近音詞】xǐshì 喜事；加以下兩條

　　・Xīshī 西施、xīshī 吸濕
　　・xīshí 吸食、昔時

(4) xīyáng 夕陽、西洋

(5) xiàrén 嚇人、下人
【近音詞】xiārénr 蝦仁兒、xiàrèn 下任

(6) xiàxiàn 下限、下陷、下綫
【近音詞】xiàxián 下弦

(7) xiānlì 先例、鮮麗
【近音詞】xiànlǐ 獻禮、xiànlì 縣立

(8) xiānshēng 先聲、xiānsheng 先生
【近音詞】xiānshèng 先聖、xiànshéngr 綫繩兒、xiǎnshèng 顯聖

(9) xiánqì 嫌棄、閒氣
【近音詞】xiānqī 先期、xiānqǐ 掀起、xiànqí 獻旗；加下條
　　・xiànqī 限期、現期

(10) xiànyú 限於、陷於
【近音詞】xiányú 鹹魚

・253・

(11) xiànjīn 現金、現今
【近音詞】xiānjìn 先進

(12) xiànshēn 現身、獻身

(13) xiánshì 閒事、閒適、賢士
【近音詞】xiānshì 仙逝、
xiánshí 閒時；加以下三條
・xiǎnshì 顯示、險事
・xiànshí 現實、現時、限
時
・xiànshì 縣市、現世

(14) xiànxíng 現行、綫形
【近音詞】xiānxíng 先行、
xiǎnxíng 顯形、xiǎnxìng 顯性

(15) xiāngchéng 香橙、相承、
相成、相乘

(16) xiāngjiāo 香蕉、相交
【近音詞】xiàngjiāo 橡膠、
xiàngjiǎo 相角

(17) xiāngjù 相距、湘劇、相聚
【近音詞】xiāngjū 鄉居

(18) xiānglián 相連、香蓮
【近音詞】xiāngliàn 相戀、
xiàngliànr 項鏈兒

(19) xiǎode 小的、曉得

(20) xīnfú 心服、心浮
【近音詞】xìnfú 信服；加下條
・xīnfù 心腹、新婦

(21) xīnjiān 心間、心尖
【近音詞】xīnjiàn 新建、xìnjiān
信箋、xìnjiàn 信件

(22) xīnshì 心事、心室、新式
【近音詞】xīnshī 新詩、xìnshí
信實、xìnshǐ 信使

(23) xīnxǐ 欣喜、新禧
【近音詞】xīnxī 欣悉、xīnxì
心細、xìnxī 信息

(24) xīnbìng 新病、心病
【近音詞】xīnbīng 新兵、
xīngbīng 興兵

(25) xíngchéng 形成、行程

(26) xíngshǐ 行駛、行使
【近音詞】xīngshī 興師、
xíngshí 行時、xǐngshì 醒世、
xìngshì 幸事；加以下兩條
　　·xíngshì 形式、型式、形
　　勢、刑事、行事
　　·xìngshì 姓氏、性事、幸
　　事

(27) xìngzhì 性質、興致
【近音詞】xíngzhǐ 行止

(28) xiāoshòu 銷售、消瘦、消
受
【近音詞】xiāoshǒu 梟首

(29) xiǎojié 小節、小結
【近音詞】xiāojiě 消解；加下條
　　·xiǎojie 小姐、xiǎojiě 小
　　解

(30) xiūqì 修葺、休憩
【近音詞】xiùqì 秀氣；加下條
　　·xiūqī 休妻、休戚

(31) xiūshì 休市、修飾、修士
【近音詞】xiūshǐ 修史、xiùshí
銹蝕

(32) xùmù 序幕、序目、畜牧

(33) xùshù 敍述、序數
【近音詞】xūshù 虛數

(34) xuānshì 宣誓、宣示
【近音詞】xuànshì 炫示

y

(1) yánlì 嚴厲、沿例、妍麗
【近音詞】yànlìr 鹽粒兒、yǎnlì
眼力、yǎnli 眼裏、yànlì 豔麗

(2) yánxí 筵席、沿襲、沿習、
研習
【近音詞】yǎnxì 演戲；加下條
　　·yǎnxí 演習、掩襲

(3) yánzhì 延至、研製、言志
【近音詞】yànzhì 驗質；加下條
　　·yānzhì 醃製、yānzhi 胭脂

·255·

(4) yǎnyì 演藝、演義、演繹

(5) yànshī 驗屍、艷詩
【近音詞】yǎnshì 掩飾、yǎnshǐ
眼屎、yànshǐ 艷史；加以下三條
　　·yánshí 岩石、嚴實、延時
　　·yǎnshì 演示、掩飾
　　·yànshì 厭世、艷事

(6) yáochuán 謠傳、搖船

(7) yīshì 衣飾、醫士
【近音詞】yīshī 醫師、yīshí
衣食、yīshǐ 伊始、yǐshì 已是、
yìshī 義師、yìshǐ 逸史；加以下
四條
　　·yíshī 移師、遺失
　　·yíshì 儀式、一事、一世
　　·yìshí 一時、yì·shí 意識
　　·yìshì 義士、逸士、議
　　事、軼事、逸事、亦是

(8) yīwù 衣物、醫務
【近音詞】yīwú 咿唔；加以下
兩條
　　·yíwù 遺物、貽誤

·yìwù 義務、異物

(9) yíxiàng 一向、一項、移
項、遺像
【近音詞】yīxiāng 衣箱；加以
下兩條
　　·yìxiāng 異鄉、異香
　　·yìxiàng 意向、意象、義
　　項

(10) yíqì 儀器、遺棄、一氣
【近音詞】yǐqī 以期、yìqī 一
起；加下兩條
　　·yìqí 一齊、義旗
　　·yìqì 意氣、yìqi 義氣

(11) yìwèi 意味、異味、易位
【近音詞】yíwèi 移位、yǐwēi
倚偎、yǐwéi 以為、yìwèi 易
位；加下條
　　·yíwèi 一味、一位

(12) yìyuán 藝員、譯員、議
員、億元
【近音詞】yīyuàn 醫院、
yíyuàn 遺願；加下條

・yìyuàn 意願、議院、藝苑

(13) yízhì 遺志、一致
【近音詞】yìzhì 醫治、yízhí 移植、yízhǐ 遺址、yìzhì 一致、yǐzhī 已知、yǐzhì 以至、yìzhī 義肢、yìzhí 一直；加以下兩條
　　・yìzhǐ 抑止、意旨、懿旨
　　・yìzhì 意志、抑制、益智、譯製

(14) yīnwèi 音位、yīn·wèi 因為
【近音詞】yínwēi 淫威；加下條
　　・yínwèi 吟味、淫猥

(15) yǐnxiàn 引綫、隱現
【近音詞】yīnxiǎn 陰險、yínxiàn 銀綫、yīnxiǎng 音響、yīnxiàng 音像、yìnxiàng 印象

(16) yǐnyòng 引用、飲用
【近音詞】yínyǒng 吟詠

(17) Yīngyǔ 英語、yīngyú 應予
【近音詞】yíngyú 盈餘

(18) yíngqǔ 贏取、迎娶
【近音詞】yíngqū 營區

(19) yìngshì 應試、應市
【近音詞】yìngshí 應時、yíngshí 螢石、yǐngshì 影視、yìngshí 硬實、yìngshì 硬是

(20) yǒuyì 友誼、有意、有益
【近音詞】yōuyì 優異、yòuyì 右翼；加下條
　　・yóuyí 猶疑、游移

(21) yōuyù 憂鬱、優育、優裕
【近音詞】yōuyú 優於、yóuyù 猶豫、yǒuyú 有餘、yòuyú 囿於；加下條
　　・yóuyú 由於、魷魚、游魚

(22) yǔyì 語義、語意、羽翼
【近音詞】yǔyī 雨衣、yǔyǐ 予以、yùyī 浴衣；加下條
　　・yùyì 寓意、鬱抑

(23) yùshì 預示、遇事、諭示、浴室

【近音詞】yúshì 於是、yǔshì
雨勢、yù·shí 玉石

(24) yuēshù 約束、約數

(25) yuánzhù 援助、原著、原
註、圓柱
【近音詞】yuánzhū 圓珠、
yuánzhǔ 原主

(26) yuányì 園藝、原意
【近音詞】yuàn·yì 願意

z

(1) zázhì 雜誌、雜質
【近音詞】zhā·zǐ 渣滓、zhāzi
渣子

(2) zǎoshì 早逝、早市、藻飾
【近音詞】zàoshì 造勢

(3) zīshì 姿勢、滋事、姿式
【近音詞】加以下兩條
・zīshí 子時、子實、籽實
・zìshì 自恃、自視、自是

(4) zìshù 字數、自述
【近音詞】zìshū 字書

(5) zìxíng 自行、字形、字型
【近音詞】zīxìng 資性、zìxǐng
自省

(6) zǒnghé 總和、總合
【近音詞】zōnghé 綜合

(7) zǔzhì 祖制、阻滯
【近音詞】zǔzhī 組織、zǔzhǐ
阻止

(8) zuòshī 作詩、坐失
【近音詞】zuòshí 坐食；加下條
・zuòshì 坐視、做事、作勢

(9) zuòwéi 作為、做為
【近音詞】zuǒwèi 左衛；加下
條
・zuò·wèi 座位、坐位、
zuòwèi 作偽

zh

（1）zhēnchá 偵查、偵察

【近音詞】zhěnchá 診察

（2）zhēnyán 箴言、真言

【近音詞】zhēnyǎn 針眼、
zhēnyǎnr 針眼兒

（3）zhēngqì 爭氣、蒸氣

【近音詞】zhěngqí 整齊、
zhèngqǐ 政企、zhèngqì 正氣

（4）zhīxiàn 支綫、知縣

【近音詞】zhíxián 職銜、
zhíxiàn 直綫、zhǐxiàn 只限、
zhìxiàn 制憲

（5）zhīyè 枝葉、汁液

【近音詞】zhǐyè 紙業、zhìyè
置業；加下條
· zhíyè 職業、執業、值夜

（6）zhídǎo 執導、直搗；zhǐdǎo
指導

【近音詞】zhǐdào 之道、

zhī·dao 知道、zhìdǎo 制導；
加下條
· zhídào 直到、直道

（7）zhíyì 執意、直譯

【近音詞】zhīyī 之一、zhǐyì
旨意、zhǐyǐ 致以、zhìyì 致意；
加下條
· zhìyí 置疑、質疑

（8）zhǐhuī 指揮、紙灰

【近音詞】zhìhuī 稚暉；加以下
兩條
· zhīhuì 知會、zhīhuì 支會
· zhìhuì 智慧、置喙

（9）zhǐshì 指示、只是、指事

【近音詞】zhīshí 之時、zhīshǐ
指使、zhìshǐ 致使；加以下三條
· zhīshi 知識、支使、
zhīshì 知事
· zhíshì 直視、執事
· zhìshì 志士、制式、治
世

（10）zhìchéng 製成、至誠、志成

【近音詞】zhīchēng 支撐、zhīchéng 織成、zhíchēng 職稱、zhǐchēng 指稱

主詞、zhǔcì 主次

(11) zhōngshēng 鐘聲、終生
【近音詞】zhòngshēng 眾生

(14) zhùshǒu 助手、住手、駐守
【近音詞】zhǔshóu 煮熟、zhù shòu 祝壽

(12) zhōngshì 中士、中式、中試
【近音詞】zhōngshī 中師、zhōngshí 忠實、zhòngshì 重視

(15) zhùyì 注意、助益
【近音詞】zhúyī 逐一、zhúyǐ 竹椅、zhǔyì 主義、zhǔyi 主意

(13) zhùcí 祝詞、祝辭、助詞
【近音詞】zhúcì 逐次、zhǔcí

(16) zhùyuàn 祝願、住院
【近音詞】zhúyuán 竹園、zúyuán 組員

二 普通話易混近音詞辨正

拙作《廣州話・普通話對比談》載有〈"清靜"不是"親近"〉、〈容易混淆的詞語〉等文,分析了香港人容易唸錯的聲韻母,提供了近百個易混詞語。本文從聲調相混、聲母相混、韻母相混、綜合相混等四個方面補充和進一步分析一些易混近音詞,舉例並無重複,讀者仍可參考該書。

註:本文詞語,輕聲不標調號,如:bǐshi(比試);一般輕讀間或重讀的字,注音上標出調號,並在注音前加圓點,如:bào·fù(報復)。

■ 聲調相混（更多例子可參看上文）

(1) **a** ・ānqì 氨氣－ànqī 按期－ànqì 暗器

　　　　・áozhōu 熬粥－Àozhōu 澳洲

(2) **b** ・báibān 白班、白斑－bǎibān 百般－báibǎn 白板

　　　　・bāofu 包袱－bàofù 抱負、暴富－bào‧fù 報復

(3) **c** ・cóngshū 叢書－cóngshǔ 從屬

　　　　・cuòshī 措施、錯失－cuòshì 錯事

(4) **ch** ・chéngshí 誠實－chéngshì 城市、乘勢、程式、成事

　　　　・chūxi 出息－chūxí 出席－chúxī 除夕

(5) **d** ・dádào 達到－dǎdǎo 打倒－dàdāo 大刀－dàdào 大道

　　　　・dīfáng 堤防－dīfang 提防－dífāng 敵方－dìfang 地方

(6) **e** ・érxí 兒媳－érxì 兒戲

　　　　・ēyú 阿諛－éyǔ 俄語－èyú 鱷魚－èyǔ 惡語

(7) **f** ・fāshì 發誓、發市－fǎshī 法師－fǎshì 法事－fàshì 髮式、法式

　　　　・fūqī 夫妻－fúqì 福氣－fùqì 付訖、負氣

(8) **g** ・gēbì 擱筆－gēbì 戈壁－gébì 隔壁

　　　　・guānshāng 官商－guānshǎng 觀賞－guānshang 關上

(9) **h** ・huīwǔ 揮舞－huīwù 悔悟－huìwù 會晤、會務

　　　　・huójì 活計－huǒjī 火雞－huǒjí 火急－huǒ‧ji 夥計－huòjī 貨機－

　　　　　huòjí 禍及

(10) **j** ・jiéjí 結集－jièjī 借機－jièjì 戒忌

　　　　・jīngzi 精子－jìngzì 徑自、竟自－jìngzi 鏡子

(11) **k** ・kēshì 科室－kěshì 可是－kèshí 課時

　　　　・kòngquē 空缺－kǒngquè 孔雀

(12) **l** ・lǐyí 禮儀－líyì 離異－yǐlǐ 迤邐－lìyì 利益、立意

　　　　・liúnián 流年－liúniàn 留念

(13) **m** ・méilǐ 沒理－ měilì 美麗－ mèilì 魅力

・mólì 磨礪、魔力－ mòli 茉莉

(14) **n** ・nǎilào 奶酪－ nàiláo 耐勞

・núlì 奴隸－ nǔlì 努力

(15) **p** ・pīfā 批發－ pífá 疲乏、皮筏

・pīnxiě 拼寫－ pínxiě、pínxuè 貧血

(16) **q** ・qiānlí 遷離－ qiānlǐ 千里－ qiánlì 潛力、前例

・qiāngbi 槍斃－ qiǎngbī 強逼－ qiángbì 牆壁

(17) **r** ・rényì 仁義－ rènyì 任意

・rǔzhū 乳豬－ rùzhǔ 入主－ rùzhù 入住

(18) **s** ・sīshì 私事－ sǐshī 死屍－ sìshí 四十

・súchēng 俗稱－ sùchéng 速成

(19) **sh** ・shīyuē 失約－ shíyuè 十月－ shìyuē 誓約

・shuǐjiǎor 水餃兒－ shuǐjiào 水窖－ shuìjiào 睡覺

(20) **t** ・tànqīn 探親－ tánqín 彈琴

・tōngjí 通緝－ tóngjí 同級－ tǒngjì 統計－ tòngjī 痛擊

(21) **w** ・wēixiǎn 危險－ wěixiàn 緯綫－ wéixiàn 違憲、為限

・wūzì 污漬－ wǔzī 舞姿－ wùzī 物資

(22) **x** ・xiányí 嫌疑－ xiányì 閒逸－ xiànyī 綫衣－ xiànyǐ 現已－ xiànyì 獻藝、現役

・xiāngqì 香氣－ xiǎngqǐ 想起－ xiǎngqì 響器－ xiàngqí 象棋

(23) **y** ・yālì 壓力－ yārlí 鴨梨－ yǎlì 雅麗

・yīnshī 陰濕－ yīnshí 殷實－ yínshī 吟詩－ yínshì 銀飾－ yǐnshí 飲食－ yǐnshì 隱士

(24) **z** ・zīzhù 資助－ zǐzhú 紫竹－ zìzhǔ 自主－ zìzhù 自助

・zǔzhī 組織－ zǔzhǐ 阻止－ zǔzhì 祖制

(25) **zh** · zhānshǒu 沾手－ zhǎnshǒu 斬首－ zhǎnshòu 展售

· zhīhuì 知會－ zhǐhuī 指揮－ zhìhuì 智慧

■ 聲母相混

(1) **p — b**

pàngzi 胖子－ bàngzi 棒子

pèidài 配戴－ bèidài 被袋

(2) **t — d**

tàdì 踏地－ dàdì 大地

tùzi 兔子－ dùzi 肚子

(3) **k — g**

kǔlì 苦力－ gǔlì 鼓勵

kuānxīn 寬心－ guānxīn 關心

(4) **k — f**

kùdàir 褲帶兒－ fùdài 附帶

kǔshìr 苦事兒－ fǔshì 俯視

(5) **h (u) — f — w**

hūnbiàn 婚變－ fēnbiàn 分辨

huāshēng 花生－ fāshēng 發聲

huāngtang 荒唐－ fāngtáng 方糖

huángzi 皇子－ wángzi 王子

kāihuì 開會－ kāiwèi 開胃

(6) **h — k**

hǎoshìr 好事兒－ kǎoshì 考試

huàile 壞了－ kuàilè 快樂

(7) **n — l**

nǎoliú 腦瘤－ lǎoniú 老牛

nánnǚ 男女－ lánlǚ 襤褸

niúnǎn 牛腩－ liúlǎn 瀏覽

(8) **j — z**

jījīn 基金－ zījīn 資金

jìshì 既是－ jìsì 祭祀

(9) **j — zh**

jízī 集資－ zhízī 直資

jiājiǎng 嘉獎－ jiāzhǎng 家長

(10) **q — ch**

báiqī 白漆－ báichī 白癡

qūxiàng 趨向－ chuīxiàng 吹向

(11) **q — c**

qídài 臍帶－ cídài 磁帶

wǔqì 武器－ wǔ cì 五次

(12) **x — s**

xīguā 西瓜－ sīguā 絲瓜

qìxī 氣息－ qìsè 氣色

(13) **x — sh**

shǒuxù 手續－ shǒushù 手術

fēnxī 分析－ jiěshì 解釋

(14) **z — zh**

zànshí 暫時－ zhǎnshì 展示

zēngzhí 增值－ zhēngzhí 爭執

(15) c — ch

cōngyǐng 聰穎－ chōngyíng 充盈

cūbù 粗布－ chūbù 初步

(16) s — sh

guāngsù 光速－ guāngshù 光束

sāshǒu 撒手－ shāshǒu 殺手

(17) r — y

ráoshù 饒恕－ yáoshù 搖樹

ràodào 繞道－ yàodào 要道

(18) n — ng；ng — n

chénmèn 沉悶－ chéngmèng 成夢

fānyìn 翻印 － fǎnyìng 反應 － fàng

yìng 放映

jiǎnhuà 簡化－ jiǎnghuà 講話

jīnyín 金銀－ jīngyíng 經營、晶瑩

qīnmín 親民－ qīngmíng 清明

shēnxīn 身心－ shēngxìng 生性

xīnxīng 新興－ xìnxīn 信心

xìngfú 幸福－ xìnfú 信服

píngmíng 平明－ pínmín 貧民

qíngjǐng 情景－ qínjǐn 勤謹

■ 韻母相混

(1) a — e

kǎdài 卡帶－ kědài 可待

tàbié 拓別－ tèbié 特別

(2) ai — uai

àiren 愛人－ wàirén 外人

àizī 艾滋－ wàizī 外資

(3) ao — ou

kǎoshì 考試－ kǒushì 口試

yǎorén 咬人－ yǒurén 友人

(4) ao — u

bǎosòng 保送－ bǔsòng 補送

táoshù 桃樹－ túshū 圖書

xiǎozǔ 小組－ xiǎozǎor 小棗兒

(5) iao — iu（you）

jiāojí 焦急－ jiūjí 糾集

yāodài 腰帶－ yōudài 優待

(6) iu — iao

diūdiào 丟掉－ diàodiao 調調

diūkè 丟課－ diāokè 雕刻

(7) iu — ou

hǎojiǔ 好酒－ hǎozǒu 好走

jiǔliú 九流、久留－ jiǔlóu 酒樓

(8) ui — uai

huìlù 賄賂－ wàilù 外露

shuǐjiǎo 水餃 － shuìjiào 睡覺 － shuāijiāo 摔跤

(9) an — en

bānbù 頒佈 － běnbù 本部

mǎnshang 滿上（斟滿酒）－ ménshang 門上

(10) an — ang

kāifàn 開飯 － kāifàng 開放

fānxīn 翻新 － fàngxīn 放心

zànsòng 讚頌 － zàngsòng 葬送

fánfù 繁複 － fǎngfú 彷彿

(11) ang — iang

jiāzhǎng 家長 － jiājiǎng 嘉獎

jīchǎng 機場 － jíxiáng 吉祥

(12) ang — uang

shāngrén 商人、傷人 － shuāngrén 雙人

zhàngdà 漲大 － zhuàngdà 壯大

(13) en — eng

chǎofěn 炒粉 － cháofěng 嘲諷

rěnrǎn 荏苒 － réngrán 仍然

zhōngshēn 終身 － zhōngshēng 終生、鐘聲

(14) in — en

dǎjīn 打金 － dǎzhēn 打針

xīnqíng 心情 － shēnqíng 深情

(15) ian — iang

fāyán 發炎 － fāyáng 發揚

jīnliànr 金鏈兒 － jìnliàng 盡量

qiángbì 錢幣 － qiángbì 牆壁

(16) in — ing

gāoxīn 高薪 － gāoxìng 高興

línxíng 臨行 － língxíng 菱形

jìnyān 禁煙 － jīngyàn 經驗

tànqīn 探親 － tánqín 彈琴 － tánqíng 談情

(17) ing — eng

qīngzhēn 清真 － qīngzhēng 清蒸

jīngxiū 精修 － zhēngshōu 徵收

(18) in — ün

cānjīn 餐巾 － cānjūn 參軍

xìnxī 信息 － xùnxī 訊息

■ 多項相混

(1) ēnhuì 恩惠 － yīn·wèi 因為

(2) ēncì 恩賜 － yīncǐ 因此

(3) Dùfǔ 杜甫 － dàofǔ 到府

(4) dùzi 肚子 － tùzi 兔子 － túzhǐ 圖紙

(5) fánzào 煩躁 － fǎngzào 倣造

(6) fànlàn 泛濫－ fànglàng 放浪

(7) gāngmén 肛門－ jiāngmén 江門

(8) hōngzhà 轟炸－ kōngxí 空襲

(9) huāshēng 花生－ fāshēng 發生、發聲

(10) huànxǐng 喚醒－ kuānxīn 寬心

(11) huāng·táng 荒唐 － fāngtáng 方糖

(12) huìsuǒ 會所－ wěisuǒ 猥瑣

(13) làngmàn 浪漫－ lànmàn 爛漫

(14) màomíng 冒名－ mùmíng 慕名

(15) miáotiao 苗條－ yǎotiǎo 窈窕

(16) nǎolì 腦力 － láolì 勞力 － nǔlì 努力－ núlì 奴隸

(17) qiūlíng 丘陵－ yōulíng 幽靈

(18) shēngyìng 生硬－ shēngyīn 聲音

(19) xīngjiàn 興建－ xìnjiàn 信件

(20) wánbì 完畢－ qiānbǐ 鉛筆

(21) yīndào 陰道－ Yìndù 印度

(22) zhàngǎng 站崗－ zhànjiāng 湛江

(23) zhī·dào 知道－ zhìdù 制度

(24) cánsī 蠶絲－ chǎnshì 闡釋

(25) cūbù 粗布－ chūbù 初步

(26) cūcāo 粗糙－ chūcāo 出操

(27) cúnzhé 存摺－ chuánzhī 船隻

(28) chángshì 嘗試－ xiángxì 詳細－ chángshí 常識

(29) chóngxīn 重新－ chóngshēn 重申

(30) chúchóng 除蟲－ suícóng 隨從

(31) dūcù 督促－ tūchū 突出

(32) fángzhǐ 防止－ fángzi 房子－ fánzhí 繁殖

(33) fūqī 夫妻－ hūxī 呼吸－ kūqì 哭泣

(34) fùxí 複習－ fùzá 複雜

(35) gōngjī 公鷄－ gōngzī 工資

(36) jīchǎng 機場－ jīcháng 雞場－ jíxiáng 吉祥

(37) jījí 積極 － zìjǐ 自己 － zhīchí 支持

(38) jīxù 積蓄－ jìxù 繼續

(39) jiājiǎng 嘉獎－ jiāzhǎng 家長

(40) jiānshāng 奸商 － jiāngshān 江山

(41) jiǎngxiàng 獎項 － zhǎngxiàng 長相

(42) jiàoshòu 教授－ zhāoshǒu 招手

(43) jiéjīng 結晶－ xiàngzhēng 象徵

(44) jiēqià 接洽－ jiéchá 截查

(45) jīngzhì 精緻 － jīngjì 經濟 － jīnzì 金字

(46) jūshù 拘束 － xùshù 敘述

(47) juéjiāo 絕交 － juézhāo 絕招

(48) mínsú 民俗 － mínzú 民族

(49) quèyuè 雀躍 － zhuóyuè 卓越

(50) sāshǒu 撒手 － shāshǒu 殺手

(51) sēnlín 森林 － shēnlín 身臨

(52) sǐshī 死屍 － shísì 十四

(53) sùlì 肅立 － shùlì 樹立

(54) shārén 殺人 － xiārénr 蝦仁兒

(55) shēnqíng 深情 － xīnqíng 心情

(56) shēnqǐng 申請 　xīnqǐng 新請

(57) shēnxīn 身心 － xīnshēng 新生

(58) tuīxiāo 推銷 － tuìshāo 退燒

(59) wūshī 巫師 － wúsī 無私

(60) xǐjiǎo 洗腳 － xǐzǎo 洗澡

(61) xǐshǒu 洗手 － sǐshǒu 死守

(62) xiácī 瑕疵 － xiāchī 瞎吃

(63) xiángxì 詳細 － chángshì 嘗試

(64) xīnzhī 新知 － shēnzī 身姿

(65) xīnzàng 心臟 － xīnzhuāng 新裝 － xíngzhuàng 形狀

(66) xùmù 序幕 － shùmù 樹木

(67) xūnrǎn 熏染 － xuànrǎn 渲染

(68) yúcìr 魚刺兒 － yúchì 魚翅

(69) zhīxī 知悉 － zhīshi 知識 － zīsè 姿色

(70) zhīzhū 蜘蛛 － zīzhù 資助 － zhīchū 支出

(71) zhuāncháng 專長 － zhuānqiáng 磚牆

(72) zīxún 諮詢 － zīxùn 資訊 － zìxìn 自信

(73) zīshì 姿勢、滋事 － zhìxī 窒息

(74) zīyuán 資源 － zhīyuán 支援

(75) zǐxì 仔細 － zhǐshì 指示、只是

(76) zìsī 自私 － zhìxī 窒息

(77) zìzuò 自做 － zhìzào 製造

(78) zōngsè 棕色 － zhōngshì 中式

(79) zǒngzhī 總之 － zhǒngzi 種子

(80) zǔzhī 組織 － zhǔzhī 主枝 － zhǔjī 主機

(81) zūnyán 尊嚴 － zuānyán 鑽研

(82) zuòzuo 做作 － zhuōzuò 拙作

三 普通話常用字詞讀音勘誤

本表收集的誤讀字和錯音，來自筆者在教學活動和日常交際中的耳聞目睹，主要是普通話學員常犯的錯誤；另外也有北方人，甚至是北方籍節目主持人和普通話老師的習慣錯讀（這些錯讀久而久之又影響了我們的普通話學員），值得大家留意。善用此表，多讀多記，就可事半功倍。

說明：表中較難理解的讀法，舉兩例，如："車馬費"和"車水馬龍"的"車"都唸chē；"削梨"和"削鉛筆"的"削"都唸xiāo。

字目(漢語拼音序)	正讀／同音字	錯讀／同音字
a		
1. 捱	ái 癌	āi 埃
2. 曖	ài 愛	ǎi 矮
3. 隘	ài 愛	yì 益
4. 胺	àn 案	ān 安
5. 昂	áng "唐"的韻母	āng 骯
6. 襖	ǎo 拗斷	ào 奧
b		
7. 拔	bá 跋	bó 駁
8. 爸	bà 霸	bā 巴
9. 傍	bàng 鎊	páng 旁
10. 剝香蕉	bāo 包	bō 波
11. 厚薄	báo 雹	bó 駁
12. 鮑	bào 爆	bāo 包
13. 抱	bào 爆	pǎo 跑
14. 背負、背黑鍋	bēi 悲	bèi 貝

字目(漢語拼音序)	正讀／同音字	錯讀／同音字
15. 北	běi 悲唸上聲	bēi 悲
16. 背包	bèi 貝	bēi 悲
17. 蓓	bèi 貝	péi 培
18. 倍	bèi 貝	péi 培唸上聲，pèi 佩
19. 備	bèi 貝	bì 避
20. 泵	bèng 蹦	bēng 崩
21. 鼻	bí 荸	bì 避
22. 筆	bǐ 比	bī 逼
23. 碧	bì 斃	bī 逼
24. 畢	bì 斃	bī 逼，bǐ 筆
25. 壁	bì 斃	bǐ 筆
26. 痺、裨益	bì 斃	bèi 被動
27. 婢	bì 斃	pí 皮，bèi 備
28. 庇	bì 斃	pì 屁
29. 秘魯	bì 斃	mì 密
30. 錶	biǎo 表	biāo 標
31. 編	biān 邊	piān 偏
32. 遍	biàn 變	piàn 騙
33. 辮	biàn 變	biān 邊
34. 別	bié 蹩	biè 彆
35. 儐	bīn 賓	bìn 鬢
36. 瀕	bīn 賓	pín 頻
37. 剝削	bō 波	bāo 包
38. 菠	bō 波	bó 帛
39. 撥	bō 波	bó 帛，bò 薄荷
40. 播、鉢	bō 波	bò 薄荷
41. 薄弱	bó 駁	báo 雹
42. 柏林	bó 駁	bǎi 百
43. 跛	bǒ 博唸上聲	bó 帛，bò 薄荷

字目（漢語拼音序）	正讀／同音字	錯讀／同音字
44. 不_去	bú 醭	bū 逋
45. 不_好	bù 步	bū 逋
46. 卜	bǔ 捕	bú 醭，bù 步
47. 哺	bǔ 捕	bù 步
48. 捕	bǔ 補	bù 步，pǔ 浦
49. 補	bǔ 補	bǎo 保
50. _大埔	bù 步	bǔ 補
51. 部、步	bù 步	bào 報
52. 埠	bù 部	fòu 否_{唸去聲}

c

字目（漢語拼音序）	正讀／同音字	錯讀／同音字
53. 糙	cāo 操	cào 操_{唸去聲}，zào 造
54. 策	cè 冊	cà 擦_{唸去聲}
55. 疵	cī 參差	cí 詞，qī 七
56. 雌	cí 詞	cī 疵
57. 從_容	cóng 叢	cōng 蔥
58. 粗	cū 醋_{唸陰平}	cāo 操
59. 篡	cuàn 竄	sàn 散_步
60. 璀	cuǐ 崔_{唸上聲}	cuī 崔
61. 悴	cuì 翠	suì 碎
62. 痤	cuó 嵯	cuò 挫
63. 挫	cuò 錯	cuō 搓

ch

字目（漢語拼音序）	正讀／同音字	錯讀／同音字
64. 剎_那、_什剎_海	chà 詫_異	shà 霎
65. 腸	cháng 常	qiáng 牆
66. 長_短、_{白幹一}場	cháng 常	chǎng 廠
67. 場_地	chǎng 廠	cháng 常
68. 昶	chǎng 廠	yǒng 永

字目（漢語拼音序）	正讀／同音字	錯讀／同音字
69. 倡議	chàng 唱	chāng 昌
70. 嘲諷	cháofěng 潮哄	zhāofèng 招鳳
71. 車馬費、車水馬龍	chē 唓	jū 居
72. 掣	chè 撤	jì 際
73. 琛	chēn 抻	shēn 深
74. 橙	chéng 呈	chǎng 廠、chén 陳
75. 懲	chéng 呈	chěng 逞
76. 乘車、乘務員	chéng 呈	chèng 秤
77. 盛飯	chéng 呈	shèng 剩
78. 吃	chī 癡	qī 漆
79. 池、遲、持	chí 馳	qí 臍
80. 豉	chǐ 恥	shì 是、si 寺
81. 叱吒	chìzhà 斥詐	qīqiā 妻掐，qīchā 妻插
82. 衝勁兒、衝我笑	chòng 銃	chōng 充
83. 除	chú 廚	qú 渠
84. 處理、相處	chǔ 楚	chù 觸
85. 觸	chù 畫	zhū 朱，zhù 祝，chǔ 儲
86. 雛	chú 除	chuō 戳，chū 初
87. 褚	chǔ 儲	zhě 者，zhǔ 煮
88. 床	chuáng 幢	cháng 腸
89. 揣摩	chuǎi 搋唸上聲	chuǎn 喘

d

90. 答應	dā 搭	dá 沓
91. 回答、達	dá 沓	dà 大小
92. 一打	dá 沓	dā 搭
93. 蛋	dàn 旦	dǎn 膽
94. 空當兒	dāng 噹	dàng 檔
95. 檔	dàng 當舖	dǎng 黨

字目(漢語拼音序)	正讀／同音字	錯讀／同音字
96. 呆板	dāi 待會兒	ái 皚
97. 逮蟲子、把他逮住	dǎi 歹	dēi 得唸陰平，děi 得㘉
98. 逮捕	dài 帶	děi 得㘉
99. 刀	dāo 叨	dōu 都是
100. 導、蹈	dǎo 島	dào 盜
101. 悼	dào 盜	dǎo 島
102. 得到	dédào 德道	dēdào 德唸陰平島
103. 慢慢地	de 得唸輕聲	dì 第
104. 滴眼藥、水滴	dī 低	dí 滌，dì 地方
105. 堤、提防	dī 低	tí 啼
106. 迪、敵人	dí 滌	dì 帝
107. 刁、雕、貂	diāo 叼	diū 丟
108. 掉	diào 吊	diù 丟唸去聲
109. 調查	diào 吊	tiáo 條
110. 跌	diē 爹	dié 蝶，diè 蝶唸去聲
111. 釘（動詞）	dìng 定	dīng 丁
112. 丟	diū 德優反切	diāo 刁
113. 都來了	dū 嘟	dāo 刀
114. 督	dū 嘟	dú 毒
115. 讀書、獨	dú 毒	dù 杜
116. 堵、賭、睹	dǔ 篤	dǎo 島
117. 限度、杜	dù 杜	dào 盜
118. 肚子疼	dù 杜	tǔ 土，tǎo 討
119. 隊	duì 對	duǐ 對唸上聲
120. 奪	duó 鐸	duò 剁
121. 舵	duò 墮	tuó 駝

e

122. 額	é 俄	á 啊唸陽平，yá 牙

·272·

字目(漢語拼音序)	正讀／同音字	錯讀／同音字
123. 而且	érqiě 兒竊唸上聲	ěrqiě 耳竊

f

124. 發	fā 髮唸陰平	fà 砝，fà 髮
125. 乏	fá 罰	fà 髮，fó 佛
126. 法	fà 砝	fà 髮
127. 砝	fà 髮	fà 砝
128. 帆、藩	fān 翻	fán 凡
129. 梵	fán 凡	fàn 範
130. 反而	fǎn'ér 返兒	fán'ěr 凡耳
131. 反倒	fǎndào 返盜	fándǎo 凡島
132. 反映	fǎnyìng 返硬	fányǐng 凡影
133. 坊（街名用）	fāng 方	fáng 房
134. 作坊、肪	fáng 房	fāng 方
135. 緋聞	fēi 非	fěi 匪
136. 奮、憤	fèn 份	fěn 粉
137. 諷	fèng 唪	fèng 鳳
138. 俸	fèng 奉	fěng 諷
139. 孚	fú 俘	fū 敷
140. 福、輻	fú 扶	fǔ 府
141. 腐、輔	fǔ 府	fù 付
142. 複雜、腹、覆、阜	fù 付	fǔ 府
143. 縛	fù 付	bó 駁，輔
144. 婦	fù 付	fú 符，fǔ 輔

g

145. 咖喱	gālí 旮離	gàlī 尬哩哩啦啦
146. 概、溉	gài 蓋	kài 愾
147. 尷尬	gān 干	gàn 幹

字目（漢語拼音序）	正讀／同音字	錯讀／同音字
148. 桿	gǎn 趕	gān 干
149. 鋼鐵	gāng 剛	gàng 槓
150. 崗位	gǎng 港	gāng 剛
151. 槓	gàng 港哈去聲	gòng 共
152. 割	gē 哥	gé 革，gè 屹
153. 戈	gē 哥	gě 舸
154. 隔、格	gé 革	gá 噶
155. 根	gēn 跟	jīn 斤
156. 肱	gōng 工	hóng 宏
157. 觥	gōng 工	guāng 光
158. 供職、供認、作供	gòng 共	gōng 公
159. 佝僂	gōulóu 鈎樓	jūlóu 駒寠
160. 勾當	gòu 購	gōu 鈎
161. 夠	gòu 購	jiù 救
162. 估計	gū 姑	gǔ 古
163. 冠心病、冠狀病毒	guān 官	guàn 灌
164. 獷	guǎng 廣	kuàng 礦
165. 規	guī 歸	kuī 虧
166. 劊、劌	guì 貴	kuài 快，kuì 潰敗
167. 鍋	guō 郭	wō 窩
168. 郭	guō 鍋	guó 國
169. 國	guó 幗	guǒ 果

h

170. 哈達、哈佛	hǎ 哈哈上聲	hā 哈哈哈笑
171. 駭	hài 害	xiě 寫，xiè 蟹，hái 孩
172. 罕	hǎn 喊	hán 含，hàn 漢
173. 喊	hǎn 罕	hàn 漢
174. 郝	hǎo 好壞	kuò 廓

·274·

字目(漢語拼音序)	正讀／同音字	錯讀／同音字
175. 涸	hé 禾	kè 克
176. 鶴	hè 褐	hé 河
177. 赫	hè 褐	hé 河，hè 鶴
178. 恐嚇	hè 褐	hé 河，xià 下
179. 負荷、荷槍實彈	hè 褐	hé 河
180. 橫貫	héng 衡	王 wáng
181. 橫財、橫禍	hèng 衡唸去聲	王 wáng、héng 衡
182. 吼	hóu 喉唸上聲	hōu 齁，hāo 蒿
183. 厚	hòu 後	hǒu 吼
184. 呼	hū 乎	fū 夫
185. 乎	hū 呼	hú 胡，fú 符
186. 糊弄、芝麻糊	hù 戶	hú 胡
187. 喧嘩	huá 華語	huā 花，wā 哇
188. 划船	huá 華語	wā 哇
189. 滑、划不來	huá 華語	huà 化學
190. 樺	huà 話	huá 華語
191. 緩	huǎn 環唸上聲	huàn 換，yuán 援
192. 鯇	huàn 換	wǎn 皖
193. 幻	huàn 換	wàn 萬
194. 肓	huāng 荒	máng 盲
195. 謊	huǎng 恍	huāng 荒，fāng 方
196. 踝	huái 懷	luǒ 裸，guǒ 果
197. 毀	huǐ 悔	wěi 偉
198. 悔	huǐ 毀	huì 會議
199. 誨、晦	huì 繪	huǐ 毀
200. 賄	huì 繪	kuì 饋，huǐ 毀
201. 秦檜、潰膿	huì 繪	kuì 饋
202. 惠	huì 慧	wèi 位
203. 會兒	huì 繪	huǐ 毀

字目（漢語拼音序）	正讀／同音字	錯讀／同音字
204. 昏、婚	hūn 葷	fēn 分
205. 混亂	hùn 諢	hǔn 魂唸上聲，hún 魂
206. 活	huó 獲唸陽平	huò 獲
207. 獲、或、惑	huò 禍	huó 活，huà 劃
208. 暖和、攪和、熱和	huo 火唸輕聲	hé 禾，huò禍

j

209. 擊、緝私	jī 激	jí 極
210. 積	jī 唧	jì 跡
211. 畸	jī 基	qī 欺，jí 奇，jí 極
212. 汲、吉，急、輯	jí 及	jī 機
213. 疾、即、棘	jí 極	jì 跡
214. 集	jí 極	zá 砸
215. 給養、供給、目不暇給	jǐ 幾	gěi 哥匪反切
216. 濟南、濟濟一堂	jǐ 幾	jì 劑
217. 擠	jǐ 幾	jī 雞
218. 劑	jì 經濟	jī 雞
219. 績、跡	jì 稷	jī 雞
220. 寂、鯽	jì 稷	jí 極
221. 紀律、紀錄、年紀	jì 稷	jǐ 己
222. 解鈴還需繫鈴人	jì 稷	xì 系
223. 夾子	jiā 家	jiē 街，jiá 頰，jià 架
224. 佳	jiā 家	jiē 街
225. 艱、奸	jiān 堅	gān 甘
226. 瞼	jiǎn 檢	lián 廉，liǎn 臉
227. 儉	jiǎn 檢	jiàn 劍
228. 件	jiàn 箭	jiǎn 撿
229. 間斷、反間計、太監	jiàn 箭	jiān 奸
230. 艦	jiàn 箭	làn 濫

字目(漢語拼音序)	正讀／同音字	錯讀／同音字
231. 僭	jiàn 箭	qiàn 欠，qiǎn 淺
232. 踐	jiàn 箭	qiǎn 淺
233. 漿糊	jiàng 將領	jiāng 將來
234. 咬文嚼字、嚼口香糖	jiáo 餃唸陽平	jiǎo 餃，jué 決
235. 僥幸	jiǎo 狡	jiāo 嚞，xiāo 澆
236. 餃	jiǎo 狡	jiáo 嚼碎
237. 教學	jiào 窖	jiāo 膠
238. 酵	jiào 窖	hāo 蒿，xiào 笑
239. 較	jiào 窖	jiǎo 攪
240. 轎	jiào 窖	qiáo 橋
241. 階	jiē 街	gāi 該，jiā 佳，jié 捷
242. 接	jiē 街	jié 劫，jiè 借
243. 結實	jiē 街	jié 劫
244. 節日	jié 傑	jiě 姐，jiè 借
245. 斤	jīn 巾	gēn 根
246. 儘、儘管	jǐn 緊	jìn 盡
247. 勁頭兒	jìn 近	jìng 鏡
248. 痙攣	jìngluán 競攣	jīngluǎn 精卵
249. 鯨	jīng 京	qíng 擎
250. 莖	jīng 京	jìng 鏡
251. 竟、境	jìng 鏡	jīng 井
252. 糾、赳	jiū 揪	jiǔ 酒，gōu 狗，dōu 斗
253. 究	jiū 揪	jiù 救
254. 久	jiǔ 九	gǒu 狗
255. 灸	jiǔ 九	jiū 糾，jiù 救
256. 疚	jiù 咎	jiū 糾
257. 拮据	jū 居	jù 據
258. 鞠	jū 居	jú 局
259. 菊	jú 局	jū 鞠
260. 拒、距	jù 巨	jǔ 舉

字目（漢語拼音序）	正讀／同音字	錯讀／同音字
261. 試卷	juàn 絹	juǎn 捲
262. 咀嚼	jué 絕	jiáo 餃唸陽平
263. 角色、覺得	jué 絕	juě 絕唸上聲，jiǎo 手腳
264. 細菌	jūn 君	jǔn 君唸上聲

k

265. 咖啡	kā 喀	jiā 家，gā 呇
266. 卡	kǎ 喀血	kā 咖啡，kè 可
267. 喀血	kǎ 卡	luò 洛，lào 酪
268. 楷	kǎi 凱	jiē 皆，gāi 該
269. 慨	kǎi 凱	kài 愾
270. 刊	kān 勘	kǎn 砍
271. 門檻	kǎn 砍	lǎn 攬，làn 濫
272. 瞰、另眼相看	kàn 瞰	kān 勘
273. 慷	kāng 康	káng 扛槍
274. 炕	kàng 抗	kēng 坑，kāng 康
275. 烤、拷	kǎo 考	kāo 尻
276. 貝殼兒、雞蛋殼兒	ké 咳	qiào 俏
277. 渴	kě 可	ké 咳，kè 恪
278. 坑	kēng 吭	kāng 康
279. 顆	kē 科	luǒ 裸，kě 可
280. 坎坷	kě 可	kē 柯
281. 克	kè 課	kē 柯
282. 劊、獪	kuài 快	kuì 饋，huì 繪
283. 魁	kuí 葵	kuī 虧
284. 傀儡	kuǐlěi 跬壘	kuàilěi 快類
285. 愧	kuì 饋	kuǐ 傀
286. 空當兒	kòng 控	kōng 箜
287. 垮	kuǎ 誇唸上聲	kuā 誇

字目（漢語拼音序）	正讀／同音字	錯讀／同音字
288. 跨	kuà 誇_{唸去聲}	kuā 誇
289. 框、眶	kuàng 況	kuāng 匡，kāng 康
290. _崩潰	kuì 饋	kuǐ 傀，huì 繪
291. 捆	kǔn 悃	kùn 困
292. 闊	kuò 廓	fó 佛，kuó 廓_{唸陽平}
293. 括	kuò 廓	kuó 廓_{唸陽平}，guà 掛
l		
294. 垃圾	lājī 拉_{唸陰平}基	làsà 蠟薩，làjí 蠟及
295. 喇叭	lǎba 拉_{唸上聲}巴_{唸輕聲}	lābā 拉_{唸陰平}巴
296. 纜、欖	lǎn 覽	làn 爛
297. 睞	lài 賴	lái 來
298. 撈	lāo 勞_{唸陰平}	láo 勞
299. 勒索	lèsuǒ 仂所	làsuǒ 辣所_{唸去聲}
300. 勒_緊、勒_{脖子}	lēi 雷_{唸陰平}	lè 簕，là 辣
301. 蕾	lěi 磊	léi 雷
302. _連累	lěi 磊	lèi 類
303. 擂_台、打擂	lèi 累	léi 雷，lēi 雷_{唸陰平}
304. 喱	lí 釐	lī 哩_{哩哩啦啦}
305. 鸝	lí 釐	lì 麗
306. 立	lì 粒	là 蠟
307. 隸	lì 粒	dì 娣
308. _{我們}倆、_{父子}倆	liǎ 拉雅_{反切}	liǎng 兩
309. 臉	liǎn 斂	liàn 殮
310. 殮	liàn 鏈	liǎn 臉
311. 戀	liàn 鏈	liǎn 臉，luàn 亂
312. 輛	liàng 亮	liáng 良
313. 瞭_望、鐐	liào 廖	liáo 遼
314. 淋_病	lìn 吝	lín 林

字目（漢語拼音序）	正讀／同音字	錯讀／同音字
315. 賃	lìn 藺	rèn 任，yìn 印
316. 瓴	líng 零	lǐng 領
317. 溜冰	liū 熘	liú 留
318. 蒸餾水	liú 留	liù 遛
319. 一溜煙	liù 遛	liū 熘，liú 留
320. 六	liù 遛	liū 熘，liào 廖
321. 籠罩	lǒng 壟	lóng 龍
322. 露面兒、露馬腳	lòu 漏	lù 路
323. 暴露、揭露	lù 路	lòu 漏
324. 綠林、鴨綠江	lù 路	lù 慮
325. 錄	lù 祿	lú 蘆，lū 嚕
326. 掄拳	lūn 倫唸陰平	lún 倫
327. 論語	lún 倫	lùn 論調
328. 櫚	lǘ 驢	lǚ 呂
329. 縷	lǚ 屢	lǒu 簍，liǔ 柳
330. 綠色	lǜ 慮	lù 路
331. 卵	luǎn 亂唸上聲	lūn 倫唸上聲

m

332. 嗎啡	mǎ 馬	mā 媽
333. 瞞	mán 蠻	mǎn 滿，mèn 門唸上聲
334. 滿	mǎn 瞞唸上聲	mèn 門唸上聲
335. 鰻、饅	mán 蠻	màn 曼
336. 杧	máng 忙	māng 牤
337. 髦	máo 茅	māo 貓
338. 毛	máo 茅	móu 謀，mú 氁
339. 帽	mào 冒	mǎo 卯
340. 茂	mào 貿	mòu 謀唸去聲
341. 媚	mèi 寐	méi 眉

| --- | --- | --- |
342. 悶熱	mēn 門哈陰平	mèn 燜
343. 矇人	mēng 蒙哈陰平	méng 盟
344. 檬	méng 朦	mēng 矇
345. 一百米	mǐ 弭	mī 咪
346. 分泌、便秘	mì 密	bì 避,bèi 備
347. 勉強	miánqiǎng 棉搶	miǎnqiáng 免牆
348. 謬、紕繆	miù 摸誘反切	niù 執拗,móu 謀,mào 貿
349. 摸	mō 摹哈陰平	mŏ 抹殺
350. 模糊、摩、魔	mó 膜	mō 摸
351. 模型、模式	mó 膜	máo 毛,mú 毪
352. 抹煞	mŏ 膜哈上聲	mò 漠
353. 驀	mò 漠	mù 暮
354. 牟利	móu 謀	máo 毛,mú 毪
355. 模樣、一模一樣	mú 毪	mó 魔,máo 毛,móu 謀
356. 畝	mŭ 拇	mŏu 某
357. 母、牡	mŭ 拇	mǎo 卯
358. 慕	mù 墓	mào 冒
359. 幕	mù 墓	mò 漠
360. 目的	mùdì 木地	múdī 毪滴
n		
361. 哪裏	náli 拿里哈輕聲	nǎlǐ 拿哈上聲哩哈陰平
362. 娜（人名用）	nà 納	ná 拿,nuó 挪
363. 那麼	nà 納	nǎ 哪
364. 耐	nài 奈	nèi 內
365. 蝻	nǎn 蝻	nán 南
366. 刁難	nàn 南哈去聲	nán 南
367. 腦、惱、瑙	nǎo 那襖反切	nòu 那偶反切

字目（漢語拼音序）	正讀／同音字	錯讀／同音字
368. 內	nèi 餒_{唸去聲}	nài 耐
369. 妮	nī 尼_{唸陰平}	ní 尼
370. 匿	nì 溺_愛	ní 尼
371. 逆	nì 溺_愛	yì 易
372. 您	nín 訥銀_{反切}	nǐn 訥引_{反切}
373. 釀	niàng 娘_{唸去聲}	yàng 樣，ràng 讓
374. 捏	niē 涅_{唸陰平}	niè 涅
375. 寧_願、_姓寧、濘	nìng 佞	níng 檸
376. 奴	nú 孥	náo 呶
377. 努、弩	nǔ 奴_{唸陽平}	nǎo 腦
378. 妞	niū 扭_{唸陰平}	niǔ 扭

o

379. 噢	ō 哦_{唸陰平}	ōu 歐
380. 嘔	ǒu 藕	ōu 歐
381. 偶爾	ǒu'ěr 藕耳	ǒu'ér 藕而

p

382. 葩	pā 趴	bā 芭
383. 拍	pāi 排_{唸陰平}	pā 啪
384. 蟠	pán 盤	pān 潘
385. 心廣體胖	pán 盤	pàng 肥胖
386. 泮	pàn 畔	bàn 半
387. 滂	pāng 乓	páng 旁
388. 呸	pēi 呸	pī 丕
389. 胚	pēi 胚	pī 丕
390. 噴_嚏、香噴噴	pēn 盆_{唸陰平}	pèn 盆_{唸去聲}
391. 抨	pēng 烹	píng 平
392. 捧場	pěngchǎng 朋廠	pěngcháng 朋_{唸上聲}嘗
393. 丕、坯	pī 批	pēi 胚

·282·

字目（漢語拼音序）	正讀／同音字	錯讀／同音字
394. 匹	pǐ 痞	pī 砒
395. 啤	pí 皮	bī 逼
396. 痞	pǐ 仳	pí 皮
397. 影片	piānr 偏兒，piàn 騙	piǎn 諞
398. 名片	piàn 騙	piǎn 諞
399. 剽	piāo 飄	piáo 嫖，piǎo 瞟
400. 漂白	piǎo 瞟	piào 票
401. 姓朴	piáo 瓢	pō 頗，pò 破，pǔ 樸
402. 坡	pō 陂	bō 波
403. 湖泊	pō 陂	bó 薄弱
404. 頗	pō 陂	pǒ 叵
405. 剖	pōu 抔哈陰平	fǒu 否
406. 撲	pū 仆	pō 坡
407. 胸脯	pú 葡	pǔ 普，fǔ 府
q		
408. 棲	qī 淒	xī 西
409. 期	qī 欺	qí 奇
410. 崎	qí 奇	qī 淒
411. 乞	qǐ 起	qī 欺
412. 綺、杞	qǐ 起	qí 奇
413. 企	qǐ 起	qì 氣
414. 葺	qì 泣	qī 七
415. 洽、恰	qià 髂	hè 賀，qiā 掐
416. 鉛筆	qiān 千	yuán 原
417. 錢、潛、虔	qián 前	qiǎn 淺
418. 鎗水	qiāng 槍	qiáng 牆
419. 強迫、勉強、 強人所難	qiǎng 搶	qiáng 牆
420. 悄悄	qiāoqiāo 敲敲	qiàoqiào 撬撬

字目（漢語拼音序）	正讀／同音字	錯讀／同音字
421. 地殼、金蟬脫殼殼	qiào 俏	kér 咳兒、ké 咳
422. 侵	qīn 親近	qīn 寢
423. 傾	qīng 卿	qīng 頃
424. 邱	qiū 秋	yōu 優
425. 囚	qiú 球	chóu 綢，qiǔ 球唸上聲
426. 屈	qū 驅	qǔ 取
427. 祛	qū 驅	qù 去
428. 齲	qǔ 取	yǔ 禹
429. 入場券	quàn 勸	juàn 絹
430. 缺	quē 炔	qué 瘸，què 卻

r

字目（漢語拼音序）	正讀／同音字	錯讀／同音字
431. 然	rán 燃	yán 言
432. 染	rǎn 冉	yǎn 眼
433. 嚷嚷	rāngrang 瓤唸陰平攘唸輕聲	rángrang 瓤攘唸輕聲
434. 叫嚷	rǎng 攘	ràng 讓，yàng 樣
435. 饒、嬈	ráo 擾唸陽平	yáo 搖
436. 繞	rào 擾唸去聲	ráo 嬈，rǎo 擾
437. 惹	rě 熱唸上聲	yě 野
438. 姓任	rén 人	rèn 韌
439. 妊	rèn 飪	rén 人
440. 刃、靭	rèn 飪	yìn 印
441. 仍	réng 扔唸陽平	rēng 扔
442. 容	róng 融	yóng 湧唸陽平
443. 辱	rǔ 乳	rù 入，yù 玉
444. 入	rù 如唸去聲	yù 玉
445. 軟	ruǎn 阮	yuǎn 遠
446. 瑞	ruì 銳	suì 碎

字目(漢語拼音序)	正讀／同音字	錯讀／同音字
s		
447. 傘	sǎn 散_文	sàn 散_步
448. 嗓	sǎng 搡	sāng 桑
449. 騷	sāo 搔	sōu 艘
450. 塞_住、塞_車	sāi 腮	sēi 斯誒_{反切}，sè 嗇
451. _阻塞、_堵塞	sè 嗇	sāi 腮
452. _夜色、_彩色	sè 嗇	xī 息，shǎir 篩_{唸上聲}
453. _套色_兒	shāi 篩_{唸上聲}	xī 息，sè 嗇
454. 死	sǐ 斯_{唸上聲}	xǐ 洗
455. _相似	sì 四	cǐ 此，shì 是
456. 松	sōng 鬆	cóng 從
457. 搜	sōu 嗖	sǒu 叟
458. 艘	sōu 嗖	sǒu 叟，sāo 騷
459. 俗	sú 蘇_{唸陽平}	zú 族
460. 塑	sù 溯	suò 嗦_{唸去聲}，sòu 嗽
461. 綏	suí 隨	suī 雖
462. _{半身不}遂	suí 隨	suì 歲
463. 筍、損	sǔn 隼	xǔn 旬_{唸上聲}
464. 索	suǒ 鎖	suò 嗦_{唸去聲}
465. 所以	suǒyǐ 鎖_{唸陽平}已	suǒyì 鎖_{唸上聲}意
sh		
466. 傻	shǎ 啥_{唸上聲}	shá 啥
467. _{退（褪）}色、色_子、色_酒	shǎi 篩_{唸上聲}	sè 嗇
468. 上班	shàng 尚	shǎng 賞
469. 燒	shāo 捎	xiāo 銷
470. 稍_微	shāo 捎	shǎo 少_量
471. 勺、芍	sháo 韶	chuò 婥
472. 奢	shē 佘	chē 車_輻，xiē 些

字目（漢語拼音序）	正讀／同音字	錯讀／同音字
473. 賒	shē 佘	xiē 些
474. 猞	shē 佘	shè 赦
475. 繩子折了、骨頭折了	shé 蛇	zhé 哲
476. 社	shè 射	shě 捨、xiè 謝
477. 攝、涉	shè 射	xiè 謝
478. 娠	shēn 身	shén 神，chén 辰
479. 蜃	shèn 腎	shén 神
480. 繩	shéng 聲唸陽平	shěng 省錢
481. 室、市	shì 是、柿	shǐ 史
482. ……似的	shì 是	shǐ 始，cǐ 此
483. 柿	shì 是	cǐ 此，chǐ 齒
484. 手錶	shóubiǎo 熟表	shǒubiāo 首標
485. 淑、殊	shū 書	shú 熟
486. 贖	shú 熟	zhú 逐
487. 術	shù 述	shú 熟
488. 墅	shù 述	shǔ 薯，xù 絮
489. 衰	shuāi 摔	suī 雖，shuī 水唸陰平
490. 帥	shuài 蟀	shuì 睡
491. 涮	shuàn 拴唸去聲	sàn 散步
492. 說服	shuō 朔唸陰平	shuì 睡
493. 爍	shuò 朔	shuó 朔唸陽平，lì 礫
494. 塑	sù 素	suò 索唸去聲
495. 酸	suān 痠	xūn 熏
496. 雖	suī 荽	xū 需
497. 隨、隋	suí 綏	chú 除
498. 孫	sūn 猻	suān 酸
499. 損	sǔn 筍	xuǎn 選
500. 索	suǒ 所	suò 所唸去聲

字目（漢語拼音序）	正讀／同音字	錯讀／同音字
t		
501. 踏實	tāshi 他實_{唸輕聲}	dáshí 達實
502. 塔	tǎ 獺	tà 榻
503. 獺	tǎ 塔	lài 賴
504. 舌苔	tāi 胎	tái 台
505. 癱	tān 灘	tǎn 坦
506. 裼	tǎng 躺	táng 唐
507. 濤、掏_{腰包}	tāo 熹	táo 陶
508. 桃	táo 逃	tú 徒
509. 逃	táo 陶	tóu 頭
510. 特	tè 忑	té 忑_{唸陽平}
511. 汀	tīng 聽	dīng 叮
512. 踢	tī 梯	tiē 貼
513. 剔	tī 梯	tì 替
514. 鐵、請帖	tiě 貼_{唸上聲}	tiè 饕
515. 字帖	tiè 饕	tiē 貼，tiě 鐵
516. 筒	tǒng 統	tóng 同
517. 突、凸	tū 禿	tú 圖、tè 特、dù 杜
518. 圖	tú 徒	táo 逃
519. 土	tǔ 吐_痰	tǎo 討
520. 吐_痰	tǔ 土	tù 兔、tǎo 討
521. 屯	tún 臀	tuán 團
522. 托	tuō 拖	tuò 拓
523. 湍	tuān 團_{唸陰平}	chuān 喘，tuǎn 團_{唸上聲}
w		
524. 挖	wā 蛙	wà 襪
525. 娃	wá 蛙_{唸陽平}	wā 蛙
526. 襪	wà 蛙_{唸去聲}	mà 罵

字目（漢語拼音序）	正讀 / 同音字	錯讀 / 同音字
527. 蜿	wān 彎	wǎn 碗
528. 玩	wán 頑	wǎn 晚
529. 完、丸	wán 頑	wǎn 晚，yuán 原
530. 婉	wǎn 碗	yuán 元，yuǎn 遠
531. 腕	wàn 萬	wǎn 碗、yuán 遠
532. 往東走、往後	wǎng 枉	wàng 妄
533. 忘	wàng 旺	wáng 亡
534. 微、危、巍	wēi 薇	wéi 違
535. 味	wèi 未	mèi 媚
536. 蚊	wén 雯	wēn 溫
537. 文過飾非、汶	wèn 問	wén 雯
538. 蕹	wèng 甕	yòng 用
539. 斡	wò 渥	wà 襪，huá 滑
540. 握、沃	wò 渥	wō 窩
541. 臥	wò 渥	è 餓
542. 巫、誣	wū 污	wú 無
543. 無	wú 吳	mú 毬
544. 蕪	wú 吳	máo 毛
545. 毋	wú 吳	wǔ 武
546. 塢	wù 厭惡	wū 烏
547. 勿	wù 物	wú 無，mù 目
X		
548. 悉	xī 析	xi 熄，xì 隙
549. 奚	xī 析	hái 孩，xí 席
550. 夕	xī 析	xí 席，jí 極
551. 熄	xí 席	xī 息
552. 襲	xí 席	xī 息，zá 砸
553. 習	xí 熄	zá 砸
554. 禧	xǐ 喜	xī 嘻

555. 隙	xì 系	xī 息
556. 瞎	xiā 魚蝦	xiá 轄，hé 闔
557. 硤	xiá 狹	jiá 莢
558. 峽	xiá 狹	hé 合作
559. 嚇壞了	xià 下	hà 哈唸去聲，hè 褐
560. 纖	xiān 先	qiān 千
561. 暹	xiān 先	qiàn 塹
562. 閒、銜、咸	xián 嫌	hán 韓
563. 癇	xián 嫌	jiān 時間
564. 賢	xián 嫌	yán 言
565. 詳	xiáng 祥	qiáng 牆
566. 想法	xiǎngfǎ 祥砝	xiāngfǎ 響罰
567. 嚮	xiàng 向	xiāng 響
568. 削梨、削鉛筆	xiāo 消	xuē 靴，xuě 諝
569. 嘯	xiào 笑	xiāo 銷
570. 生肖	xiào 笑	xiāo 銷，qiào 俏
571. 歇，蠍	xiē 些	xié 協，xiè 謝
572. 諧	xié 鞋	hái 孩
573. 流血	xiè 寫	xuě 雪，xuè 諝
574. 械	xiè 謝	jiè 借
575. 蟹、邂逅	xiè 謝	xiě 寫字
576. 渾身解數	xiè 謝	jiě 姐
577. 興奮	xīng 星	xìng 性
578. 品行	xíng 刑	xìng 性
579. 形	xíng 刑	yíng 迎
580. 朽	xiǔ 星宿	nǎo 腦
581. 秀	xiù 綉	shòu 獸
582. 徐	xú 許唸陽平	chú 除
583. 序	xù 敍	jù 聚

字目（漢語拼音序）	正讀／同音字	錯讀／同音字
584. 宣	xuān 喧	xūn 勛
585. 軒	xuān 喧	qiān 千，xiān 先，xūn 勛
586. 玄	xuán 懸	yuán 原
587. 旋風	xuàn 渲	xuán 漩
588. 絢	xuàn 渲	xùn 遜
589. 薛	xuē 靴	xiè 謝
590. 剷削	xuē 靴	xuè 謔，xiāo 消
591. 穴	xué 學	xuè 謔
592. 血肉	xuè 謔	xiě 寫，xuě 雪
593. 勛	xūn 醺	fēn 分
594. 旬	xún 循	chún 純，sún 筍嗑陽平
595. 荀	xún 循	xūn 薰，sūn 孫
596. 詢	xún 循	xùn 殉，sùn 筍嗑去聲
597. 遜	xùn 殉	sùn 筍嗑去聲
598. 馴	xùn 殉	xún 循
y		
599. 鴨	yā 押	yā 鴉，yá 牙
600. 亞、訝	yà 迓	yǎ 雅
601. 研	yán 言	yān 煙
602. 衍	yǎn 演	yán 言
603. 妖	yāo 夭	yáo 姚，yōu 優
604. 窈、杳	yǎo 咬	miǎo 秒
605. 鷂	yào 耀	yǎo 咬
606. 耶穌、椰	yē 掖	yé 爺
607. 也	yě 野	yǎ 雅
608. 姨	yí 移	yī 醫
609. 宜	yí 移	yì 異
610. 咦	yí 移	yǐ 已
611. 遺	yí 移	wéi 圍

字目(漢語拼音序)	正讀／同音字	錯讀／同音字
612. 乙	yǐ 以	yì 易，yǔ 宇
613. 益、憶、抑	yì 異	yī 一
614. 誼	yì 異	yí 宜
615. 裔	yì 異	ruì 銳
616. 曾蔭權	yìn 印	yīn 陰
617. 應屆、一應俱全、沒人應	yīng 英	yìng 映
618. 穎、潁	yǐng 影	yìng 映，yǒng 泳
619. 應用、應承	yìng 映	yīng 英
620. 映	yìng 應用	yǐng 影
621. 硬	yìng 映	yàn 彥
622. 擁、庸、傭	yōng 雍	yǒng 勇
623. 詠、泳	yǒng 勇	yòng 用
624. 佣	yòng 用	yóng 顒，yǒng 勇
625. 悠	yōu 憂	yóu 由
626. 釉、柚子	yòu 右	yóu 由
627. 誘	yòu 右	yǒu 友
628. 淤、瘀	yū 迂	yú 魚
629. 于、於是	yú 餘	yū 迂
630. 魚	yú 餘	yǔ 羽
631. 隅	yú 餘	yǔ 羽，ǒu 藕
632. 娛、愉	yú 餘	yù 遇
633. 雨傘	yǔsǎn 餘散文	yǔsàn 宇散步
634. 大嶼山	yǔ 羽	yú 餘
635. 島嶼	yǔ 羽	zuì 罪
636. 參與	yù 預	yǔ 羽
637. 喻、豫	yù 預	yú 魚
638. 玉	yù 預	yòu 右，rù 入
639. 域	yù 預	huà 劃
640. 院	yuàn 苑	yuǎn 遠

字目(漢語拼音序)	正讀／同音字	錯讀／同音字
641. 曰、約_會	yuē 月_{唸陰平}	yuè 月
642. 躍	yuè 月	yào 藥
643. 頭_暈	yūn 雲_{唸陰平}	yún 雲
644. 暈_船	yùn 運	yún 雲
645. 韻、醖	yùn 運	yǔn 允，yún 雲，wěn 吻

z

646. 砸	zá 雜	zǎ 咋_辦
647. 咱	zán 簪_{唸陽平}	zǎ 咋_辦，zǎn 趲
648. _刊載、_登載、_千載_{難逢}	zǎi 宰	zài 在
649. 載_重、_下載、_運載、載_歌載_舞	zài 再	zǎi 宰
650. 臟	zāng 髒	zàng 葬
651. 糟	zāo 遭	zhōu 粥
652. 澡	zǎo 早	zào 躁，cào 操_{唸去聲}
653. 噪、躁	zào 灶	cào 操_{唸去聲}
654. 則、責	zé 澤	zá 砸
655. 鰂	zéi 賊	zá 砸
656. 綜_合	zōng 宗	zòng 縱
657. 粽	zòng 縱	zǒng 總
658. 組、祖	zǔ 阻	zǎo 早
659. 阻	zǔ 組	zuǒ 左
660. 足、卒	zú 族	zū 租
661. 族	zú 足	zù 足_{唸去聲}
662. 鑽_孔、鑽_營、_刁鑽	zuān 躦	zuàn 攥
663. 作坊	zuōfáng 嘬_房	zuòfāng 坐方
664. 昨	zuó 筰_橋	zuò 坐
665. _工作	zuò 坐	zuó 昨

字目(漢語拼音序)	正讀／同音字	錯讀／同音字
zh		
666. 炸_魚	zhá 閘	zhà 詐
667. 眨	zhǎ 鮺	zhǎn 斬
668. 摘	zhāi 齋	zhái 擇，zhá 閘
669. 黏_貼	zhān 沾	nián 黏
670. 黏_連	zhān 沾	jiān 尖
671. 展	zhǎn 盞	jiǎn 剪
672. 漲_價	zhǎng 掌	zhàng 賬
673. 丈、杖	zhàng 賬	zhǎng 掌
674. 着_急、着_迷	zháo 找_{唸陽平}	zhāo 昭
675. 爪_牙、鳳爪	zhǎo 找	zhuǎ 抓_{唸上聲}
676. 召_喚	zhào 詔	zhāo 昭
677. 兆、肇	zhào 詔	shào 紹
678. 轍	zhé 哲	chè 撤
679. 這	zhè 蔗	zhě 者
680. 針	zhēn 斟	jīn 金
681. 癥_結	zhēng 徵	zhèng 正
682. 隻	zhī 知	zhē 遮，jiē 街
683. 織	zhī 知	zhí 直
684. 脂	zhī 知	zhǐ 旨
685. 職	zhí 執	zhǐ 旨，zhì 窒
686. 直	zhí 執	zhì 窒
687. 質	zhì 窒	zhí 直，zhǐ 旨
688. 秩	zhì 窒	dié 疊
689. 滯	zhì 窒	jì 祭
690. 中_肯	zhòng 眾	zhōng 忠
691. 重_量	zhòng 眾	chǒng 寵
692. 竹	zhú 逐	zhū 朱
693. 囑、矚	zhǔ 主	zú 足，zhù 駐

字目(漢語拼音序)	正讀 / 同音字	錯讀 / 同音字
694. 祝、築	zhù 駐	zhú 竹，zhū 朱
695. 助	zhù 駐	zù 坐
696. 抓	zhuā 髽	zhǎo 爪_牙
697. 爪子、雞爪子	zhuǎ 抓_{唸上聲}	zhǎo 爪_牙
698. 撰	zhuàn 轉_椅	zàn 讚，xùn 巽
699. 粥	zhōu 周	zhū 朱
700. 文縐縐	zhōu 周	zhòu 驟
701. 壓軸	zhòu 驟	zhóu 妯
702. 捉	zhuō 倬	zhū 朱
703. 拙、桌	zhuō 倬	zhuó 酌
704. 着_落、着_想	zhuó 酌	zháo 着_涼
705. 着_陸、軟着_陸	zhuó 酌	zhāo 昭、zháo 着_涼
706. 就這麼着	zhe 這_{唸輕聲}	zhāo 昭_{北京土音}
707. 濁	zhuó 酌	zhú 逐
708. 卓	zhuó 酌	zhuō 倬
709. 啄	zhuó 酌	zhuō 倬，duó 奪

79 詞彙學習竅門

香港人學習普通話遇到的另一個困難在於詞彙方面，其表現是：（一）不知道自己平常所用的粵語詞語，是否換上普通話語音就可以照用；（二）錯誤使用了在粵語很口語化，但在普通話卻是很書面化的詞語；（三）知道某個詞語要對譯，但又苦於不知道如何對譯；（四）總覺得詞彙學習很困難，不知道怎樣可以舉一反三。針對學員這些難題，本章相應提供了以下四個材料：（　）普通話對照用的粵語詞；（二）相應的普通話口語詞語；（三）粵語常用詞語、新詞語對譯；（四）粵普構詞特點對比。只要善用這幾個材料，一定可以事半功倍。

一　普通話照用的粵語詞

本地學員最感頭疼的事，就是不知道自己平常所用的粵語詞語，是否換上普通話語音就可以照用。面對這些詞語，他們往往左右為難，無所適從。怎樣解決這個問題呢？首先要了解一下彼此用詞的規律，其次就是掌握一個常用詞表，隨時查找。

一般說來，以下幾類粵語詞語在普通話可以照說照用：較書卷性的用語（如：加盟、力邀、白領、大法官、立法會）；

經濟科技術語（如：按揭、牛市、熊市、大盤、藍籌股、爛尾樓）；機構名（如：消委會、立法會、入境處、保良局）；稱謂（如：大律師、太平紳士、酒樓部長、東華三院總理）；地名（如：深水埗、掃管笏、黃大仙）；食品飲品名（如：腸粉、臘鴨、熱狗、奶昔、百事可樂）。要注意的是，粵語口語詞語通常需要對譯。不過日常生活中使用頻繁的新詞和重新起用的舊詞，隨着粵語的強勁影響，也越來越多地為普通話所接受了。內地改革開放以來，普通話就吸收了幾百個粵語詞，其中也包括一些俗語、慣用語。現在根據幾本權威辭典、多篇專文還有自己的耳聞目睹，把學員常常碰到，有懷疑而拿不準，但在普通話已經可以照用的粵語詞，按漢語拼音序列舉出來，供讀者作為案頭資料，隨時翻查使用：

a

愛滋病（內地多說"艾滋病"）　安全套　按揭　案底　AA制
澳洲（正式說"澳大利亞"）

b

巴士　吧　八卦雜誌、新聞等　白領　白馬王子　白粉（指毒品海洛因）　白斬雞　擺烏龍（指弄錯，弄糊塗）　百事可樂　百潔布　拜拜（英：bye-bye）　扮酷　扮靚（仔）　幫手（動詞；名詞）　包二奶（或說"包養情婦"）　煲湯　煲電話粥　保安　保安員　保費（保險費）　保齡球　保鮮紙（多說"保鮮膜"）　報案　報警　報料（提供新聞綫索）　爆卡／刷爆卡　爆冷／爆冷門兒　爆料（指爆新聞）　爆滿／"爆棚"　爆胎　爆新聞　泵房　玻璃幕牆　駁回上訴　博客

（英：blog、blogger）　補倉（炒股術語）　布藝

c

菜單（英：menu）　餐飲　殘疾　燦爛笑容　策劃（指籌劃）
廁紙（多說“衛生紙”）　叉燒（指叉燒肉）　搽脣膏
（多說“抹口紅”）　磁碟（正式說“軟盤”）　刺身（食物）
促銷

ch

長假　抄牌　炒家　炒金　炒魷魚（少說“炒魷”）　炒作　車
行　車牌　車位　塵埃落定　橙汁（又說“橙汁兒”）　吃相
抽二手煙（正式稱“被動吸煙”）　抽油煙機　充電（指休整及
進修）　沖印　寵物　出鏡　出山／出江湖　傳呼機（正式名
稱“尋呼機”）　傳媒　傳銷　床上戲　創新高（股市等）
吹喇叭（拿起整瓶酒往嘴裏灌）

d

搭的士　打包（拿走吃剩飯菜）　打比賽　打的（dí或dī）　打
鬥　打工　打工仔　打工妹　打卡　打蠟　打理　打星　打壓
大巴　大酬賓　大出血（降價出售）　大鱷　大哥大（指手
機）　大話西遊　大紅大紫　大獎賽　大姐大　大盤（股票市
場的整體行情）　大排檔　大起大落　大賽　大手筆（花錢豪
爽）　大堂（酒店或大廈的大廳）　大姨媽（謔指月經：你大姨
媽來了呀）　大閘蟹　呆賬　代溝　帶子（指鮮貝）　擔綱　單
車　單親家庭　單身貴族　蛋撻（也說“蛋塔”）　淡出　當電
燈泡（粵：做電燈膽）　當紅　倒刺（指甲兩側翹起的表皮）

盜版　道瓊斯指數　得主　燈飾　的（dí或dī）士　底綫　底薪　第一桶金（喻賺的第一筆錢）　電飯煲（多說"電飯鍋"）　電單車　電燈泡（喻妨礙人家談情者）　電腦（正式說"電子計算機"）　電眼（指傳神的眼）　電子貨幣　電子遊戲機　跌打　跌眼鏡（喻判斷錯誤）　碟（大碟、新碟、影碟；"磁碟"要說"磁盤、軟盤"）　定型摩斯　豆苗　度假村　斷碼　斷貨　對講機　躉船　多媒體　度身定做（"做"不寫作"造"）

e

惡補　兒童不宜（內地多說"少兒不宜"）　二人世界　二手（多說"二手兒"）　二手房　二手煙／抽二手煙

f

發（指發跡）　發燒（指熱衷）　發燒音響　發燒友　髮廊　髮屋（"××屋"照用）　髮乳　髮型（又說"髮式"）　反思　反彈（tán）（指股市）　房車（小汽車）　放電（以眼神傳情）　放水（指故意讓賽）　飛機場（喻胸部扁平的女子）　非禮（輕佻猥褻）　緋聞　肥皂劇　芬達汽水　分體式空調　峰會　風油精　鳳爪　富婆

g

港客　港人　港商　港紙　乾蒸（洗桑拿用語）　趕時間　高買（店舖偷竊）　（價格）高企　搞大了肚子　搞笑　搞定（粵：搞掂）　歌喉　歌后　個案　個唱　個展　供樓　供車　功夫片　公關　攻略　共識　谷底（最低點）　股民　骨感

關愛　關乎　光碟（多說"光盤"）　　櫃員機　國腳　狗仔隊（追蹤名人隱私的記者）　　購物中心　過山車　國腳　過癮

h

漢堡包　行尊／老行尊　　豪雨　蠔（也說"海蠣子、牡蠣"）　　蠔油　好＋形容詞（如："好冷"）　　好淡爭持　喝頭啖湯（即粵語"飲頭啖湯"）　　盒帶　荷蘭豆　賀歲片　後勁　護髮素　互聯網　花車　花車巡遊　花紅　花心（用愛不專）　　壞賬　換馬（喻換人）　　黃金時間　黑客（英：hacker）　　黑社會　回頭客　貨櫃（正式說"集裝箱"）　　婚外情（也說"婚外戀"）　　火龍果（也說"紅龍果"）

J

機票　基督徒團契　基圍蝦　雞眼　雞尾酒會　加盟　加價　加息　嘉賓　家政　家庭影院　減肥　健美操　見招拆招　獎項　講古（講典故）　　腳鐐／手鐐（指腳銬／手銬）　　攪屎棍（喻麻煩製造者）　　揭瘡疤　接招　金曲　金飾　緊迫感　精算師　精品　競猜　競投　勁減　酒店（與"飯店"同義）　　酒家、酒樓　酒水　酒渣鼻　舉報　焗（jú、jū）油　巨無霸（大漢堡包；某領域的強者）

k

卡拉OK　開工　開心果（喻使人開心的人）　　看淡　看跌　看好（粵：睇好）　　可口可樂／可樂　客串　克力架餅乾　空殼公司　空手道　空姐　寬頻（正式說"寬帶"）　　KTV

l

垃圾蟲（喻亂扔垃圾的人）　垃圾股　拉力賽（英：rally）　藍籌股　藍領　爛尾樓　聯手　老公（指丈夫）　老抽（指濃醬油）　老虎機　老記（指記者）　老婆　老總（指大老闆）　老爺車　老土　鐳射唱片　離異　離家出走　利是　連環爆炸　連環相撞　涼茶（也說"藥茶"）　靚仔　靚女（也說"漂亮姐兒"）　獵頭　獵裝　臨門勁射　另類　留案底　留步　留醫　隆胸／隆乳　錄影（多說"錄像"）　路向　路演　滷味"滷水鴨"（多說"滷鴨"）　樓盤　樓花　落地燈　落地簽證　旅遊巴　濾嘴煙　綠卡

m

馬爹利（法：Martell ）　馬仔（指手下的人）　貓咪　買單、埋單　賣點　慢半拍（做事滯後）　漫遊（手機用）　媒體　美食　猛男　迷你　面色　名模　名嘴　民調（民意調查）　魔鬼身材　MTV

n

納斯達克指數　南風窗（喻海外的經濟支持）　男生（兼指男青年）　女生（兼指女青年）　奶茶　奶昔　牛腩　牛市（股票術語）　牛仔褲　牛仔系列　女強人

p

爬格子　拍板成交　拍拖　排長龍　排行榜　派對　攀升　攀山　攀岩　泡打粉（多說"發粉"，英：powder）　炮仗（zhang）

碰碰車　霹靂舞　啤酒肚　片酬　片約　票房紀錄　評估　迫遷

q

七喜（汽水品牌）　奇異果（多說“獼猴桃”）　簽約　牆紙
強勁　強人　強項　搶手　搶手貨　搶眼（引人注目）　敲定
青春痘（指粉刺）　情侶裝　曲奇

r

惹火（形象）　熱狗　熱賣　熱身　…人（如：“音樂人”）
人才回流　人際　人間蒸發　人脈　人氣　人蛇　人小鬼大
（粵：人細鬼大）　人渣　入場券（借指參賽資格）　入腦
入圍　入主白宮　軟件

s

賽車　賽事　三點式　三級片　三腳貓（本事）　三缺一　三文
魚（正式說“大馬哈魚”）　三圍　三維動畫　桑拿浴（正式說
“桑那浴”）　色魔　色狼　私房菜　死纏爛打　死黨（指要好的
朋友）　鬆糕鞋　速遞　塑身　縮頭烏龜　鎖定（某電視頻道）

sh

沙爹（也說“烤肉串兒”）　煽情　商廈　商住樓　上床（指做
愛）　上網　燒烤　身家　蛇果（“蛇”取自英：Delicious“地
厘蛇”音譯中的最後一字，蘋果商標）　蛇頭　社交　社區　舍
堂　涉嫌　射門　神不守舍　審慎　升班馬（指升級的運動隊）
生抽　生猛海鮮　失落感　失主　濕蒸（洗桑拿用語）　施政
報告（內地叫“工作報告”）　時不時　時勢　時運　時裝表演

（也說"時裝展示"）　食街　食宿　石磨藍牛仔褲　屎（指水平差）　試管嬰兒　試婚　試飲　飾物（也說"飾品"）　事主　世界波（精彩射門）　收盤（股市用語）　收視率　收銀檯　手（股票單位，如：一手股票）　手袋　手機／手提　手提電腦（多說"筆記本電腦"）　首期　壽司　瘦身　蔬果　輸面　薯條　數碼（多說"數字"）　數碼港（指樓宇名稱，科技上說"信息港"）　帥哥　水（指水平差）　水貨　水餃　水警　水客　水馬　水療　水洗布　水魚（多說"甲魚"）　水準　睡袋　雙贏　爽（感覺很爽）

t

太空人（指宇航員）　跆拳道　攤檔（多說"攤點"）　攤位　探班（探訪慰問正在拍電影的演員）　探監　彈性上班（時間等）　唐裝　套餐（指飯菜）　套房　套票　套裝　特快專遞　T恤（也說"T恤衫"）　提子（美國提子）　替身演員　跳槽　跳樓價　跳蚤市場　貼士（指提示）　聽證會　停牌　通脹　通心粉　同性戀　偷渡　偷渡客　投訴　投入（對工作很投入）　頭皮／頭皮屑　透明度　突發　拓展　拖堂（拖延下課）

w

哇（表示驚訝，粵語作"嘩"）　襪褲（多說"褲襪、連褲襪"）　外勞　外賣（非堂食）　外援（從國外引進的運動員）　萬維網　萬人迷　王老五　網吧　網民　偉哥（男人性藥，英：viagra，多說"萬艾可"　；又說"威而堅"；臺灣說"威而剛"）　衛冕　衛生巾　未婚媽媽　文員　問卷　臥底（粵語為名詞；普通話為動詞）　烏龍球　烏鴉嘴（粵：烏鴉口）

屋頂花園　無補於事　無厘頭　武打片　五音不全　物超所值
物流　物業

x

吸納　息影　西蘭花　西裝（也說"西服"）　　洗錢（粵：洗
黑錢）　洗頭水／洗髮水　洗面奶　洗手間　下載　纖體　綫報
綫人（提供情報者）　　小巴　小兒科（喻易辦的事）　宵夜、
消夜　笑星　諧星　寫真（特指裸照、拍裸照）　寫字樓（商務
辦公樓）　心狠手辣　心態　新潮　新秀　性愛　性感　性騷
擾　熊貓眼（喻黑眼圈）　熊市（股票術語）　秀（如：時裝
秀、卡秀、作秀）　瘦身　恤衫（多說"襯衫"）　雪菜　雪藏
（擱置不用；掩藏）　雪梨（指鴨兒梨）　雪碧（汽水名）
巡遊

y

壓力團體　牙肉　亞姐　煙花（指焰火）　煙民　眼睛吃冰淇
淋（欣賞漂亮的女性）　洋酒　養眼（看起來有愉悅感）　搖頭
丸　業界（業者、業內人士）　液晶電視　一頭霧水　一窩蜂
一夜情　一站式服務　疑犯（多說"嫌犯"、"犯罪嫌疑人"）
藝人（藝員）　義工（正式說"志願者"）　音帶　音響　隱形
眼鏡　癮君子　贏面　影碟（規範的說法為"視盤"）　影視
　影星　硬件　泳客（"泳將、泳屋、泳衣、泳灘"等照說）
憂鬱症　有冇搞錯（怎麼搞的）　油麥菜　瑜伽　浴缸　雲吞
（多說"餛飩"）　運作　月入（多說"月收入"）　鴛鴦火鍋
原裝　原汁原味（口語為"原汁兒原味兒"）　願景

z

贊助 早茶（粵式早茶） 造勢 資深 自發粉 自動櫃員機
自律 自助餐 走火入魔 走人 走勢 足壇 組合櫃 鑽石
王老五 做愛（不說"造愛"） 做禮拜 做功課（指事前搜集
資料或準備功夫 ） 做生日 坐枱（酒吧小姐陪客人喝酒）

zh

詐傷 斬倉 斬獲（泛指收穫） 張（多說"張兒"，成人每
十歲叫一張兒） 朝九晚五 啫喱水（zhělishuǐ，英：gel） 隻
（用於股票） 蒸發（人或物件消失） 知情權 直播 執導
執着 直銷 紙巾 滯後 智商 中巴 中雨 中風 中式靚
湯 主打 主打歌 轉手 裝修 撞衫

二 與書面詞語相應的口語詞語

　　香港人掌握的詞彙，多是書面性的、方言性的、外來語
的，他們甚少能夠理解和掌握普通話的口語詞彙，因此常常造
出粵式中文來。很多人不知道，文言詞語和書面詞語在粵語既
可手寫又可口說；但在現代漢語中，這類詞語多用於書面上，
口語裏就要用其相應的通用詞語或口語詞語。還有，即使是在
書面表達上，也應該注意文字言語的體裁，避免說出或寫出文
白夾雜、半文不白的中文。

　　例子隨手拈來，如：亦好、似足、揀擇、令人開心、將
人制伏、一學便會、由中環至西環……，這樣的詞語在粵語
書面語和口語都可照用，但在普通話就只會出現於書面語體；
在通用語體或口語語體中，"亦、似、令、將、便、由……

至……"要改為：也、非常像、挑選、使、把、就、從……到……才成，否則就顯得文縐縐、書呆子氣。相反地，"也、非常像、揀擇、使、把、就、從……到……"，這些在普通話是一般語體或口語語體的詞語，在粵語是很少說的，只用於寫。不難看出：文言詞、書面詞語在粵語是很口語化的，但在普通話的語體是相反的。弄清楚這個關係，掌握一些語體不同的對應詞語，操粵語的人說普通話和寫白話文就可以避免錯誤了。

以下左欄按漢語拼音序列出常用書面語體或通用語體詞語，右欄是其相應的口語詞語，只要對比一下就可以發現：廣州話說和寫常常都用左欄，即不太口語化的普通話詞語（有相應粵語方言口語詞的例外），而普通話在日常交談時，則常常用右欄，即口語詞語。

說明：（一）詞語按漢語拼音音序排列；（二）輕聲字不標聲調；一般輕讀、間或重讀的，先加圓點，並標出聲調，如："待見·jiàn"；（三）小號楷體字為該詞的註釋：（四）可省略的詞語，放於"（）"內；（五）"〔x/y〕"表示可以互換的詞語；（六）"【京】"指北京話；"【台】"指台灣話；（七）"【形】"指形容詞；（八）"【動】"指動詞；"【褒】"表示褒義詞；（九）"【貶】" 表示貶義詞。

a

挨家挨戶、逐家逐戶	挨（āi）門兒
捱打	捱揍、捱剋（kēi）
捱罵	捱呲兒（cīr）、捱剋（kēi）
矮子	矮個兒
按—用手壓	摁

案件	案子——本詞另指肉案子
暗娼	暗門子【京】、半開門兒【京】
骯髒	髒
昂貴	貴

b

八角	大料
白斑病	白脖
白費力氣	白搭
白酒	白乾
白血病	血癌
斑禿	鬼剃頭
擺門面	擺譜——兼有"擺架子"之義
半路	半道
半個、半邊	半拉（lǎ）
辦法	轍（zhé）、點子
幫助【動】、幫忙【動】	幫
寶貴	金貴（gui）
保證	保準、打保票
保人	保
抱恙	有病（在身）
被——被風吹走	給、讓、叫
輩分	輩、輩數
本領	能耐（nai）
本錢	本
蹦跳	蹦達（da）
鼻孔	鼻子眼
鼻翼	鼻翅
比目魚	偏口（魚）
筆直	直溜（liu）
必須	非得（děi）

壁虎	蠍（裏）虎子
便說完便走	就說完就走
便衣警察	雷子【京】
別說……	甭（béng）說、甭提……
別這樣	甭價（jie）、別價（jie）
冰雹、雹	雹子
柄	把兒（bàr）
伯父	大爺（ye）、伯伯（bó·bo，bāi·bai）
伯母	大媽、大娘
跛	瘸（qué）
不倒翁	扳不倒兒
不僅、不止	不光
不了解	不摸頭
不然	不的話、不然的話
不是兒戲	不是玩的
不舒服（fu）	不得勁兒（déjìngr）
不錯、不俗	不賴
不停地	一個勁兒、一勁兒
不像樣（子）	不是事、不像話
不受人喜歡	不招人待見（·jiàn）

c

餐——早餐、午餐	飯——早飯、午飯；"西餐、中餐"照說
餐——一餐飯	頓——一頓飯
倉猝	倉促
曾（céng）	曾經
蒼蠅（ying）	蠅子
刺耳	扎耳朵（zhā ěr·duo）
刺眼	晃眼（huàngyǎn）
此外	另外——用於連接分句

從來不	壓（yà）根不、起根不
從小	打小兒、起小兒、一小兒
粗糙	粗拉（la）
錯誤	錯兒

ch

差—質量、水平等	差勁、差事（chà·shi）
差不多	差不離、不差甚麼、不大離
差池	差錯
蟾蜍	癩蛤蟆（háma）
長號	拉管兒
常、常常、經常	老、斷不了（liǎo）
鈔票	票子、錢票
吵嚷	吵吵（chāo·chao）
吵嘴	拌嘴
車輪	（車）軲轆（lu）
掣肘	受控制、受阻撓
稱（一斤菜）	約（yāo）（一斤菜）
撐腰	仗腰
成批（買）	成總（買）
成日	整天、成天
承擔責任	擔待（dai）、兜着（zhe）
吃零食	吃零嘴（zui）
遲早（學會）	早晚（學會）
出醜	丟醜、丟臉、丟人、丟人現眼、現世
出嫁	嫁人、出聘、出門子
除去（某數目）	刨去（某數目）
除夕	大年夜、（大）年三十
廚師	大師傅（shi·fu）
處女	黃花〔女（nur）/閨女（nü）〕
處男	黃花後生（sheng）

吹捧	吹喇叭（lǎ·ba）
吹噓	吹、吹牛、吹嘴
蠢	笨；傻
蠢材	笨蛋、傻蛋；蠢豬、蠢貨
稠	稠乎（hu）
抽時間	抽空兒（kòngr）、抽工夫兒
猜謎語	破謎（mèir）

d

打（人）	揍（人）
打（人）、罵（人）	剋（kēi）（人）
打鼾	打呼嚕（lu）
打破腦袋	開瓢兒
大便【動】	拉屎
大概	大概（其／齊）
大個子	大個、大塊頭
大後天	大後
大家	大伙兒、大家伙兒
大前天	大前兒
呆—發呆、呆住了	愣
帶狗散步	遛（liù）狗
單身漢	光棍
到頭來	到末了（liǎo）兒、到了（liǎo）
到最後	臨了（liǎo）兒
得閒	有空兒（kòngr）
（好）得閒	（很）閒在
得着	收穫
等第	等級
底薪	底錢
地方	地兒
地租	租子

弟弟	兄弟（di）
弟婦	弟妹（mei）
顛倒—指次序	倒（dào）個兒
癲癇	羊角瘋；抽羊角瘋
電燈開關	電門
電源開關—較大的	電閘
電燈泡	燈泡兒（pàor）、泡子（pào·zi）
店舖	商店
店子	舖子
定金	定錢
短處	短兒
躲避	躲
躲藏	藏
墮胎	打胎、人（工）流（產）、把孩子打掉

e

額頭、前額	腦門（子／兒）
……而已	……罷了
耳邊風	耳旁風
耳光	耳刮子
耳環	耳墜子（zhuì·zi）

f

發工資	發〔薪／薪水（shui）〕、開支（zhi）【京】
番茄	西紅柿
翻熱（食物）	燴（tēng）
反而	反倒
反正	橫豎（shu）
防盜鏡	貓眼兒、門鏡

房間	屋子
放下、存放	擱（gē）
非常快	快得很
非常好	好得很
非常多	多得很
非常非常快	快極了
非常非常好	好極了、真棒、沒治了
非常非常多	多極了、多了去了
粉末	麵子
否	沒；不
否則	要不（然）
有否……	有沒有……
是否……	是不是……
……去否	……去不去
……對否	……對不對
夫妻兩個	兩口子
付錢	給錢
負責人	頭兒、頭頭兒
負傷	掛彩、掛花
腹瀉	拉稀、拉肚子、躥稀、瀉肚、鬧肚子

g

幹甚麼	幹嗎（má）
高利貸	閻王（wang）賬、高利
高抬貴手	高高手
隔膜	隔閡
個子（高個子）	個（高個兒）
給與	給
根本就……	壓（yà）根就……
工廠	廠子
公帑	公款

工具	傢伙（huo）
共（五元）	一共（五元）
夠朋友（you）	夠哥兒們
購買	買
姑勿論	且不說
估計	估摸（mo）
故、故此	因此、所以
官階	官銜
光滑	滑溜（liu）
拐彎抹角	繞彎子
滾水	開水

h

海洛因	白麵兒
害怕	發怵（chù）、發毛
害羞	害臊（sào）
汗顏	慚愧
好處	好兒
好看—風景、衣服 等	漂亮（liang）
和、同、與	跟
何	哪；哪兒；甚麼
何處	哪兒、甚麼地方
何人	哪個人、誰
何故	為甚麼、幹嗎（má）
何不	為甚麼不
何時	幾兒、甚麼時候（hou）
何日	哪天、幾兒
何嘗	難道
喝倒彩	喊倒（dào）好兒
很＋形容詞	挺＋形容詞
很多	多的是、不老少（shǎo）

很少	不點兒
很遠	老遠、大老遠
喉嚨	嗓子
後天	後兒
忽然（間）	突然（間）
花蕾	花骨朵（gū‧duo）
懷疑	犯嘀咕（dí‧gu）
懷孕	有喜
壞人	壞蛋、壞包兒
換言之	換句話說
換次序	換個兒、掉個兒
鯇魚	草魚
回民	回回（hui）
回執	回條兒
火花塞	火嘴

j

及、同、與	跟、和
幾時	啥（shá）時候（hou）、甚麼時候
繼父	後爸、新爸爸、後爹
繼母	後媽、新媽、後娘
假寐	打盹兒
假如	如果
駕駛執照	駕照、車本兒
價格	價碼、價錢（qian）、價兒
監獄—不帶專名時	大牢、監牢
坐監	坐牢
剪	鉸（jiǎo）
剪刀	剪子
揀擇	挑選、揀選
間或	有時候（hou）

將來—指日後	趕明兒
降價	掉價兒
漿糊	糨子（jiàng·zi）
角—角落；動物的角	犄角（jī·jiao）
角落	犄角兒（jiǎor）、旮旯兒（gālár）【京】
腳—人的腳	腳〔丫子／鴨子〕【京】
腳癬	腳氣、香港腳
腳掌	腳板
狡猾	滑頭
借故	找由頭
機靈	鬼【形】
雞蛋	雞子【京】
脊背	脊樑（jǐ·liang）
脊柱	脊樑骨
即將	就要、將要
即刻、立刻	馬上、立馬兒
即使	哪怕、就算
加點兒水	續點兒水
教訓【動】	收拾（shi）
較（快）	比較（快）
皆因	都因為
接吻	親嘴（兒）
金針（菜）	黃花菜、黃花（兒）
僅、僅僅	光
今天	今兒、今兒個（ge）
明天	明兒、明兒個
昨天	昨兒、昨兒個
前天	前兒、前兒個
後天	後兒、後兒個
京劇	京戲
警察局	局子

竟	竟然
酒窩	酒兒、笑窩兒
舅父	舅舅
舅母	舅媽
究竟【副】	到底
覺得	覺着
絕無……	絕對沒（有）……
均勻	勻和（huo）
軍階	軍銜

k

開玩笑	打哈哈
刊登（廣告）	登（廣告）
看—目視	瞧、瞅【京】
可笑	可樂【形】
坑害	坑
恐怕	怕
空隙	空當兒（kòngdāngr）
哭	哭鼻子
酷似（某人）	活脫是（某人）
口信	話兒
誇獎	誇讚、誇
誇口	自誇
款項	款子

l

拉（緊）	〔搋／捯〕（chēn）（緊）
拉麵	〔搋／捯〕麵
辣椒	辣子
來得及	趕趟兒—不能帶賓語
來月經	來例假、來身上的、倒霉

闌尾炎	盲腸炎
勞神	費神、淘神
老年人	老人家（jia）【褒】；老傢伙（huo）【貶】；老東西（xi）【貶】
老實人	老實疙瘩（lǎo·shi gē·da）
樂趣	趣味、興味
雷暴	雷雨
冷不防	冷不丁、抽冷子
冷開水	涼白開、涼開水
離婚	打離婚、離
禮節	禮兒
曆書	黃曆、皇曆
立刻、即刻	立馬兒、馬上
立方米；立方體	立方
力氣	勁兒
出力氣	使勁
連環圖書—粵：公仔書	小人兒書
臨時忙亂、狼狽	抓瞎
臉、臉頰	臉蛋兒
吝嗇	摳、摳門兒、摳搜（sou）
吝嗇鬼	老摳兒
量體溫	試表、試試表
兩個蘋果	倆（liǎ）蘋果
兩父子	父子倆
兩夫妻	兩口子、夫妻倆
靈活	活便（bian）、活泛（fan）
令、令到	使、使得（de）
零買醬油	打醬油
零食	零吃兒、零嘴兒
零頭	零兒
零用錢	零花兒、零花錢

領頭	打頭兒
流產	小產
留級	留班
留言	留話兒
樓宇	樓房
孿生	雙生
錄口供（gòng）	作筆錄、錄供（gòng）
亂子	亂兒
落伍	跟不上趟兒

m

麻疹	疹子
馬鈴薯	土豆
買酒—拿瓶子零買	打酒
買汽車票	打票
麥粒腫	針眼（yan）
忙、忙碌	忙活（huo）、忙乎（hu）
貓頭鷹	夜貓子
貿然、貿貿然	輕率地
沒有	沒
沒把握	沒譜兒、沒個準兒
沒關係—指不嚴重	沒事兒
沒多少錢	沒〔幾個／倆（liǎ）〕錢
沒可能	沒門兒
沒力	沒力〔氣（qi）／勁兒〕
沒意思	沒勁（jìn）—指沒興趣做某事
沒希望	沒戲
門衛	把門兒的
迷惑不解	納悶兒
面（洗面、面色）	臉（洗臉、臉色）
滅亡	完蛋、玩兒完

明天	明兒、明兒個（ge）
名稱	叫名
名片	片子（piàn‧zi）
名望	名氣
名字	名兒、名子
磨沙玻璃	毛玻璃（li）
莫非是	別是
拇指	大拇（mu）指、大拇（mu）哥【京】
母子倆	娘兒倆
目前、現在	現下、現如今、現而今

n

哪裏	哪兒
那裏	那兒
那時候	那會兒
那麼樣	那麼着（me‧zhe）
（心裏）難受	（心裏）不是味兒
腦筋	腦子、腦袋（dai）
內胎	內帶
內斜視	對眼兒、鬥眼兒
能（來、走）	（來、走）得了（deliǎo）
能吃鹹東西	口重（zhòng）
不能吃鹹東西	口輕
能力強；水平高	棒
尼姑	姑子
匿名信	黑信
年齡	歲數兒
女僕	老媽子、老媽兒
瘧疾	瘧（yào）子
挪動	挪窩兒

p

排擠	擠兑（dui）
派頭	派兒
盼望【名】	盼頭（tou）、盼兒
炮彈	炮子兒
譬如	比方（fang）
偏癱	半身不遂
偏袒（某人）	向着（zhe）（某人）
片（影片、唱片）	片兒（piānr）（影片兒、唱片兒）
騙人	坑人、矇（mēng）人
嫖妓	逛窰子【京】
拚命	玩兒命
平方米	平米、平方
平方丈	方丈
評頭品足	橫挑鼻子豎挑眼

q

欺騙	騙、矇（mēng）
妻子	老婆、女人（ren）
乞丐	叫〔花／化（huā）〕子
起初	起先
起重機	吊車、大老叼
前額、額頭	腦門〔子／兒〕
前天	前兒、前個（ge）
欠（人錢）	該（人家錢）
欠債	〔背（bēi）／拉〕饑荒（huang）
槍斃他	把他崩了、把他槍崩了
強酸、硝酸	鏹（qiāng）水
敲詐	敲、敲竹槓（gàng）
親吻	親、吻、啃——俚俗，不能帶賓語
青年人	小年輕兒、小青年

·319·

窮人	窮光蛋、窮鬼
蚯蚓	蟺蟮（shan）
雀斑	雀（qiāo）子

r

擾亂	裹亂、添亂
惹人討厭	招人討厭
仍、仍然	還（hái）
日——一日、星期日、工作日	天
日班	白班兒
日光燈、熒光燈	管兒燈
如果	要、要是（shi）
如何	怎麼、怎麼樣
如若	如果
入贅	倒插門兒
若是	要是（shi）
乳頭	奶頭兒
乳汁	奶水
柔軟	軟和（huo）

s

腮	腮幫子
三＋量詞	仨（sā）
三時正	三點整、整三點
散步	溜達（liū·da）、遛（liù）彎兒
嗓音	嗓門兒
搔人使癢	胳肢（gé·zhi）人
思索	琢磨（zuó·mo）
死結	死扣兒
慫恿	攛掇（duo）、攛弄（nong）
訴狀	狀子

雖然	雖說
算了、作罷	拉倒

sh

山腳	山根兒
疝氣	小腸串氣
贍養	供（gòng）養
上午	上半天兒、上半晌兒
少女	女孩子、妞兒
蛇	長蟲（chong）——多獨用
呻吟	哼哼
申斥	呲（cīr）
身材	身量兒（liangr）、身架兒
身體	身子、身子骨兒（gǔr）
生肖	屬相（xiang）
生意	買賣（mai）【名】
生育	生養、養
升級	升班
聲張	嚷嚷rāng·rang
誰人	誰、哪個人
剩餘	下剩
師母	師娘
〔有／抽〕時間	〔有／抽〕工夫兒（fur）、〔有／抽〕空兒kòngr
食指	二拇（mu）指、二拇（mu）哥【京】
食宿	吃住
食品、食物	吃的〔東西（xi）〕、吃喝兒（her）
拾荒（指撿拾廢品）	撿破爛兒
拾荒者	撿破爛兒的
視乎	取決於

事情	事兒
辦事失敗	黃了、砸鍋了、砸了
首肯	點頭兒
首領	頭頭兒（tour）、頭腦
手臂	胳膊（bo）、胳臂（bei）
手肘、肘	胳膊肘兒（gē‧bozhǒur）
受連累	吃掛落兒（laor）
售完	賣〔光／完〕
瘦削	瘦溜（liu）
叔父	叔叔
輸液	打點滴、打吊針
樹林	林子
吮吸	嘬（zuō）
順次	挨個兒
順利	順當（dang）
順手	就手兒
爽約	失約
說不定	沒準兒
說謊	撒謊
食肆	館子

t

談戀愛	搞對象
挑剔	挑（tiāo）刺兒、挑（tiāo）眼
調情	吊膀子（bàng‧zi）
跳（起來）	蹦（起來）
通通	一古腦兒
通俗地說	說白了
形容詞＋地＋說	說＋形容詞＋了
同、與、及	跟、和
頭	腦袋（dai）、腦袋〔瓜兒／瓜子〕

兔唇、唇裂	豁嘴兒
圖釘	摁（èn）釘
圖章	戳兒、戳子、手戳兒
途經	路過
團年飯	年夜飯
腿部風濕	寒腿
褪色	掉色（shǎir）
臀部	屁股（gu）
拖延	泡蘑菇（gu）
唾液	口水、吐沫（mo）、唾沫（mo）

w

為何	為甚麼
烏龜	王八（ba）
烏鱧	黑魚
烏賊	墨魚、墨斗魚
誣衊	扣黑鍋、扣屎盆子
無論	不管、管
無名指	四拇（mu）指
無論如何	不管怎麼樣
無話可說	沒詞
武術	功夫（fu）、把勢（shi）
挖苦（人）	損（人）
外國人；外行人	老外
外祖父	姥爺（ye）
外祖母	姥姥
彎腰	哈腰、貓（máo）腰
彎彎曲曲	曲裏拐彎兒
頑皮	調（tiáo）皮
忘記	忘
危險【形】	懸

圍巾	圍脖兒【京】
為何	為甚麼、幹嗎（má）
未有	還沒有
溫室	暖房
甕菜	空心菜
勿	不要、別

X

希望	想、想頭
蜥蜴	四腳蛇
蟋蟀	蛐蛐（qū·qur）
喜歡（哭）	愛（哭）
下午	下半天兒、下半晌兒
現在、目前	現下、現如今、現而今
（在）鄉村	（在）鄉下（xia）
香煙	煙捲兒
香片	茉莉（li）花茶
向前走	〔朝／衝（chòng）〕前走
像……般	像……那樣、像……似的
橡皮圈	橡皮筋、猴〔皮筋／筋〕
（有／沒）消息	〔有／沒〕信
消滅	收拾（shi）
小便【動】	撒（sā）尿
小費	小賬兒
小腹	小肚子
小汽車；自行車	車子
小時	鐘頭
小偷	小偷兒
笑	樂（lè）
些小	一點；細微
薪金	薪水（shui）

新郎	新郎官兒
新娘	新媳婦、新娘子
星期	禮拜
星期日	禮拜天
幸虧	得（děi）虧
幸而	幸好
性子	性兒
性病	髒病
休憩	休息（xi）
休想	沒門兒—不能帶賓語
須	得（děi）、必須
需	得（děi）、需要
炫耀	兜份兒
學習	學
雪菜	雪裏〔紅／蕻〕
尋找	趄摸（xué·mo）、尋摸（xún·mo）
訓斥	剋（kēi）、呲（cīr）

y

鴉片	大煙
芫荽（sui）	香菜
眼球	眼珠子
厭煩	膩煩（fan）、膩味（wei）
癢	癢癢、刺癢（yang）
養撫養、飼養	養活（huo）
要求減價	砍價
搖、搖動	晃（huàng）、晃動
咬文嚼字	轉（zhuǎi／zhuǎn）文
要—應該	得（děi）
也許	興（xīng）許
腋下	〔夾肢／胳肢〕（gā·zhi）窩

一家人	一家子（zi）
一排（房子）	一溜（liù）（房子）
一起	一塊兒、一塊堆兒、一道兒
一向	從來
一心一意	一門心思
一夜	一宿（xiǔ）
衣服	衣裳（shang）
依然、依舊	照舊
醫生；中醫師	大夫（dài·fu）
遺漏	落（là）、落下（là·xia）
以為（是他呢）	當（dàng）（是他呢）
抑或	或者
翌日	第二天
飲品、飲料	喝的、喝的東西xi
英俊	帥、帥氣
應該走了	〔該／得děi〕走了
熒光燈、日光燈	管兒燈
玉米	老玉米【京】、棒子【京】
玉蜀黍	玉米、老玉米【京】、棒子【京】
月經	例假、身上的
月台	站台
由──由三點至五點	到──從三點到五點
有否	有沒有
有把握	有譜兒、有數兒
有辦法	有轍、有門兒
有膽量	有種
有希望	有戲
與、同、及	跟、和
（讓位）予	（讓位）給
玉	玉石（shi）
愈來愈少	越來越少

雲	雲彩（cai）
孕婦	大肚子、雙身子
原來是這樣	敢情（qing）/ 合着（zhe）是這樣
原諒	擔待（dān·dai）
原因	因由
岳丈	老丈人（ren）
岳母	丈母（mu）娘
用出去的錢	花消（xiao）、花銷（xiao）、開銷（·xiāo）

Z

（明天）再見	（明兒）見、（明天）見
（過一段時間）再見	〔回 / 回頭 / 一會 / 待會兒〕見
讚、讚揚	誇
責備	數落（luo）
怎麼樣	怎麼着（me·zhe）
曾孫	重（chóng）孫
曾祖父	太爺爺
曾祖母	太奶奶
子母扣	摁（èn）扣兒
自從	打從
自己	自個兒（gěr）、自己個兒（gěr）
自殺	尋短見
自行車	車子——兼指小汽車、小的車
總是	老是（lǎo·shì）
走路	走道兒
走調	跑調兒
租金	租錢（qian）
祖父	爺爺
祖母	奶奶
最〔好 / 討厭〕	頂〔好 / 討厭〕
最終【副】	臨了兒、末了兒

足足	整整
昨天	昨兒、昨兒個（ge）
坐監	坐牢
座位	座兒、位子
做（某事）	幹（某事）
做事、做工作	幹活兒
做助手	打下手兒
做作（zuo）	裝腔作勢
作罷、算了	拉倒

zh

丈夫—指老公	老公、男人（ren）、當家的
這裏	這兒
這麼樣	這麼着（me·zhe）
這樣就解決啦	這就結了
爭執、爭辯	抬槓（gàng）
正月初一	大年初一
整理	拾掇（duo）、歸置（zhi）
整批買	打躉（dǔn）兒買
整天忙碌	成天忙碌
正正經經	正兒（er）八經
……中—家中、手中	……裏—家裏、手裏
中等	中不溜（liū）兒
中間	當（中）間兒dāng（zhōng）jiànr
中午	晌午（shǎng·wu）
中指	三拇（mu）指、中拇（mu）指
腫瘤	瘤子
肢解	大卸八塊兒
只說不做	〔光／淨〕說不做
指點	點撥（bo）
指摘	派不是（shi）

指桑罵槐	指雞罵狗
至—由三點至五點	到—由三點至五點
至少	起碼、頂不濟
至低限度	最低限度
重—重量大	沉
肘、手肘	胳膊肘兒（gē・bozhǒur）
（想）主意	（想）轍（zhé）
煮飯	做飯
住宅	宅子
駐足	停下腳步
轉（zhuǎn）車	倒（dǎo）車
轉（zhuǎn）彎兒	拐彎兒
賺頭	賺
裝糊塗（tu）	裝蒜
捉迷藏	藏貓兒
捉弄人	拿人開涮（shuàn）

三　粵語常用詞語、新詞語對譯

■ 飲食、動植物

粵語	普通話
食水	飲用水
蒸溜水	蒸餾水
有食神	趕上飯轍
包你食	保證好吃
飲品	飲料、飲品
鴛鴦—飲品	咖啡奶茶
齋菜	素菜
齋啡	清咖、清咖啡

粵語	普通話
煲咖啡	煮咖啡
上湯	高湯
罐裝	聽英tin裝
一罐可樂	一聽英tin可樂
雞翼	雞翅、雞翅膀
霸餐	吃蹭飯、蹭一頓飯
大擦一餐	撮（cuō）一頓
到會	送飯食（shir）兒上門
搭枱——茶樓裏與人共用一桌	拼桌兒
劈酒、撑〔dœy²〕酒	拼酒
起筷	動筷子、吃菜、起動台
吊味	提提味兒
闢味	去味兒
餡料	餡兒
蒜蓉、蒜茸	蒜泥
薯仔蓉、薯仔茸	土豆兒泥
烏筍	萵筍、萵苣（ju）
露筍	蘆筍
蒜心	蒜苗
菜薳	菜薹
牛脹	牛腱子
煙肉英bacon	培根
爆穀	爆米花兒；玉米花兒
青口	貽貝
帶子	扇貝
樹熊英koala	樹袋熊、無尾熊、考拉英koala
桂花魚	鱖（guì）魚
瀨尿蝦	皮皮蝦、蝦爬子
滷水鴨	滷鴨
小唐菜	油菜

粵語	普通話
猴頭菇	猴頭菌、獅子蘑
西洋參	花旗參
雪蛤〔gɐp³〕膏	林蛙油
蛋花湯	木樨（xi）湯
調味料	作（zuó）料兒、佐（zuó）料兒
揦飯盒	啃盒兒飯
奇〔異／偉〕果英kiwi fruit	獼猴桃、奇異果
大樹菠蘿	菠蘿蜜
沙爹羊肉	（烤）羊肉串兒
意大利粉	意大利麵
意大利薄餅	比薩英pizza餅、必勝餅
烤北京填鴨	北京烤鴨
公仔麵、即食麵	方便麵、快熟麵
微波爐叮一下	微波爐轉一轉
少食多滋味，多食	吃得少滋味好，吃得多
壞肚皮	受不了

■ 屋宇、環境

軚英lift	電梯、升降機
貨軚	貨梯
𨋢軚〔wɐn³lip¹〕、困軚	被困在電梯裏
震中	震央
單位——指房屋	單元房
示範單位	樣板房
入伙	搬新居；交付使用
一梯四伙	一梯四戶
賣出三十伙	賣出三十套
開揚	開闊
僭建	違章建造
食肆	館子、飯館兒

粵語	普通話
圍欄	施工防護欄
燈柱	電綫杆子
梯級	樓梯；台階兒
露台	陽台
鐵閘	鐵柵（zhà）、鐵柵欄兒（zhà·lanr）
捲閘	捲簾門
〔趟／揚〕門	滑門、（左右）推拉門
防盜眼	貓眼兒、門鏡、窺視鏡
屋邨、屋苑	小區、住宅區
地腳、地腳綫	踢腳板、踢腳綫
山卡拉〔ka¹la¹〕	大山溝
山泥傾瀉、冧〔lem³〕山泥	塌方；山體滑坡、山體垮塌
綫灰、做批盪	抹（mò）牆、抹（mò）面
主人房	主臥、主臥房
洗手間—指家裏的	衛生間
羅浮宮—法國名勝	盧浮宮
石屎森林—指高樓大廈	水泥森林
行人專用區	步行街

■ 起居、用品

泵—打氣用	氣管子
廁紙	衛生紙、手紙
廁所泵	搋子（chuāi·zi）
泵一下廁所	拿搋子搋搋馬桶
火機	打火機
火嘴	火花塞（sāi）
火酒	酒精
蒸籠	籠屜（ti）
水煲	壺、水壺、鋼精壺
BB煲、響煲	響壺、自鳴壺

粵語	普通話
電水煲、電水罉	茶爐、電開水器
電氈	電熱毯
廁紙	衛生紙、手紙
膠紙	膠條兒、膠紙
貼紙	貼畫兒
呢保（紙）英label	不乾膠（紙）；標籤兒
胸圍	文胸、乳罩、胸罩
冰格—雪櫃內的	冷藏室
車柄—自行車上的	車把兒（bàr）
手柄	手把兒（bàr）
手袋	手包兒
手挽、挽手	提樑兒
手信	禮品、（送人的）土特產
飾物	飾品
地拖	拖把、墩布
拖板	（電源）插座板、接綫板
一拖三	一帶三
手拖喼〔gip¹〕	手拉箱
風筒	電吹風
洗粉	洗衣粉
洗潔精	洗滌靈、洗碗液
洗頭水	洗髮水
洗面乳	洗面奶
洗衫板	搓板兒、搓衣板
鋅盆〔siŋ¹pun²〕英sink	洗碗池、池子
工模〔mou²〕	模子（mú·zi）
水殼	水舀（yǎo）子
剁刀、鎅刀	裁紙刀、壁紙刀、美工刀
灰鏟	抹（mò）刀
護踭	護肘（zhǒu）兒

粵語	普通話
背囊	雙肩背（bēi）包、背（bēi）包
背心袋	馬甲袋
墊褥	墊子；褥子
床褥	褥子、床褥子
門鐘	門鈴兒
較鬧鐘	上鬧錶
較水沖涼	放熱水洗澡
執嘢	〔收拾（shi）／整理〕東西
執房	〔收拾（shi）／整理〕屋子
執頭執尾	〔收拾（shi）／整理〕零碎兒
耳、耳仔——器物兩旁的	耳子
瓷耳杯、有耳杯	把兒（bàr）缸子
花灑頭	噴（pēn）頭、蓮蓬（peng）頭
魔術貼	尼龍搭鈎兒
保鮮紙	保鮮膜、保鮮紙
儲物櫃	鐵櫃子、櫃子
噴髮膠	髮膠
太陽油	防曬霜
鮑魚刷	硬毛刷子
不求人——抓癢具	癢癢撓兒、老頭樂兒
連身裙	連衣裙
紅白藍——較大的尼龍行李袋	編織袋
家庭電器	家電、家用電器
鋁罐、汽水罐	易拉罐

■ 人體、醫療

暗瘡	粉刺、痤瘡
相睇	相（xiāng）親
酒凹	酒〔窩／渦〕兒
閉氣	憋氣

粵語	普通話
捐血	獻血
抽脂	吸脂、抽脂
驗身	體檢、身體檢查
鴨仔	小便器；坐便器
落仔	打胎、把孩子打掉
舌壓	壓舌板
肚瀉、肚屙	拉稀、拉肚子、躥（cuān）稀、瀉肚
乞嗤【名詞】	噴嚏（pēn·ti）、嚏噴（tì·pen）
乞嗤【擬聲詞】，好嘅	阿嚏（tì），誰想我呀
收經、月經停止	停經
嚟M、大姨媽嚟、有親戚嚟	倒霉、倒楣、來例假、來身上的
釣魚—坐着瞌睡	打盹兒
割脈	割腕子
掌印	手掌印兒、手印兒
手指模	手印兒
梳孖辮	梳兩個小刷子
梳馬尾	紮（zā）馬尾辮兒
急症室	急診室
畏高症	恐高症、暈（yùn）高兒
瘋狗症	狂犬病
瘋牛症	瘋牛病
柏金遜症 英Parkinson	帕金森病
吊鹽水	打吊針、打點滴
焗桑拿	洗桑拿
心肌梗塞	心梗、心肌梗死、心肌梗塞（sè）舊
勒緊褲頭	勒（lēi）緊褲腰帶
冇覺好瞓	沒睡過安穩覺
瞓（返）個靚覺	睡個舒服（fu）覺
沖（返）個靚涼	洗個痛快（kuai／kuài）澡

粵語	普通話

■ 親屬、稱謂

粵語	普通話
老坑	老頭子
中坑	半老頭子
文員	白領、職員
老闆——上級；僱主	上司、領導；老闆
經理人——歌星代理	經紀人
義工	志願者、義工、志工【台】
伙頭	伙夫
廢柴	廢物（wu）、廢物點心（xin）
死蠢	大笨蛋
龜蛋——罵人話	王八（ba）蛋
一哥	老大——排行；第一把手——職務
初哥	初學者
新哥	新手
孖胎	雙胞胎
孖仔	雙胞胎兒子
孖女	雙胞胎女兒
大懵	渾人、渾球兒
大喪	愣小子
大鱷	大奸商；大炒家
大胃王	大肚漢、大肚子——含詼諧意
大姑奶	姑奶奶
大舅（爺）	大舅哥、大舅子
大頭蝦【形】【名】	馬大哈【名】；大大（da）咧咧【形】
北大人	寒流；中央官員【謔稱】
人渣	人渣、人痞（pǐ）子
人〔板／辦〕	樣板【褒】；反面教員【貶】
猛人	腕兒、大腕兒
揸fit人	大拿

粵語	普通話
老頂、頂爺	頂頭上司（si）
男人老〔狗／九〕	大老爺們兒
鑽石王老五	光棍兒款爺
心肝椗〔diŋ³〕	心頭肉、心尖子
口水佬	嘴把式
跟尾狗	跟屁蟲兒
攝青鬼	行蹤飄忽的人
蒸生瓜—傻氣、莽撞者	二百五
長氣袋	嘮叨（láo·dao）鬼
通天曉	萬事通
逢人憎	萬人恨
頂心杉	眼中釘
表表者	佼佼者
皇馬褂	皇親國戚
前綫記者	前方記者
前綫醫生	第一綫醫生
住家男人	家庭婦男
無兵司令	光桿兒司令

■ 寒暄、人際

嘴、錫	親、吻、唶—俚俗
嘴佢一啖	親他一下、吻他一下
攬住就〔嘴／錫〕	摟着就〔親／吻／唶〕
貴姓名	貴姓、尊姓大名
小姓趙	免貴姓趙
悶蛋	枯燥；沉悶
好豪	很豪爽；很闊綽
私隱	隱私
質素	素質
揀蟀	挑尖子

粵語	普通話
棨職	升職
媾女〔kɐu¹nœy²〕	嗅蜜、交女朋友
媾仔	交男朋友、倒（dào）追
電眼	媚眼
電人、放電	打飛眼、拋媚眼
做電燈膽—凝人談情	當電燈泡兒（dāng diàndēngpàor）
齮齕〔gi¹gɐt⁶〕	找碴兒（chár）
齮齕人哋	找人家的碴兒
夠薑	有種（zhǒng）
夠吉士〔si⁶〕英gust	夠膽量
收到—音"島"	知道了、明白了
和〔wɔ⁶〕議	附議
冇品	缺德
冇腦—罵人、諷刺	沒腦子、缺心眼兒
報料	提供新聞綫索
扮嘢	扮酷；裝蒜
有路—男女關係上	有一手、有一腿
有型	很酷
有型有款	酷斃了
實有景轟	準有貓兒〔匿／溺／膩〕
有咩搞作	忙些甚麼
有咩得着	有甚麼收穫、有甚麼得益
有咩幫到你	能幫你甚麼忙
有冤無路訴	有冤無處訴
有口話人冇口話自己	有嘴說人無嘴說自己
輇〔waŋ¹〕咗	黃了（指事情失敗）
衰咗	砸了、砸鍋了
演衰咗	演砸了、演砸鍋了
衰多口	〔砸／栽〕在多嘴上了
偷笑—自我慶幸	偷着樂（lè）

粵語	普通話
擴闊—視野等	拓寬、開闊
社群—弱勢社群	群體—弱勢群體
攞公援	吃低保—最低生活保障
窮到燶	窮得叮噹響
過日神	打發（fa）日子
五張嘢—十歲為一張	五張兒
坐五望六—歲數用	奔六十了、小六十了
定啲嚟	別慌
個心定咗啲	心裏踏實了點兒
話之你	（才不）管你呢
承你貴言	〔承您／借您〕吉言
唯你是問	拿你是問
你慳啲喇	你歇菜吧
你點睇吖〔a³〕	你看怎麼樣
你話點就點	你說怎麼辦就怎麼辦
冇你咁〔gɐm³〕好氣	不跟你廢話
你眼望我眼	大眼瞪小眼
你冇嘢〔吖〔a¹〕嘛／係咪吖〔a³〕〕	你沒〔事兒／病〕吧
冇〔王／皇〔wɔŋ²〕〕管	沒收沒管兒
冇大冇細	沒大沒小
冇啖好食	沒有好果子吃
冇功都有勞	沒有功勞有苦勞
咪咁婆媽	別婆婆媽媽的
下咗啖氣	消消氣、壓壓氣
黑箱作業	暗箱操作、黑箱操作
多謝合作—感謝支持	多謝配合
的而且確	的的確確
家庭計劃	計劃生育
好嚟好去	好聚好散（sàn）
逢場作興	逢場作戲

粵語	普通話
身光頸靚	披金戴銀
各行各路	各走各的
見步行步	走一步說一步、走着瞧
大步躝過	邁過這個坎兒去
一人行一步	一人讓一步、一人退一步
打雀噉眼	不錯眼珠兒（地）
糯米屎〔朏／窟〔fɐt¹〕	屁股（gu）沉
——訪友久坐〕	
鈎〔手指／手指尾〕——喻守信	拉鈎兒
慢慢（都）未遲	不忙、不用着急
忙到踢晒腳	忙得腳丫子朝天
兩頭唔到岸	上下夠不着（zháo）
唔啱傾到啱	有分歧咱們慢慢兒談
啱啱遇着剛剛	湊巧加上剛巧
使〔sɐi²〕人唔使本	支使（shi）人夠狠的
認得你把聲〔sɛŋ²〕	聽出你的聲音了
左閃右避、閃閃縮縮	躲躲閃閃
帶兩梳蕉去探人	兩手空空串門兒去
床頭打交床尾和	兩口子打架不記仇

■ 學習、進修

溫、溫書、溫習	複習、溫習
溫兩課書	複習兩課（書）
溫唔晒（書）	沒複習完
教節	課時
復修	脫產進修
重讀	復讀
走堂	逃課、刷課、翹課【台】
轉堂	換課
留堂	被罰留校

粵語	普通話
睇堂、觀課	聽課、看課
小息	課間（小）休息
出貓	打小抄兒；作弊
貓紙	小抄兒、提示紙
傳紙仔	打小抄兒；傳紙條兒
起稿紙	草稿紙
家課	家庭作業
改簿	改本子
食帶—指錄音機	帶子卡住了
入分	（用電腦）登分兒
畀分	打分兒
得咗	成功了
學位—指入學額	入學額
炒粉—考試不及格	考砸（zá）了
滿江紅—多科不及格	全軍覆沒
滑鐵盧—指失敗，英Waterloo	失敗（了）
解作	意思是、意為
呢個字解作…	這個字意思是…
（開）通頂	開通宵、刷夜
寫大字	寫毛筆字；練書法
打書釘	蹭（cèng）書、看蹭書
拋書包	掉書袋
拋諸腦後	扔在脖子後頭
幼稚園	幼兒園
幼兒園	（日託）託兒所
報事貼英post it	即時貼
演講廳—梯級的	階梯課室、梯形教室
散學禮	結業禮
行畢業禮	舉行畢業禮；參加畢業禮
做功課—指做準備功夫	做調查研究；做準備

粵語	普通話
（水平）不俗	不賴
食零雞蛋	吃〔零蛋／鴨蛋〕
自我增值——增加學識	充電——粵普異義
接續傳譯	連續傳譯
即時傳譯	同聲傳譯
持續教育	繼續教育
浸過鹹水	〔放／留過洋〕
補習先生	家教、家庭教師
同人補習	做家教
瀡〔lœ²〕幾句英文	轉（zhuǎi）幾句英文
唔識講就瀡	不會說就轉（zhuǎi）
講英文口口〔lak¹lak¹〕聲	英語說得挺溜（liù）的

■ 行走、交通

人流	客流、客流量
月台	站台、月台
月台幕門	（站台）屏障門
請勿站近車門	請別擠靠車門
出閘	出站
拍咭、嘟咭——用八達通付款	刷卡——兼指粵語"轆咭"
輕鐵	城鐵、輕軌
車牌	車牌；本兒、駕（駛執）照
抄牌	吊銷本兒
炒車	多車相撞
左軚車、左軚	左舵輪兒
車尾箱	後備箱
〔車／踩〕〔dɐm⁶〕多轉	多跑個來回兒
搭順風車	搭便車、坐便車
跟車太貼	追尾
停車熄匙	停車〔熄火／關引擎〕

粵語	普通話
棍波	手動換擋
自動波	自動換擋、無級變速
揩花—指車輛	劃（huá）痕；刮
翻側—指車輛	翻倒
落斜	下坡兒
長命斜	大斜坡兒
隧道—過馬路用的	地（下通）道
彎位	拐角兒
樽頸	卡（qiǎ）口
石壆	道埂兒、石堤（dī）；隔離墩
水撥	雨刮器、雨刷
切綫	併綫
邨巴	小區班車
軚〔tai⁵〕盤	舵輪兒、駕駛盤
扭軚	打舵輪兒
起錶	起價
跳錶	計價器蹦了
跳錶加錢	計價器蹦一次就加錢
（的士）咪錶	（里程）計價器
路試	路考
綿羊仔—小型電單車	小綿羊
倒後鏡	後視鏡
死氣喉	廢氣管
交通燈	紅綠燈
衝紅燈	闖紅燈
牛肉乾	違規停車罰單
食咗張牛肉乾	收到（違規停車）罰單
兜埋佢	順便把他捎上
八達通	八達通、一卡通—北京儲值卡、羊城通—廣州儲值卡

粵語	普通話
自動增值	自動充值
酒後駕駛	酒後開車、酒後駕車、醉酒駕車
死火、跪低——均指車輛	趴（pā）窩、拋錨——均用於車輛
交通意外	交通事故
人行天橋	過街天橋
扶手電梯	滾梯、自動電梯
機場巴士	民航班車、機場班車
空中巴士——巨型客機	空中客車

■ 工商、生意

粵語	普通話
按	抵押（給銀行）
按金	押金
按揭	購房（抵押）貸款、按揭
首期	首付
頂手	頂盤兒
打簿	更新存摺資料
打咭	打卡
轆咭	刷卡、划卡
轆爆咭	刷過了信用額、刷爆了卡
打價	問價兒
格價	比價兒
反價	悔價兒
㩒機	在櫃員機取款
渴市	走俏
入貨	進貨
返貨	來貨了
掃貨	大採購
上倉	囤積、屯貨
上會	做銀行按揭
上車	首次購房

粵語	普通話
上車盤	首購樓盤
插水、潛水—價格等直降	跳水
高企—價格高企	走高—價格走高
低企	走低
減息	降息
回贈	返還（huán）、返券兒
街舖	舖面房
舖面	店面、舖面
捧餐	端菜
過數	過賬
走數	賴賬
對數	對賬
孭〔mɛ¹〕數	背（bēi）債
追數	追債
師奶數	小債務
入我數	上我的賬
點解入我數？	怎麼會算在我頭上？
數口精〔dzing¹〕	會算計（ji／jì）
有數為	划算、划得來（huá·delái）
記住數先	先掛個賬
有數得計	可以算出來
有數、無數	兩清、各不相欠
冇拖冇欠	沒有拖欠
有拖冇欠	拖賬不欠賬
又唔係一條數！	還不是一樣的事兒
做咩燒埋我嗰沓	幹嗎把我也扯上
撻定〔tat³dɛŋ⁶〕	放棄定金
殺定〔dɛŋ⁶〕	沒收定金
殺你、殺佢！	幹（吧）、成交！
債仔	該賬的、欠債人

粵語	普通話
避債	躲債
撻槌	拍板
擺檔	練攤兒
攤檔	攤點、售貨點
走鬼檔	無照攤點
拍檔	協作；搭檔
最佳拍檔	黃金搭檔
搞亂檔	搞亂、裏亂
做廠	開工廠
做銀行	在銀行上班
做報紙	辦報紙；在報社上班
得個做字	瞎混；瞎忙
得個講字	光說不做、光說不練
淨係得把口	就會耍嘴皮子
士多英store	食（品）雜（貨）店
返〔fan¹〕早	上早班
返晏	上中班
返夜	上〔晚／夜〕班
補水	補助【動】【名】；補助費、津貼
掠水	敲竹槓
〔疊／沓〕〔dap⁶〕水	趁錢、稱（chèn）錢
勁減	甩、甩賣
大出血—從日文	放血（xiě）、大降價
增值—地鐵票等	充值
搵飯食	討生活
搵餐晏仔	混口飯吃
拍烏蠅—喻生意冷清	趕蒼蠅；打蒼蠅（ying）
食白果	顆粒無收、一無所獲
大有斬獲	大有收穫／收益
開OT英over time	加班兒（加點兒）

粵語	普通話
洗大餅	刷盤子
試身室	試衣室
放盤紙	放盤委託書
發展商	開發商
逼爆巷	擠得嚴了眼兒了
平通街、平通巷	比滿〔世界 / 市街〕都便宜
（股市）……點樓上	（股市）……點以上
（股市）升穿……點	（股市）突破……點
（股市）跌穿……點	（股市）跌破……點
無牌小販	無照小販
地產代理	地產中介
黃金時間—電視廣告時段	黃金時段
度身定做	量〔體 / 身〕定做
買少見少	買一個少一個；越來越少
嫌錢腥咩	跟錢有仇嗎
秘撈、炒更【穗】	〔搞 / 撈〕外快；幹私活兒
冇得撈〔lou¹〕	沒活兒幹；失業
撈成點？	混得怎麼樣
撈到風生水起	混出個模（mú）樣了
水魚客、老襯	冤大頭
劏客、搣水魚	宰客
畀人斬到一頸血	捱宰、讓人高宰了
一次過付款	一次性付款
膠鈔、塑膠鈔票	塑質鈔票
九成九、十成十	十有八九
東家唔打打西家	此地不留人，自有留人處

■ 通訊、科技

芒英monitor	顯示器
滑鼠	鼠標、鼠標器

粵語	普通話
游標	光標
怪獸	錯碼
依貓英e-mail	伊妹兒
黑盒	黑匣（xiá）子
雪花—電視節目上的	雪花點兒
數碼—相機等	數碼、數字—正式名稱
數碼港	信息港
空帶	磁帶
回帶	倒（dǎo）帶
磁碟	軟盤、軟磁盤
光碟	光盤、光碟
影碟	影碟、視盤—正式名稱
燒碟、口〔kɐp¹〕英copy隻碟	刻（錄）一張盤兒
硬碟機	硬盤
影碟機	影碟機、視盤機—正式名稱
短訊、手機短訊	短信、手機短信、短信息
駁口—電綫等	接口
接駁、轉駁	連接—電綫；轉接（電話）
搭過去—電話綫	接過去
寬頻	寬帶
上載	上傳—上網、下載可照說
攝錄	攝像
錄影	錄像
影印—做副本	複印
過膠	過塑
沖曬	沖擴、洗印
飛綫	呼叫轉移、信號轉移
飛綫返屋企	把呼叫轉到家裏
伺服器	服務器
無綫咪英microphone	無綫話筒、手麥英microphone

粵語	普通話
藍芽技術英blue teeth	藍牙技術
流動電話	移動電話、行動電話【台】
固網電話	固定電話
電話用緊	（電話）佔綫
講緊電話	在用電話、在通電話
有電話入	有電話來、有電話打來
咪收綫、咪扱電話	別掛電話、別掛綫
室內無綫電話	無繩兒電話
天氣報告	天氣預報
太空漫步	太空行走
太空穿梭機	航天飛機
高清電視	高清晰度電視
手提電腦	筆記本電腦
（記憶）手指、USB儲存器	U盤、U碟

■ 娛樂、運動

粵語	普通話
球證	（球賽）〔裁判／裁判員〕
拳證	（拳擊）〔裁判／裁判員〕
評判	評委、評判員
落D英disco	蹦迪（bèngdí、bèngdī）
煲碟	看碟
煲煙	抽煙
煲電話	聊電話
煲電話粥	打馬拉松電話、煲電話粥
打機	玩電子遊戲
機舖	電子遊藝廳
粉絲英fans	歌迷；戲迷；粉絲英fans
戲院	電影院；戲院
競步	競走
晨運	晨練

粵語	普通話
行山	走山林
行天橋、行catwalk	走T台、走秀、走貓步
咪嘴、夾口型	假唱
甩嘴	唱走了嘴
充電──粵普異義，指休息	旅遊休整
摔角	摔跤
擊劍	劍擊
射籃	投籃
入樽	灌籃
扚〔dik¹〕球	顛球
頭槌	頭球
十二碼	點球
破蛋──足球賽、金像獎等	（取得）零的突破
捧蛋、吞蛋──足球賽得零分	吃鴨蛋、剃光頭、剃禿瓢
A隊吞五蛋	A隊零比五敗北
吞A隊五蛋	五比零打敗A隊
換邊	換場
下半場	下半時
半準決賽英semi-final	1／4決賽
反超前	反超
麻雀腳	麻將搭子
唔夠腳	缺搭子
開枱、游乾水、攻打方城	打牌、打麻將、修長城
鋤D〔di²〕、鋤大D──撲克遊戲	爭上游
笨豬跳英bungee jump	蹦極、蹦極跳
的士高英disco	迪斯（si）科
迪士尼英Disney Land	迪斯（si）尼
健力士英Guinness	吉尼斯
講棟篤笑	說相聲（sheng）
（一人）棟篤笑	單口相聲（sheng）

粵語	普通話
（兩人）棟篤笑	相聲（sheng）
（多人）棟篤笑	群口相聲（sheng）
梅花間竹	花花（hua）搭搭
天才表演	才藝表演
兒童不宜	少兒不宜
一字馬	劈（pī）叉【名】
做一字馬	劈叉【動】
包辦冠亞軍	包攬冠亞軍

■ 治安、生死

粵語	普通話
鹹魚—喻死屍	死屍
鹹蟲	流氓；淫蟲
鹹豬手	流氓
鹹濕伯父	老淫蟲
摟打	找茬兒打架
馬伕—扯皮條者	拉馬的、淫媒
馬仔	手下、嘍囉（luo）
疑犯	嫌犯、犯罪嫌疑人
鎖佢	把他銬起來
伙記—警察用語	手下；同袍
老千	騙子
出千、出老千	騙人
馬纜	場外非法賽馬賭注
波纜	場外非法球賽賭注
收纜	收受場外非法賭注
踩場	踢場子
胸襲	襲胸
爆缸—打破腦袋	開瓢兒
駁火	交火
放蛇	假扮客人（揭發壞事）；喬裝同夥（打進對方）

粵語	普通話
屈蛇	（坐船）偷渡
人蛇	偷渡者、偷渡客
小人蛇	未成年偷渡者
做媒〔mui²〕—街頭騙案手法	僱託兒
街頭騙子	託兒
街頭騙案	僱託兒行騙
做臥底	臥底
律師樓	律師事務所
探視權	探望權
包二奶	包養情婦、包二奶
毒品冰	冰毒
落口供	筆錄、錄口供
洗黑錢	洗錢
阻差〔tsai¹〕辦公	妨礙公務
心驚膽跳	心驚膽戰
喊驚	喊魂兒
帛金	賻（fù）金、賻鈔、賻儀
死唔去	沒死了（liǎo）、死不了（liǎo）

■ 熟語對譯例釋

執生	見機行事、靈活處理
補鑊	補救；補課
孭鑊	背（bēi）黑鍋
食死貓	吃啞巴（ba）虧
食白果	顆粒無收
食檸檬	碰軟釘子、被婉拒
食得鹹魚抵得（頸）渴	吃不了兜着走
死就死	豁出去了
唔知死	不知好歹
〔問／睇〕你死未	看你怎麼辦

粵語	普通話
當我死嘅咩	把我當死人嗎？
你都未死過	你真不知道厲害
等陣你就知死	待會兒讓你嚐嚐苦頭兒
出口術	放話兒
嘆慢板—做事拖拉	開慢車
瞓晒身	全身心投入
身有屎	心裏有鬼
游離浪蕩	打油飛
豬籠入水	八方來財、財源滾滾
新嚟新豬肉	新來乍到好欺負
扮豬食老虎	揣着明白裝糊塗（tu）
九唔搭八	不着（zháo）四六
水洗唔清	跳到黃河洗不清
唔識轉膊—喻死板固執	一根筋
吹水唔抹嘴	吹牛不上稅
生人唔生膽	有賊心沒賊膽兒
買棺材唔知埞—罵人找死	買棺材（cai）找不着（zháo）地兒
手指拗入唔拗出	胳膊（bo）肘兒往裏拐
唔見棺材唔流眼淚	不見棺材不落淚
避得一時唔避得一世	躲得過初一躲不過十五
同人唔同命，同遮唔同柄	都是傘，把（bàr）兒不同，都是人，命運不一樣／傘的把兒（bàr）各有不同，人的命運大不一樣
大使大揈〔fiŋ⁶〕、洗腳唔抹腳	大手大腳
碎料、濕碎料	小菜、小菜一碟兒
四両博千斤	四両撥千斤
禾稈冚珍珠	稻草下面藏珍珠、財不外露
籐鱔炆豬肉—父母揍子女	板子燉肉
牙齒當金使	說話算話，不放空炮
塘水滾塘魚	你坑我我騙你
貼錢買難受	花錢買罪受、花錢買氣

粵語	普通話
賣花讚花香	老黃賣瓜自賣自誇
各花入各眼	蘿蔔青菜各有所愛
十畫冇一撇	八字沒一撇兒
鬼拍後尾枕	不打自招
收兩家茶禮	找了兩個婆婆
放下心頭大石	一塊石頭落了地
有姿勢冇實際	光打雷不下雨
周身刀冇張利	樣樣都懂樣樣稀鬆（song）
冇咁大隻蛤乸隨街跳	天上不會掉餡兒餅
冇咁大個頭咪戴咁大頂〔dɛŋ²〕帽	沒有金剛鑽別攬瓷器活兒
呢度講呢度散〔san³〕	哪兒說哪兒了（liǎo）
上刀山落油鑊	上刀山下火海
上得床嚟掀被冚〔kɐm²〕	蹬鼻子上眼
天跌落嚟當被冚〔kɐm²〕	天塌有高個子頂着
隻眼開隻眼閉	睜一眼閉一眼
長命債長命還	還不清的債，一輩子慢慢還
長命工夫長命做	幹不完的活兒，一輩子慢慢幹
牛頭唔搭馬嘴	驢唇不對馬嘴
顧得頭嚟腳反筋	按下葫蘆浮起瓢
三個女人一個墟	三個婆兒，一面鑼兒
人怕丟架，樹怕剝皮	人要臉樹要皮
一啖砂糖一啖屎	打一巴掌給個甜棗兒、打一巴掌（zhang）揉三揉
打腫塊面充闊佬	打腫臉充胖子
親身仔不如近身錢	千子萬子不如身邊銀子
事不關己，己不勞心	事不關己，高高掛起
行行企企，食飯幾味	飽食終日，無所用心
蚊都瞓喇、蛇都死喇	黃〔瓜／花〕菜都涼了
出爐鐵——唔打唔得	出爐鐵——非打不可
黃腫腳——不消提（蹄）	馬尾穿豆腐——提不起來

粵語	普通話
皇帝女──唔憂嫁（價）	皇帝的女兒──不憂嫁（價）
倒掛臘鴨───一嘴油	狗掀門簾兒──全憑一張嘴
關公細佬──翼德（亦得）	後腦勺兒留鬍子──隨辮（隨便）
屎坑三姑──易請難離 （離：離開）	請神容易送神難
牛皮燈籠──點極唔明	牛皮燈籠（long）──點不透
豉油撈〔lou¹〕飯 ──整色（整）水	豬鼻子插蔥──裝相（象）
劉備借荊州── 一去冇回頭	肉包子打狗──有去無回
白鱔上沙灘──唔死一身潺	開水淋臭蟲──不死也夠受
單眼佬睇榜── 一眼見晒	獨眼龍相親── 一目瞭然
冷巷擔竹竿──直出直入	胡同（tòngr）裏扛木頭 ──直來直去
〔鬍鬚頭／和尚〕擔遮 ──無法（髮）無天	和尚（shang）打傘 ──無法（髮）無天
矮子上樓梯、矮子放風箏 ──步步高	芝麻開花──節節高
年卅晚冇月光──咪指擬	三十兒晚盼月亮──沒指望
烏蠅褸馬尾── 一拍兩散	鈍鐮刀割麥子──拉倒

註：更多用例可參看《廣州話・普通話口語詞對譯手冊（光碟版）》（曾子凡編著，2007年1月版）、《廣州話對譯・普通話口語詞典》（曾子凡等編著，2007年4月版），均為三聯書店（香港）有限公司出版。

四 粵語與普通話構詞比較（自我測驗及參考答案）

粵語和普通話相異的詞語有三類：a. 詞形完全不同；b. 詞形部分不同；c. 同形異義。

詳細的差異如下。請寫出粵語例詞的普通話對譯，比較彼此的不同，並參看本章所附的答案核對正確與否：

(1) 完全不同

火牛→　　　　　臭丸→　　　　　　登對→　　　　　　入牆櫃→

(2) 多字不同

廁紙→　　　　公仔麵→　　　　電單車→　　　　黑箱作業→

(3) 一字之差

多一字：蓮藕→　　椰菜花→　　　疏堂兄弟→　　　暈機浪→

少一字：火機→　　識（某人）→　（我個）女→　　（有）客→

改一字：急症室→　　洗面乳→　　　焗桑拿→　　　逢場作興→

(4) 詞尾有無或不同

褲→　　　　　　桃→　　　　　尾→　　　　　窗→

(5) 詞頭有無或不同

蔗→　　　　　筍→　　　　　蟹→　　　　　轆→

(6) 詞前後單音同義詞素有無

易→　　　　倉→　　　　泡〔pou^5〕→　　　　咳→

(7) 詞前後修飾語有無或不同

（高）息→　　　揚出去→　　　恤衫→　　　（冇）力→

(8) 簡稱有無或不同

小息→　　　　筆盒→　　　洗粉→　　　香港地→

(9) 主要詞素有別

眼核→　　　　晨運→　　　香口膠→　　　指甲鉗→

(10) 說明或修飾手段有別

露台→　　　　拖板→　　　燈籠椒→　　　衝紅燈→

(11) 所用量詞不同

一張刀→　　　一張椅→　　　一張被→　　　一張氈→

(12) 詞序語序顛倒

私隱→　　　　　橫蠻→　　　　　夠錢嘞→　　　　　玩足三日→

(13) 各用並列式雙音詞一個詞素

例：光亮——呢度好光→這兒很亮。"光亮"粵普都可以使用，但分開用單音詞的話，就各用一個詞素。

憂愁——唔使……　　　→不用……

遮擋——咪……住我　　　→別……着我

挖掘——……個窿　　　　→……個洞

寬闊——條街好……　　　→這條街很……

(14) 等義詞使用習慣不同

雖然粵語用的也是標準說法，但普通話習慣用的是另外一個等義詞。

桌球→　　　　　滾水→　　　　　香片→　　　　　隔膜→

(15) 語體使用習慣不同

粵語用的說法在普通話是書面語體的。

簿、簿子→　　　　搽藥→　　　　即刻、立刻→　　　　石級→

(16) 口語說法不同

粵語：乜嘢地方→　　　外祖母→　　　賣弄文才→　　　比目魚→

普通話：甚麼地方→　　　外祖母→　　　賣弄文才→　　　比目魚→

(17) 新舊表達不同

粵語用的說法在普通話是過時的。

文法→　　　　　郵差→　　　　　荷爾蒙→　　　　　原子筆→

(18) 省略數詞"一"與否

尺幾→　　　　千五文→　　　　個半銀錢→　　　　有日遇到佢→

(19) 可省略詞類不同

隻手遮天→　　　部書幾多錢→　　　咪阻住條路→　　　呢首係一首民歌→

(20) 外來詞譯法不同

布殊→　　　　三文治→　　　　吞拿魚→　　　　笨豬跳→

（21）忌諱或彩頭不同

粵語：吉屋→　　　　涼瓜→　　　　飲勝→　　　　　妹妹好肥→

普通話：為甚麼不能說"你要不要飯"？應該怎麼說？

　　　　為甚麼不能說"你吃醋嗎"？應該怎麼說？

　　　　為甚麼不能說"瞧你這破鞋"？應該怎麼說？

　　　　小孩打碎了東西，老人就會說"歲歲平安"，這有甚麼忌諱或

　　　　彩頭；粵語會怎麼說？

（22）同形異義

粵≠普：班房　　（粵義：　　　　　普義：　　）

　　　　醒目　　（粵義：　　　　　普義：　　）

粵＞普："點"　（粵義：　　　　　普義：　　）

　　　　擦鞋　　（粵義：　　　　　普義：　　）

普＞粵："老"　（粵義：　　　　　普義：　　）

　　　　跳槽　　（粵義：　　　　　普義：　　）

（23）慣用語、歇後語不能照搬照說

發錢寒→　　　　食住上→　　　　打書釘→　　　　有姿勢冇實際→

（24）粵普互動，吸收借用

以下詞語粵普都可以使用，試指出哪些來源於粵語，哪些來源於普通
話？

跳槽　下崗　打的　國腳　磨合　老婆　知道

共識　軟件　硬件　電腦　搞笑　雙贏　亮相

焗油　蠔油　酒樓　饅頭　鳳爪　過癮

東西　問卷　入場券——借指參賽資格　熊貓眼

狗仔隊　軟着陸　開綠燈　一刀切　一窩蜂　宏觀調控

·358·

附：參考答案

(1) 完全不同

火牛→變壓器　　　臭丸→衛生球兒　　　登對→般配　　　入牆櫃→壁櫥

(2) 多字不同

廁紙→衛生紙、手紙　　　　　　公仔麵→方便麵

電單車→摩托、摩托車　　　　　黑箱作業→暗箱操作、黑箱操作

(3) 一字之差

多一字：蓮藕→藕　　　　　　　椰菜花→菜花兒

　　　　疏堂兄弟→堂兄弟　　　　暈機浪→暈機

少一字：火機→打火機　　　　　識（某人）→認識（某人）

　　　　（我個）女→（我）女兒　　（有）客→（有）客人（ren）

改一字：急症室→急診室　　　　　　洗面乳→洗面奶

　　　　焗桑拿→洗桑拿　　　　　　逢場作興→逢場作戲

(4) 詞尾有無或不同

褲→褲子（zi）　　　　　　　桃→桃子（zi）、桃兒

尾→尾巴（ba）　　　　　　　窗→窗戶（hu）

(5) 詞頭有無或不同

蔗→甘蔗（zhe）　　　筍→竹筍　　　蟹→螃蟹　　　轆→轆轤（lu）

(6) 詞前後單音同義詞素有無

易→容易　　　　　　　　倉→倉庫

泡〔pou⁵〕→泡沫（mo）　　咳→咳嗽（sou）

(7) 詞前後修飾語有無或不同

（高）息→（高）利息　　　揚出去→張揚出去

恤衫→襯衫　　　　　　　（冇）力→（沒、沒有）力氣(qi)

(8) 簡稱有無或不同

小息→小休息、課間休息（xi）　　　筆盒→鉛筆盒、文具盒

洗粉→洗衣粉　　　　　　　　香港地→香港這（個）地方

(9) 主要詞素有別

眼核→眼珠子、眼珠ㄦ　　　　　晨運→晨練

香口膠→口香糖　　　　　　　　指甲鉗→指甲刀

(10) 說明或修飾手段有別

露台→陽台　　拖板→接綫板　　燈籠椒→柿子椒　　衝紅燈→闖紅燈

(11) 所用量詞不同

一張刀→一把刀　　　　　　　　一張椅→一把椅子

一張被→一床被子　　　　　　　一張氈→一條毯子

(12) 詞序語序顛倒

私隱→隱私　　橫蠻→蠻橫　　夠錢嘞→錢夠了　　玩足三日→足玩三天

(13) 各用並列式雙音詞一個詞素

憂愁──唔使憂　→不用愁　　　遮擋──咪遮住我　→別擋着我

挖掘──掘個窿　→挖個洞　　　寬闊──條街好闊　→這條街很寬

(14) 等義詞使用習慣不同

桌球→檯球　　　滾水→開水　　香片→花茶　　　隔膜→隔閡

(15) 語體使用習慣不同

簿、簿子→本子、本ㄦ　　　　　搽藥→抹藥

即刻、立刻→馬上、立馬ㄦ　　　石級→台階ㄦ

(16) 口語說法不同

粵語：乜嘢地方→咩埞〔dɛŋ⁶〕　　外祖母→嫲嫲

賣弄文才→拋書包　　　　比目魚→鰨鮂魚

普通話：甚麼地方→哪裏、哪ㄦ　　外祖母→姥姥

賣弄文才→掉書袋　　　　比目魚→偏口（魚）

(17) 新舊表達不同

文法→語法　　郵差→郵遞員　　荷爾蒙→激素　　原子筆→圓珠筆

(18) 省略數詞 "一" 與否

尺幾→一尺多　　　　　　　千五文→一千五百元

個半銀錢→一塊五毛錢　　　有日遇到佢→有一天遇到他

(19) 可省略詞類不同

隻手遮天→一手遮天　　　部書幾多錢→這書（或 "那書"）多少錢

咪阻住條路→別擋着道兒　呢首係一首民歌→這是一首民歌

(20) 外來詞譯法不同

布殊→布什　　　　　　　三文治→三明治

吞拿魚→金槍魚　　　　　笨豬跳→蹦極、蹦極跳

(21) 忌諱或彩頭不同

粵語：吉屋→空屋子、空房間　　涼瓜→苦瓜

　　　飲勝→乾杯　　　　　　　妹妹很肥→妹妹很胖

普通話："要飯" 等於討飯，你要不要飯→你還盛飯嗎

　　　　"吃醋" 意為男女關係上的嫉妒，吃醋嗎→來點醋嗎

　　　　"破鞋" 指亂搞男女關係的女人，瞧你這破鞋→瞧你這破破爛

　　　　爛的鞋

　　　　因為老人家覺得打碎東西是犯了忌諱，故以 "歲歲平安" 謂

　　　　"碎碎平安"，取其彩頭

　　　　"歲歲平安" →落地開花，富貴榮華

(22) 同形異義

粵≠普：班房（粵義：教室。普義：監獄；拘留所）

　　　　醒目（粵義：機靈；聰慧。普義：文字容易看清）

粵＞普："點"（粵義：一個點；點心；提點；胡亂指點。普義：一個

　　　　點；點心；提點）

　　　　擦鞋（粵義：擦皮鞋；拍馬屁。普義：擦皮鞋）

普＞粵："老"（粵義：年歲大；老練；陳舊。普義：年歲大；老練；

陳舊；排行最大；指很久；指老人去世）

　　跳槽（粵義：喻轉換工作。普義：喻轉換工作；喻移情別

　　戀）

(23)慣用語、歇後語不能照搬照說

發錢寒→財迷　　　　　　　　食住上→順竿爬

打書釘→蹭書、看蹭書　　　　有姿勢冇實際→光打雷不下雨

(24)粵普互動，吸收借用

來源於粵語──國腳　老婆　電腦　蠔油　鳳爪　酒樓　問卷　搞
笑　跳槽　焗油　雙贏　過癮　熊貓眼　狗仔隊

來源於普通話──共識　軟件　硬件　饅頭　東西　下崗　打的　磨
合　知道　亮相　軟着陸　開綠燈　一刀切　一窩蜂　入場券──借指參
賽資格　宏觀調控

五　學好用好普通話口語詞

　　由於多種原因所致，香港人（特別是學生）掌握的漢語詞
彙多是文言的、書面化的、方言的、外來語的，他們對現代漢
語（普通話）口語詞彙不熟、不懂，知之甚少　。比方"夠勁兒
（不同於粵語"夠勁"）、土豆兒、摳門兒、害臊、胳肢"等
等，很多人聞所未聞。正因為這樣，學員就不能暢所欲言──
難以把口說的粵語用白話文或普通話恰當地表達出來，生動傳
神的粵語口語詞彙就更是不在話下了；與此同時，他們也不能
暢所欲聞──難以明白人家使用的生動傳神的普通話口語詞彙
（家常談話、電影、小說中是屢見不鮮的）。其結果都妨礙了
彼此深入地交流和溝通。

　　要解決上述問題，應該從兩方面着手：一是多年來我們
提倡和堅持的粵普對譯，這是從始發語（母語）到目標語的學

習，使學員暢所欲言；二是我們近年來大力倡導的普—粵對譯，直接學習普通話口語詞（目標語）再對譯為粵語，使學員暢所欲聞（聆聽）或暢所欲讀（閱讀）。兩者交替學習，互相補充，定可事半功倍，計日程功。至於普通話口語詞的例釋，可參看本書〈普通話口語詞彙〉和〈普通話口語詞彙的功用〉兩篇文章以及拙著《普通話口語詞詞典》。此處不贅。

80 詞語學習趣談

一 "笨豬" "砌生豬" "巴閉"

粵語詞彙之所以生動傳神，詼諧風趣，外來詞（借詞）功不可沒。特別值得一提的是，粵語外來詞慣用音譯的方式，連音帶義一起引進。這當中有一些是諧謔音譯，即搞笑的音譯，更是新穎俏皮。說普通話時往往不能照搬。

"蝦碌"這裏不指大蝦塊，按黃霑先生所說，這是英語hard luck的劣譯，指"無端端出錯"；演員或人們說錯話或做錯動作的鏡頭被拍下來，就叫做"蝦碌鏡頭"，即"搞笑鏡頭"。"冇得揮"比喻不可能加以比較；比不上，"揮"是英語fight的音譯。 "做騷"是英語make a show的音譯，即"表演；演出"。普通話譯為"作秀、做秀"。"茶煲"並非煲茶的煲，而是英文trouble，即"麻煩"的諧謔音譯（常說某人是"茶煲"）。"肥佬"不指胖子，而是諧謔英文fail即"考試不及格"的音譯（常說"肥佬"、"肥咗佬"）。"踢死兔"不指把兔子踢死，而是英文tuxedo，即"男士燕尾晚禮服"的諧謔音譯。"蒸糕佬"指"男性職業伴舞者"（又說"舞男"），是英語gigolo諧謔搞笑的譯名。"花生騷"跟"花生"和"騷亂"都沒有關係，只是英文fashion show即"時裝表演"、"時裝演示"的搞笑音譯。"紗紙"、"砂紙"指 "（大學）畢業證書"，這裏的"紗"、"砂"並無實在意思，只是英語certificate中，首音節cer的譯音。"巴閉"意為"顯赫，厲害"或"囂張，不可一世"。來源於早期在香港做買賣的印度人，印度語說的bapre，是"我的天哪"的意思，說話者其時表現出"厲害或不可一世"的語氣樣貌，於是香港人便以"巴閉"稱之。

"鹹味粥"或其簡稱"鹹粥"不是"帶有鹹味的粥"，指的是"鹹濕（即淫穢；色情）笑話"，"粥"是英語joke（笑話）的諧謔音譯。"滑鐵盧"音譯自英語Waterloo，本指一個地名，因為拿破崙慘敗於此，於是就比喻為"慘敗"，又引申為"考試衰咗"，普通話說"考試考砸了"。"士啤呔〔si⁶pɛ¹taı¹〕"是英語spare tyre的音譯，本義是"後備輪胎"，引申指人的腹部連着腰部，像輪胎一樣隆起的一圈肥肉。"帶街"有"帶人出街或帶人出街者"的意思，實際指"導遊"（動詞兼名詞），是英語guide的意音兼譯。英文的talk show 港譯"口水騷"，臺灣和內地譯為"脫口秀"。意為砌詞誣告的"砌生豬肉"來自"砌生豬"，"砌"即"砌詞"，而"生豬"乃charge的諧謔音譯，源自19世紀警察局內師爺的蹩腳音譯。還有，英文的bungee jump竟然被譯為"笨豬跳"（普通話說"蹦極、蹦極跳"）——把挑戰大自然，比賽勇氣的人稱為"笨豬"，簡直使人七竅生煙而又無可奈何。

儘管如此，有些音譯詞卻是海峽兩岸三地，以至海外華人社區都共同使用的，例如，"迷你"是英語mini的音譯，意為"微型；超小的"。"偉哥"指一種壯陽藥，是英語viagra的音譯，也意譯為"萬艾可"、"威而鋼"。"烏龍〔luŋ²〕波"譯自英語own goal，指的是足球比賽中，不慎踢進了自家球門的糊塗球。普通話說"烏龍球"。"蛇果"與"蛇"沒有關係，也不是聖經上說的禁果，這是"地厘〔lei¹〕蛇果"的簡稱，而"地厘蛇果"則是美國Delicious（美味）這種蘋果牌子的譯名。北京曾一度出售過這種蘋果，因此"蛇果"一詞也流傳開來，只是很多人不知來由罷了。"N年"意為"（不知）何年何月"，因為"N"是數學上的"未知數"。還有"狗仔隊"一詞，意譯自意大利語paparazzi，指追蹤名人隱私的攝影記者，引申指追蹤別人，捕捉新聞的人，已經風行於華人社區了。最有意思，也最為巧合的是，粵語"柴可夫"諧代為司機，因為"柴可夫"是俄羅斯人名"柴可夫斯基"（Чайковский，也是著名音樂家的名字，又是城市名）的縮略，而"司機"則與"斯基"同音。以上音譯詞在普通話也可以照說。

二 稱謂詞的構成

普通話口語裏稱謂詞的構成，常用四種方法：（一）"形容詞＋子"，用來形容人的生理特點，構詞能力不太強，常見的有：胖子、瘦子、矮子、瘋子、傻子、聾子、瞎子、禿子、拐子、瘸子、豁子、麻子等。這當中，"胖子"加修飾語"大、小"以後，可說成"胖兒"：大胖兒＝大胖子，小胖兒＝小胖子；（二）"形容詞＋個子／個兒"也用來形容人的生理特點，不過可以連用的形容詞更少，只有"大、小、高、矮"；（三）如要專指女性，某些形容詞可加上"女人、丫頭、妞兒"，如："胖女人"、"胖丫頭"、"胖妞兒"；（四）"動詞＋的"描寫人的工作、職業，構詞能力極強，如：買菜的、賣菜的、掃街的、倒垃圾的、修鞋的、理髮的、照相的……，幾乎所有動詞都可以加上"的"，表示做這個動作的人。在性別方面，"（一）（二）"所說的"子"尾詞多指男性，也可以用於女性；"（四）"所說的"的"尾詞則男女通用。在年齡方面，這三種構詞都沒有限制，是老少通用的；（五）泛指的"以物代人法"，這是男女老少通用的，如任何戴眼鏡的人，都可以稱為"眼鏡兒"、"四眼兒"（該詞稍有嘲笑意），也可說"眼鏡先生"（該詞含詼諧意）。

粵語的稱謂構詞有很大不同：上述前四種構詞只用於書面語，泛指的"以物代人法"則不適用（可以有特指的"以物代人"，例如"煲呔"專指特首曾蔭權）。粵語口語裏有自己獨特的構詞法："形容詞、動詞或名詞＋詞尾"，這些詞尾按性別、年齡，分別有："仔〔dzɐi²〕"（青少年男子）、"佬〔lou²〕"（成年男子）、"女〔nœy²〕"（青少年女子或年幼女孩）、"妹〔mui¹〕"（相當於"女〔nœy²〕"，用於形容生理特點時更口語化，用於描寫職業時含輕蔑義）、"婆〔pɔ²ᐟ⁴〕"（中老年婦女）。個別詞還可以使用"妹仔〔mui¹dzɐi²〕"（青少年女子，一種親暱的稱呼）。試看以下普通話詞例和對譯：

（1）胖子 →肥（仔／佬／女／妹／婆）

胖女人 →肥（女／婆）

小胖子、小胖兒 →肥（仔／女）

胖丫頭、胖妞兒 →肥（女／妹／妹仔）

（2）瘋子 →癲（仔／佬／女／妹／婆）

瘋女人 →癲（仔／佬／女／妹／婆）

（3）傻子 →傻（仔／佬／女／妹／婆）

傻丫頭、傻妞兒 →傻（女／妹／妹仔）

（4）矮子 →矮（仔／佬／妹／婆），註：少說"矮女"

（5）高個子、高個兒　　　→高（佬／妹）、高腳七（口語詞，來自

民間故事），註：不說"高仔、高女、

高婆"。"高仔"可以指姓高的男青

年，即普通話的"小高"。

（6）賣菜的　　　　　　→賣菜（佬／女／妹／婆），註：不說

"賣菜仔"，"菜仔"指"矮小的菜"

（7）掃街的、倒垃圾的　→垃圾（佬／妹／婆），註：不說"垃圾女"

（8）修鞋的　　　　　　→補鞋（佬／妹／婆），註：不說"補鞋女"

（9）照相的　　　　　　→影相（佬／妹／婆），註：不說"影相女"

（10）相面的　　　　　→睇相（佬／妹／婆），註：不說"睇相女"

（11）眼鏡兒、四眼兒　→四眼（仔／佬／妹／婆），註：不說"四

眼女"

附記：普通話口語裏，對年輕人親熱地稱呼為"小×（姓
氏）"，對中老年人親熱地稱呼為"老×（姓氏）"是男女通
用的。粵語在書面語也吸收這種說法了。不過在粵語口語裏，
常常說"×（姓氏）仔"、　"×（名字）女〔nœy²〕"。比方
普通話對小伙子"高江"、女青年"高霞"，都可以稱作"小
高"。粵語有點不同，對"高江"就稱"高仔"、對"高霞"
就稱"霞女〔nœy²〕"。如果"高江"、"高霞"是中老年
人，普通話就都稱作"老高"。在"老×"這一稱呼上，粵語
就沒有什麼對應的說法，只好加以吸收了。另外，稱呼德高望
重的老人，普通話常常加上姓氏，說"×老"，廣州粵語也相
同，不過香港粵語就顯得非常古雅，常說　"×公"。

三　"上下夠不着"何解

"上下夠不着（zháo）"是什麼意思？很多學員一定很納

悶兒，摸不着頭腦（一頭霧水）。因為"夠"在粵語沒有這樣的用法。這裏的意思是，用肢體或長條物去接觸或取東西。比方說"把櫃子頂上的鞋夠下來"、"妹妹個子矮，踮起腳也夠不着門框"。不難看出，粵語這裏要說"撠〔ou¹／ŋou¹〕"。

"上下夠不着"的意思就是"（自己在半空）上面下面都接觸不到、碰不到"，從而比喻事情進退兩難，正好相當於粵語"半天吊"、"唔上唔落"（"不上不下"是粵式對譯）。"上下夠不着"可用作歇後語的後一句，前一句是"武大郎盤槓子"。意思是個子矮小的武大郎想在單槓上玩，結果是"上下夠不着"——夠不上去，如果上了去，也夠不着地面。這時候"上下夠不着"也可以說作"上不去下不來"。

表示足夠，"夠＋名詞"的用法，粵普有同有異。"夠＋雙音節抽象名詞"時，彼此一樣。如"夠時間了"、"夠分量"、"夠資格"。但是粵語說"夠＋雙音節具體名詞"和"夠＋單音節名詞"時，普通話的詞序就相反了。如"夠材料嘞→材料夠了"、"唔夠人手→人手不夠"、"夠人數未→人數夠了嗎"、"夠錢→錢夠了"、"唔夠書→書不夠"（注意："夠本"是一個詞，粵普都一樣，普通話常說"夠本兒"）。表示足夠，還可以說"動詞＋個＋夠"，如："吃個夠"、"玩兒個夠"、"夠＋名詞"這種用法，普通話很口語化，粵語則用於書面語，口語說"動詞＋餐＋飽"——"食餐飽"、"玩餐飽"。

"能夠"一詞，粵普都可使用。不過，彼此反映的語體恰好相反："我能夠跳過去"（粵語口語、書面都用）、"我能跳過去"（普通話口語）、"我能夠跳過去"（普通話書面語用）。

以下再說說與“夠”有關的普通話口語詞。（一）“夠戧
（qiàng）”也作“夠嗆（qiàng）”：a. 指非常厲害，程度高，
粵語說“犀利”，如“冷得夠戧”；b. 指不滿某人、某物的
表現，粵語說“好衰”，如：“這人真夠戧，怎麼老遲到”、
“巴士真夠戧，等半天了還不來”。“夠瞧的”、“夠受的”
詞義與“夠戧”意項a相同，不過“夠瞧的”強調程度極高，
“夠受的”強調難以忍受；（二）“夠損的”：指言語刻薄、
挖苦人，如：“這人說話夠損的”；（三）“夠意思”：a. 指
達到相當高水準，如：“這小說寫得夠意思”；b. 指夠朋友、
講信義，如：“你這樣做太不夠意思了”。粵語分別說“夠晒
勁”；“唔夠老友”。

綜上所述，不難看出粵普的口語表達大不相同。另外，本
文是對本書〈“夠”的用法〉、〈不同的“夠勁”〉兩文的補
充，請參看。

四　“整整”和“足足”

“踏正四點”是粵語，不少人都寫為“四時正”或“四
點正”，還用普通話照說。這都是粵語式的對譯。“四時”
和“正”都是書面語體，“四時正”在現代漢語裏只用於書
面表達，可印在門票上，寫在通知、報告裏，說出來就顯得文
縐縐的了。“四點正”，嚴格地說不能算標準的搭配，因為
“四點”是口語語體，而“正”是書面語體，兩者說一塊兒就
會顯得不倫不類的。口語化的說法應該是“四點整”或“整
四點”。“整”意為“全部在內，沒有殘缺，完整（與零相
對）”。“四點”和“整”都是口語語體的，搭配起來就合適
了。

以下說說"整"在粵、普有差異的詞義。普通話的"整"可以指"使人吃苦頭",如:"整人"、"捵整"、"文革時常有群眾整幹部"。因為比較書面性,粵語可以照說,口語則可以說"批評、教訓、鋤"。普通話的"整"可以指"修理",但只用於書面性的場合,如"整容"、"整修"、"整舊如新"等。粵語"整"的"修理"義,除了與普通話用法一樣外,還有更靈活、更廣泛的口語使用。如"整電腦"、"架機整返好未"。甚至還有其他轉義,如"整嘢食;整返幾味",普通話就要說"做吃的;弄幾道菜"。"整損手"就要說 "把手弄破了"。"整蠱"就要說 "作弄"。"整蠱做怪"就要說"裝神弄鬼;做鬼臉"。"整定你衰"就要說"注定你倒楣"。"整煲㗎嘢佢歎吓"就要說成"給他點顏色看看"。普通話"整數"可以省作"整兒",如"湊個整兒",粵語就只能說"整數"。普通話表示"足夠某一量度、不折不扣",口語說"整整",如"整整幹了三天",書面語說"足足"。粵語恰好與此相反:口語說"足足",書面語才說"整整"。

五　粵普錯譯評議

　　把粵語對譯為普通話,對本地人來說有時相當困難。首先是他們不大明白對譯的原則和要求,因而把粵語口語詞只作一般性、書化的對譯。比方不少人把"阿嫲"、"出糧"、"傾偈"說成"祖母"、 "發工資"、"談談"。要知道,"祖母"、 "發工資"、"談談"這三個詞在粵語和普通話都可以使用,都是書面性的。這樣一來,豈不是沒有對譯?對於粵語口語詞,我們應該對譯為與其相當的普通話口語詞。這三個粵語詞最好對譯為"奶奶"、 "發薪或發薪水"、"聊天兒"。

第二，本地人對於普通話口語詞知之甚少，很多人不知道"土豆兒"、"曲別針"、"改錐"、"管兒燈"就是粵語的"薯仔"、"萬字夾"、"螺絲批"、"光管"。因此他們在粵普對譯時，無從選取普通話口語詞，在技術上感到手足無措。

　　第三，本地人另一個技術困難是，在選取對譯的適當字數和相應結構時，考慮不周、經驗不足。比方，"傾偈"可以說成"聊天兒"，"傾閒偈"就要說成"閒聊天兒、聊大天兒"，這樣的對譯詞義更確切，字數和結構也相應。又如，"亂噏"、"威晒"對譯為"亂說或瞎說"、"夠威風的"；"亂噏廿四"、"威到盡"就應對譯為"胡說八道或瞎說八道"、"威風透了"。另外在對譯時，不能按粵語逐字硬譯，還應分析粵語詞的詞義（常有轉義或引申，比較一下例句中的"傾"、"斟"、"掂dim^6"），還要注意普通話的詞法和語法。試看以下例釋：

粵語原文	粵式對譯	較好的對譯
入伙	遷入	搬新居；交付使用
有咩唔妥	有甚麼地方不妥當	有甚麼不對勁兒（指事情或身體）；有甚麼不得勁兒（指身體）
買層樓	買個單位	買個單元房、買套房子
下唔到啖氣	下不了一口氣	咽不下那口氣
未試過有噉嘅事發生	沒試過有這樣的事發生	沒發生過這樣的事
未試過去內地投資	沒試過去內地投資	沒嘗試過去內地投資
貨又靚價錢又好	貨又好價錢又好	東西好價錢又便宜

粵語原文	粵式對譯	較好的對譯
點做都唔掂〔dim⁶〕	怎麼做也不行	怎麼幹也玩兒不轉
有啲條款傾唔掂	有些條款談不妥	有些條款談不攏
一齊傾掂佢	一起談妥它	一起把它談妥
唔啱可以傾到啱	不對可以談對的	有分歧咱們慢慢兒談
飲返杯啤酒至傾	先喝杯啤酒才說	喝杯啤酒再聊
有冇得斟	能不能斟酌一下、有沒有個商量兒嗎	有商量的餘地嗎、能有個商量兒嗎
提早成二十日	提早差不多二十天	差不多提早二十天
呢個細路幾咁醒目	這個孩子多麼機靈	這個小孩兒多麼機靈啊
乜單乜單都影印晒佢	所有的單據都影印全了	這個單子那個單子的全都複印
搵幾多人幫手我都掂	找多少人幫忙我都〔行/可以〕	要多少人幫忙我都能找來
噉樣好好多	這樣好了很多	這樣好多了
惹官非都有份	打官司都有份	惹上官司也有可能
做咩唔聽我說話	為甚麼不聽我說	幹嗎不聽我的
揀擇稍有差池	選擇稍有差錯	挑選時稍有差錯
大鑊咯	問題大咯	糟糕了、不得了啦
周圍撲水	到處找錢、到處弄錢	到處奔（bèn）錢
真係平過香港好多	真是比香港便宜得多	真的比香港便宜多了
前面臨山後面臨水	前邊面山後邊靠水	前邊兒有山後邊兒有水

　　以上改正了二十多例粵式對譯。可以看出，除了要注意本文開頭提到的問題外，這裏再強調兩點：第一，對譯前要正確理解和全面分析粵語詞的詞義、詞性。比方說，粵語"宵夜"，學員即時反應就是對譯為"夜宵兒"，這相應於"食

宵夜"是正確的；但用於粵語"去宵夜"，就要改譯為"去吃夜宵ㄦ"了。可見首先要正確理解和全面分析粵語詞的詞義、詞性："宵夜"既是名詞又是動詞，詞義各有不同。又如"火燭"也是這樣：小心火燭——小心火警、小心火災；火燭喇——着火啦。

第二，對譯時要選擇合適的普通話詞語。合適者，基本要求是詞義確切，結構與粵語詞相當，傳神，口語化。比方說粵語"抵買"、"抵唔抵"，學員的即時反應就是譯作"值得買"、"值不值"。其實這不太確切，因為"值、值得"義項較多，其一相當於"價錢合適；划得來"；其二相當於"有意義；有必要"。所以我們對譯為"划得來"、"划算"或"上算"就更準確（可以避免歧義），更口語化。順便一說，"抵食"、"抵飲"、"抵睇"等表示"價錢合適"的"抵＋動詞"，普通話都可以用"划得來、划算、上算"總括對譯。不過，特別一點的是"真係唔抵"、"戥某人唔抵"，這裏的"唔抵"不是指"價錢不合適"，所以說"真不值"、"替某人不值"是粵式錯譯，應作"真冤得慌（·de·huang）"、"我都覺得你冤得慌（·de·huang）"。這裏的"冤"指"不合算"、"上當受騙"、"吃力不討好"；詞尾"得慌"指程度很高，唸輕聲。

修訂版後記

　　本書初版面世後，曾一度重印。為配合學習普通話的新熱潮，現作新版增訂。修正之餘，增補了學習普通話語音和詞彙的竅門、方法，這都是我多年積累的，坊間少見，但證明行之有效的教學經驗；另外還加入幾篇粵普詞彙對比學習的文章。

　　香港人學習普通話，首遇的困難是不懂普通話讀音，又或是受廣州話的讀音影響而唸錯；還有就是分不清與該詞語相近的其他詞語。結果錯誤百出，使人摸不着頭腦。為此，本書增補了一些讓讀者容易得心應手、舉一反三的竅門。

　　香港人學習普通話，最大的困難在於詞彙。其表現是：（一）以為自己平常所用的粵語詞語，換上普通話語音就可照用；（二）誤用了在粵語很口語化，但在普通話卻是很書面化的詞語；（三）知道某個詞語要對譯，但又苦於不懂如何對譯。總覺得詞彙學習很難，不知怎樣可以舉一反三。針對這些難題，本書相應提供了四個材料，只要善用這些材料，定可事半功倍。其中第355頁"粵語與普通話構詞比較"提出24個重點對比兩者的差異，可供讀者先行自我測驗（附答案）。

　　限於學識水平，本書如有錯漏，敬請專家、讀者不吝賜教。

曾子凡

二〇一一年十一月十八日

編著者簡介

　　曾子凡先生於香港城市大學語文學部任教普通話十五年，2007年榮休，現任兼職講師。曾先生原籍廣州，早年畢業於北京師範大學，1993年4月獲香港大學哲學碩士，2006年2月獲香港大學哲學博士。三十年來一直在香港從事普通話、廣州話及對外漢語的教學和研究，著作豐盈，其中《廣州話‧普通話口語詞對譯手冊》問世以來暢銷至今，並有錄音帶套裝、電腦光碟版以及附英譯的多個版本，口碑甚佳；《中國大百科全書（1988）‧語言文字》所收的"漢語方言詞典"專條稱該書為"影響較大的"三部粵方言詞典之一。

　　曾博士的其他著作有：《廣州話‧普通話速查字典》、《廣州話對譯／普通話口語詞典》（2007）（均與溫素華合著）、《有冇搞錯──廣東人講普通話辨誤》、《廣州話‧普通話對比趣談》、《廣州話‧普通話的對比與教學》、《廣州話‧普通話語詞對比研究》、《香港粵語慣用語研究》（2008）和《跟我學講廣州話──應急會話800句》等。